그리고······ 다시 너

그리고…… 다시 너

초판 1쇄 찍은 날 | 2018년 6월 21일
초판 2쇄 펴낸 날 | 2018년 7월 17일

지은이 | 박지영
펴낸이 | 서경석

편 집 책 임 | 조윤희

펴 낸 곳 | 도서출판 청어람
등록번호 | 제387-1999-000006호
등록일자 | 1999. 5. 31
어람번호 | 제5-471호

주소 | 경기도 부천시 부일로 483번길 40 서경B/D 3F
      (우) 14640
전화 | 032-656-4452 팩스 | 032-656-4453
http://www.chungeoram.com
E-mail | chungeorambook@daum.net

ⓒ 박지영, 2018

ISBN 979-11-04-91756-1   03810

Chungeoram romance novel

그리고……다시 너

박지영 장편소설

설탕 가루 같은 눈이 왔다.

눈은 연일 계속되던 한파를 누그러뜨렸고, 살갗을 갈기던 칼바람도 종아리를 으슬으슬 들뜨게 만들던 한기도 사라지게 했다.

만지면 가루처럼 흩날리는 눈은 여느 눈과 똑같은 소리를 냈다.

밟을 때마다 뽀드득뽀드득 듣기 좋은 부서짐이 있었다.

좋다.

도서출판 청어람

목차

Prologue

설탕 가루 같은 눈이 왔다.

눈은 연일 계속되던 한파를 누그러뜨렸고, 살갗을 갈기던 칼바람도 종아리를 으슬으슬 들뜨게 만들던 한기도 사라지게 했다. 만지면 가루처럼 흩날리는 눈은 여느 눈과 똑같은 소리를 냈다. 밟을 때마다 뽀드득뽀드득 듣기 좋은 부서짐이 있었다.

좋다.

특히 희푸른 설원 같은 옥상에다 도장 찍듯 한 발 한 발 발자국을 남기는 건 새하얀 도화지에 스케치를 시작하는 순간만큼 설렜다.

옥상 난간에 서서 큰 숨을 들이마셨다.

상쾌해.

막 세수를 끝낸 후처럼 숨도 피부도 개운하다.

깔깔. 하하. 까르르. 왁자지껄한 웃음소리가 운동장에서 왕왕거렸다. 앞가슴에 노랑 딱지를 단 교복 무리가 우르르 튀어나와 해맑게 눈싸움을 하거나 눈을 뿌리며 놀고 있었다.

"나도 너희 같은 시절이 있었다, 이 애기들아."

코트 주머니에 양손을 찔러 넣으며 자못 고고한 눈초리를 내렸다. 철모르는 것들이라며 쯧쯧 혀도 찼다.

"애기들?"

뒤통수에서 약한 웃음소리가 들렸다.

두툼한 양팔과 패딩 재킷 앞섶이 빙 두르듯 넘어왔다. 어깨부터 감싸지는 온기로 겨울의 찬기가 순식간에 소멸했다.

"먼저 와 있다며?"

정수리에 깃발처럼 꽂히는 턱을 느끼며 힐끗 올려다봤다. 말속에 '애늙은이'라는 핀잔이 은근히 내포되어 있지만 나는 토 달지 않았다.

노쇠한 열아홉 살의 눈에 열일곱 살이 애기로 보이는 게 뭐 어때서. 열아홉 살도 보통의 열아홉 살인가. 내일모레면 스무 살이 되는, 12월 28일의 고귀한 열아홉 살이라고.

"못 봤어?"

"어. 안 보였는데?"

"느꼈어야지."

그가 짐짓 시크하게 응수했다.

"내가 개미야? 더듬이도 없는데 어떻게 느껴?"

퉁명스레 반박하자, 그가 쿡쿡거렸다.

커다란 패딩 재킷 앞섶이 더더욱 야무지게 여며졌다. 몸이 재킷 속에 갇혔다. 등마루에 단단한 가슴팍이 느껴졌다. 나는 기대듯 상체를 기울였다. 그의 몸은 듬직한 버팀목이었다.

멋 부리느라 코트를 입고 온 탓에 틀니 빠진 할머니처럼 아랫니가 덜덜 떨렸었다. 추워 뒈지겠다고 구시렁거렸는데, 웬걸. 고진감래란 이런 경우에 쓰나 보다.

"어디 있었는데?"

나의 질문에 정수리의 턱이 뒤로 까닥했다.

턱짓을 좇아 옥상 입구를 보았다. 기다란 그가 숨을 만한 장소는 옥상 문 뒤뿐이다. 분명히 옥상과 연결된 계단을 오를 때도 옥상 입구를 통과할 때도 기척은 없었다. 흐릿한 그림자도 없었다. 내가 곰처럼 둔한 것도 아닌데.

저 문 뒤에서 숨소리도 조심했나?

"숨어 있었어?"

몸을 돌려 양팔로 그의 허리를 감으며 바짝 붙었다. 턱을 내린 얼굴이 또렷하게 들어왔다. 대답 대신 그의 입술 끝이 설핏 올라갔다. 의외의 귀염성이다.

"왜?"

"더럽혀놓기 싫어서."

뚝뚝한 투였으나 다정함이 담겨 있었다. 눈빛은 감정을 감추지 않았다. 눈빛이 달달한 마시멜로처럼 말랑말랑했다. 나는 고개를 살랑 움직여 뒤편의 바닥을 살폈다. 한 줄의 발자국이 넓은 옥상에 새겨져 있었다.

한 줄.

목적지에 도착한 이는 둘인데 발자국은 한 줄이었다. 발이 부풀어 커진 것처럼 작은 발 위에 큰 발이 겹쳐 있었다. 그가 내 길을 똑바로 밟고 걸어온 거다. 순백의 공간을 먼저 가라고 양보해 주었나 보다. 내가 앞서면 자신이 뒤따라 주겠다는 의미도 있다.

언제나 그랬다.

그는.

내가 우선이었고, 내 곁을 지켜주었다.

내 기억장치가 저장한 한도에서 그가 없었던 적은 없다. 늘 그가 있었다. 앞으로도 그러겠지. 여태 그래왔던 것처럼 너와 나의 거리는 오늘처럼 빈틈없이 가깝겠지.

"오호."

나는 장난기 다분한 입술을 늘이며 그의 허리를 감은 팔에 힘을 가했다. 와락, 끌어당기며 복부도 밀착하고 도발적으로 입술을 올렸다. 셔츠 깃에 대충 매달려 있던 넥타이가 여릿하게 들썩였다. 긴 눈매가 가늘어졌다. 다소 고민하는 눈치였다.

쐐기를 박듯 붕어처럼 입술을 뻐끔뻐끔하자,

"픽."

결국 그가 웃었다.

미소가 걸린 입술이 내려왔다. 주위를 살피거나 경계하는 태세도 없이 곧장 입술이 내 입술에 겹쳐졌다. 잇따라 당당히 입술 사이를 가르며 혀가 들어왔다.

'응?'

나도 모르게 눈이 동그랗게 떠졌다. 가벼이 스치는 뽀뽀 정도의 수위를 요구한 건데 기대 이상이었다.

'학교잖아!'

이미 진입한 혀를 밀어내며 끔벅거리는 나의 반응에 그가 눈웃음쳤다. 얄밉도록 섹시한 눈웃음.

물러날 기미도 없었다. 그가 더더욱 강하게 입술을 밀어붙이며 도망치는 혀를 갈취하듯 가져갔다. 대범한 키스에 부릅떴던 눈을 그냥 닫았다.

그래.

어때.

몇 분 후면 고등학교의 마지막 종업식이 끝날 거고, 우리는 내일모레면 스무 살 성인이 될 텐데. 스무 살이 되면 그동안 깨작거렸던 키스도 마음껏 하자고 호언장담한 건 정작 나다. 선수를 빼앗겼을 뿐.

그의 뜻깊은 행동을 환영하며 선뜻 입술을 열었다. 오픈 더 도어. 적극적인 태세 전환에 그의 입술이 웃었다. 더불어 적극적인 공략도 멈춤 없이 이어갔다. 그동안 우리가 나눴던 키스 중 가장

진한 키스였다.

학교 옥상에서의 비밀 키스. 이 은밀한 스릴은 처음이자 마지막일 거다. 그렇기에 우린 열성을 다했다. 딱딱한 바둑판 같은 교실에 두고 온 친구들에게 양심적으로 찔리지도 않았다.

깊은 키스를 지속했다.

전력을 다하는 키스의 영향인지 차차 옆구리와 치골에 이상야릇한 전율이 퍼졌다. 전기 오르듯 찌릿찌릿 퍼지는 전율에 무의식중 발꿈치가 파르르 떨렸다. 조금은 부끄러운 기분도 들었다. 이런 느낌을 욕망이라 정의하나 싶었다.

그 기분은 비단 이쪽에만 해당하는 게 아닌 모양이었다. 짙은 키스를 시도한 당사자가 비로소 이성을 차린 듯 별안간 떨어졌다. 그의 동공이 흔들렸다. 자제 안 되는 자신의 행동에 스스로도 놀란 기색이었다. 자기가 해놓고 순진한 척은.

나는 슬그머니 흘겼다. 그도 머쓱한 듯 흘끔 내려다봤다. 우리의 시선이 부딪쳤다.

"쿡."

동시에 웃음소리가 났다.

우린 이마를 맞대고 쿡쿡거렸다. 쑥스러워서인지 좋아서인지 자꾸 웃음이 났다. 가늘게 흰 눈매 아래 촉촉하게 젖은 입술이 보였다. 나는 짓궂게 손끝으로 젖은 입술을 쓸었다. 그가 새하얀 치아를 드러내며 내 손끝을 살짝 깨물었다.

"아."

자극만 있을 뿐 아프지 않았다. 그러나 일부러 아픈 시늉이 섞인 소리를 내었다. 소리도 조금 그랬다. 어쩌면 나의 기질은 천부적으로 야한 거 같다.

아니다.

우린 그냥 소신껏 사랑하는 거다. 19세다운 방식으로 애정을 적절히 표현하며. 아마도 우린 무진장 바람직한 성인 커플이 될 것 같다.

교정에 종이 울렸다.

서로를 묶었던 팔과 재킷을 푼 지 채 2분도 안 되어 시끌벅적한 소란이 옥상 입구로 몰려왔다. 우리 반 교실이 옥상 아래이니 혈기 왕성한 녀석들의 행동은 당연히 빨랐다.

"그거 봐. 여기 있을 거라 했지?"

"둘이 뭐 했어!"

"몰래 빠져나가더니……. 엉큼한 연놈! 좋냐!"

사이좋게 들어오지. 문은 하나인데 친구들이 한꺼번에 통과하려고 무식한 어깨싸움을 해댔다. 쓸데없는 실랑이의 승자는 어깨 두툼한 성진이 아닌 약빠른 애은이었다.

"사진 찍자!"

날쌔게 빠져나온 애은이 머리에 꽃 꽂은 미친년처럼 교복 치마를 나풀거리며 눈밭을 뱅글뱅글 돌았다. 성진은 새치기한 명세에게 끼어 또 못 나왔다.

이쪽은 역광이다, 저쪽이 낫다, 하늘 배경으로 하자, 산 배경이 좋다 등 녀석들이 개떼처럼 몰려다니며 사방팔방 난리를 피웠다. 한 줄의 발자국은 순식간에 너저분한 발자국들에 묻혔다.

"Good!"

마침내 하늘 배경이 낙점되었다. 친구들이 옥상 끝의 가장자리로 우르르 몰려갔다. 투덕거리고 말도 많으면서 의기투합은 잘되었다.

다들 들떠 있었다.

졸업식이 남긴 했으나 어찌 되었든 오늘은 고등학생으로서의 마지막 날이었다. 종업식도 무사히 마쳤으니 대학 합격 여부와 관계없이 지긋지긋한 고3 생활은 끝이었다.

"지환! 일루 와."

명세가 키득거리며 스케이트 타듯 발끝으로 미끄러져 갔다. 성진이 패딩 재킷을 까뒤집으며 요염한 춤사위를 벌였다. 골반 튕기기까지 하며 '환아'로 노래를 불렀다. 환을 유혹하는 몸짓이었다.

"아, 오두 발정(發情)! 돌은 새끼."

"더러워, 새끼야!"

"꺼져!"

환이 질색하며 외면했으나 성진의 구슬픈 노래는 계속됐다. 옆에서 짜증 난다고 아우성쳐도 소용없다.

"가."

눈이 썩을 것 같다. 더는 보기 싫어, 나는 환의 등을 밀었다.

넌지시 내려다본 환이 마지못해 느릿느릿 움직였다.

"이 제이 종놈! 마님 말은 듣냐!"

남자 녀석들이 환에게 덤벼들었다. 환이 오합지졸들을 제기차듯 발끝으로 툭툭 물리쳤다. 그 틈에서 애은은 목을 이리저리 비틀며 셀프 카메라를 찍었고, 선영은 화장에 여념 없었다. 이거야말로 개판 5분 전.

"하여간."

한심한 그들에게 도도하게 가려던 참이었다. 옥상 입구에 어스름한 음영이 드리워졌다.

채경.

돌아보니 채경이 서느런 눈초리로 쏘아보고 있었다. 나와 눈이 마주치자 그녀가 다가왔다. 목적은 나였다. 나는 걸음을 멈추었다. 내가 먼저 그녀를 차단하는 게 나을 듯했다.

채경의 등장에 친구들이 다소 껄끄러워했다. 애은이 '우리부터 찍자'며 부러 먼 지점으로 옮겨갔고, 친구들도 후다닥 뭉쳤다. 개입하지 않으려는 분위기가 다분했다.

환은 제자리 선 채 이쪽을 넘겨다봤다. 나와의 간격을 좁히는 채경을 경계하는 거였다. 환의 차디찬 눈빛을 알아챈 채경의 입술이 쓴웃음으로 비틀렸다.

"좋니?"

가까이 온 채경이 물었다. 대답할 가치도 없는 빈정거림이다. 무시하듯 발끝을 틀었다.

"넌 네가 환일 차지했다고 단정하지?"

도발적인 질문이 이어졌다.

반사적으로 눈썹이 꿈틀했다. 차지? 환에게 그따위 표현을 쓰다니. 매섭게 쏘아보니 그녀가 성큼 가까워졌다. 밀착하듯 선 채 입술을 비꼬는 채경의 아우라가 묘하게 섬뜩했다.

"넌 환일 가질 수 없어."

마치 경고 같았다.

그 말을 듣자마자 이상하게도 전기충격을 당한 양 심장이 쿵쿵 뛰었다. 불길한 예감이 있었는지도 모른다. 불규칙한 심장박동으로 잠시 멍해진 틈에 채경이 눈앞에서 사라졌다.

"아."

뒤늦게 정신을 차렸을 때, 채경은 옥상 난간에 서 있었다. 마치 단기 기억상실에 걸린 것처럼 머리가 하얘졌다. 채경이 언제 저기까지 갔는지, 어떻게 저기에 올라갔는지.

"까르르."

다른 반 애들이 옥상으로 우르르 들어왔다. 깔깔거리며 입구를 통과하던 그들이 위태롭게 난간에 서 있는 채경을 포착했다. 멈칫한 그들이 멀뚱히 쳐다봤다.

"야! 미친년아! 거기 왜 올라가!"

애은도 채경을 발견했다. 애은이 욕설을 퍼부으며 내려오라고 고함쳤다. 오지 않고 이쪽만 본다고 환의 눈을 가리고서 장난치던 성진도 멈추었다. 그제야 환도 난간의 채경을 발견했다. 모두의 시선이 채경에게 쏠렸고 모두의 동작이 일시 정지했다.

"너희들도 알다시피……."

즐기듯 좌중을 휘둘러보며 채경이 입을 열었다. 냉소적인 눈동자가 겨냥하듯 천천히 내게로 왔다.

"제이가 환을 나에게서 뺏어갔어."

그녀가 짐짓 서글픈 표정으로 굵은 눈물을 또르르 흘렸다. 계산된 연기 같았지만 오소소 소름이 돋았다. 그때 환이 달렸다. 어떠한 직감이 있었는지 그가 채경이 서 있는 난간으로 전력 질주했다.

"난…… 제이가 죽이는 거야."

제게로 달려오는 환을 바라보는 채경의 입가에 흡족한 미소가 감돌았다. 다소 슬퍼 보인다는 생각이 든 찰나, 스르륵— 채경의 몸이 슬로모션처럼 뒤로 넘어갔다.

"까악!"

넋 놓고 주시하던 여학생들의 입에서 단말마 같은 비명이 터졌다. 투신 장면을 직접 목격한 남학생들도 얼어붙었다. 빠른 속도로 눈밭을 달린 환이 발에 브레이크를 걸었다. 그의 팔이 신속하게 난간으로 넘어갔다.

턱!

아슬아슬한 순간, 환이 그녀를 잡았다. 허공에 붕 떠버린 채경의 팔을 환이 가까스로 잡고서 버렸다.

아래의 채경을 내려다보는 환의 뒤통수가 미약하게 흔들렸다.

그의 어깨도 진동하듯 연신 부르르 떨렸다. 상대의 죽음을 직면한 자의 공포가 뒷등에서 배어나왔다.

채경의 체중을 혼자서 감당하는 환이 힘겨워 보였다. 꿋꿋하게 채경을 잡은 채 그가 고개를 뒤로 돌렸다. 환이 뒤의 나를 보았다.

'도와줘.'

애타는 눈빛.

두어 발자국만 움직이면 난간이었다. 크게 움직이면 채경의 팔을 지탱하는 환의 팔을 붙잡을 수 있었다.

그러나 나는 움직이지 않았다. 아니, 못했다. 발도 몸도 꼼짝하지 않았다. 발바닥이 눈에 달라붙은 양 떨어지지 않았고 숨이 막혀 호흡도 어려웠다. 왜 날 봐…… 왜 하필 날 봐……. 그런 비겁한 원망마저 들었던 것 같다.

"가서 도와줘! 멍청아!"

애은이 외쳤다.

그제야 얼빠져 있던 명세가 뛰었다. 허겁지겁 눈밭을 뛰던 명세가 미끄러져 벌러덩 자빠졌다. 성진도 뒤늦게 움직였다.

환은 무척 괴로워했다. 더는 버티기 어려운 듯했다. 난간을 틀어쥔 채 지탱하던 나머지 손으로도 채경의 팔을 잡았다. 무게 중심이 아래로 쏠리자 상체가 크게 흔들렸다. 환의 몸도 밑으로 떨어질 것 같았다.

내 발끝이 움찔했다.

그때 명세가 점프하듯 환의 허리를 강하게 붙들었다. 그러나 늦었다. 동시에 환의 손이 풀렸다.

일순 나의 시계가 멈추었다. 그러나 채경의 시계는 멈추지 않았다. 몇 초 허공에 붕 떴던 채경의 몸은 그대로 멈춤 없이 낙하했다. 아래로, 아래로.

그리고……

쿵—! 끔찍한 소리와 함께 지면이 내려앉았다. 심장도 내려앉았다. 환의 팔이 무기력하게 나풀거렸다.

01
그 시계는 정지했다

맹렬한 파도 위에 누워 있는 기분이다. 꿀렁꿀렁 표면을 인식하는 척추가 아프다. 뼈가 쓸리는 느낌. 속도 멀미나듯 메슥거려서 영 괴롭다.

"……이야."

뇌는 깨지 않는다. 공황 상태에 빠진 것처럼 극심한 공포와 불안으로 허덕인다. 깨어날 수도 벗어날 수도 없다. 나의 시계는 정지했다.

"제이야!"

"……허!"

드디어 정신이 번쩍 깨어났다. 헉헉. 막혔던 산소가 한꺼번에

목구멍으로 밀어닥쳤다. 질식 직전에서야 비로소 숨통이 트였다.

"제이야! 너 왜 이래? 괜찮아? 어?"

흐릿한 망막 너머로 룸메이트인 효정의 불긋한 얼굴이 어른거렸다. 그녀의 이맛살은 심각하게 일그러져 있었다. 혼동이 일었다. 현실이 자각되지 않았다.

"괜찮으냐고!"

"……아……."

앙앙거리는 고성이 흐릿한 정신을 채질했다. 그제야 사고가 일깨워졌다. 멀미 날 정도로 꿀렁거리는 느낌은 내 몸을 흔들어대는 효정의 과격한 행동 덕분이었는데 실제로 멀미가 났다. 나는 질끈 어금니를 맞물었다. 네 빨간 얼굴에 토하기 전에 당장 그만둬!

"……응. 응. 괜찮아."

답을 해야만 격한 진동이 멈출 것 같아서 간신히 웅얼거렸다. 한소리도 보태려다가 기력 달려 관뒀다. 마침내 효정이 내 몸에서 손을 뗐다.

"뭔 꿈을 그리 요란하게 꿔? 이 땀 봐."

그녀가 나의 젖은 머리카락을 만지려 했다. 거부하듯 얼굴을 돌리고 대충 손바닥으로 땀을 훔쳤다. 몸은 식은땀으로 절은 것처럼 축축했고 폐는 배터리가 방전된 듯 호흡을 뚝뚝 끊어서 했다. 산소 부족처럼 쌕쌕거리는 나의 숨소리에 효정이 안절부절못했다.

"숨 쉬기 힘들어?"

"조금."

그녀가 침대에서 멀어졌다.

탁— 미닫이 창문이 열림과 동시에 외부에서 시리고 시린 바람이 들어왔다. 한기에 갑작스럽게 노출된 살갗에 선득한 소름이 돋았다. 그래도 덕분에 이마의 뜨끈한 기운이 시원하게 식었다. 탁한 방 안 공기도 신선하게 여과되었다. 상쾌하다. 이제야 숨이 온전히 쉬어진다.

"무서운 꿈이었어?"

꿈이 아니다.

기억이다.

"몰라. 기억 안 나."

심드렁한 척 얼버무리고 이불 속에서 나왔다. 열린 창문의 틈새로 새하얀 거리가 내다보였다. 시야를 희게 부서뜨리는 공간을 멀거니 주시했다. 마치 텅 비어버린 공백 같았다. 그날의 옥상처럼.

파리는 연일 지독한 한파를 겪고 있었다. 어제는 엄청난 폭설까지 맞이했다. 이 폭설이 원인이었을까. 사 년 만에 꿈의 형태로 나타난 기억은. 전부 지운 줄 알았는데…….

"씻게?"

"응."

효정에게 대답하며 티셔츠를 벗고 탑과 트레이닝 바지만 걸친

채 욕실로 향했다. 못 보던 물건이 욕실 문 옆에 덩그러니 놓여 있었다. 전신 거울이었는데 요란한 테두리에다 등판은 시뻘건 레드였다. 우아한 버건디도 아닌 촌스러운 레드.

"이거 뭐야?"

"너한테 주는 크리스마스 선물이야. 빈티지한 게 근사하지?"

"어디서 주웠어?"

"내가 파리 거지냐? 줍긴 어디서 주워! 어제 마켓에서 거금 50유로 주고 샀어!"

"거지 아니었구나. 오해했네, 내가."

"야! 윤제이!"

시크하게 이죽거리자, 효정이 매섭게 쏘아봤다. 나는 천연덕스레 눈썹을 치떴다. 불만 가득한 효정이 '쳇' 콧방귀를 뀌었다.

효정은 몽트뢰유 프리마켓에서 유명한 동네 호구다. 바가지는 기본이고 쓰레기 같은 물건을 빈티지하다고 가져오기 일쑤다. 아트디자인을 전공하는데 안목이 상당히 독특하다. 어쩌면 졸업한 후 업계에서 성공할지도. 졸업이 난감한 그녀지만.

"제이야, 너 또 살 빠졌나 봐. 그러게 방구석에 처박혀만 있지 말고 볕 좀 쐐. 인간과 교류도 하면서. 이 허연 시체 같은 것아."

효정이 괄괄하게 잔소리했다. 목적은 거울을 보라는 유도였다.

나는 선심 써서 거울 속의 나와 대치하듯 섰다. 그녀 말처럼 허연 시체가 따로 없긴 했다. 영화 '크리스마스 악몽'의 주인공처럼. 여주인공 샐리가 아니라 팔다리 비쩍 마른 잭.

"그런 의미에서 오늘은 볕 말고 빛 쬐러 갈래?"

"빛?"

"나랑 클럽 같이 가자. 케이지가 초대했는데……."

"싫어."

밑밥을 깔더라니. 단칼에 일축하고 돌아섰다.

매사 흥 넘치는 효정은 클럽&파티 등도 무척 즐겼다. 매번 날 끌고 가지 못해 안달이었다. 난 클럽이 싫다. 시끄럽고 번잡스럽 고…… 사람이 너무 많다.

나보다 한 살 연상인 효정과의 인연은 몽트뢰유 프리마켓에서 우연히 시작되었다. 같은 대학에 다니지는 않지만 한국인 유학생 이라는 유대감이 있었다. 또한 과거에 연연하지 않는 효정의 호 탕함은 그 시기의 내게 편히 다가왔다. 그래서 그녀와 친구가 되 었다. 비싼 생활비와 외로운 유학 생활을 홍익인간 이념으로 나 누자며 룸메이트를 제안한 건 효정이었다. 외로움은 개의치 않았 으나 유학 생활의 불편한 점은 꽤 있었다. 그렇게 합친 지 어언 삼 년이다.

딩동―

욕실의 문손잡이를 잡는데, 노트북에서 알람 소리가 울렸다. 지난밤, 과제하다가 쏟아지는 잠을 주체 못하고 침대로 기어 들 어어가는 바람에 노트북도 종료하지 못했었다.

시스템을 종료하려고 책상으로 갔다. 마우스를 잡으니 거뭇했던 화면이 환해졌다. 연동 메일 아이콘에 숫자 1 표시가 있었다. 무심히 클릭했다.

─제이야. 잘 지내지? 메일 보내면 제발 답장 좀 해라. 휴대폰도 없고 달랑 이 메일 주소 하나뿐인데 답장도 안 하면 이쪽에서는 얼마나 걱정하겠니?

서론부터 잔소리였다. 메일의 발신자는 사촌 언니인 유신이었고 그녀는 내게 자주 안부 메일을 보냈다. 어김없이 무덤덤하게 텍스트를 마저 읽어 내려갔다.

─이 메일은 이모 부탁으로 보내는 거야. 너 곧 크리스마스 방학이지? 이모가 방학하자마자 한국으로 들어오래. 정말 중요한 일이 있어. 그러니까 꼭 와야 해.

언니가 말하는 이모는 나의 엄마를 지칭하는 거였다. 마우스를 잡았다. 대부분 무시했던 메일의 답장 버튼을 눌렀다.

─중요한 일이 뭔데?
─오면 말해줄게. 말보다는 눈으로 봐야 해.
─말 안 해주면 안 가.
─안 오면 생활비 끊길 거야. 쭉.

메일의 마지막 답변은 강경했다. 아르바이트의 한계를 아니까 치사하게 나오는 거지만, 또 달리 생각하면 유신 언니가 이토록 강압적으로 군 적은 없었다. 대체 무슨 일이기에…….

"왜?"

짜증내듯 노트북 모니터를 닫아버리자, 효정이 물었다. 나는 분풀이하듯 아랫입술을 약하게 깨물었다가 놓았다.

"……한국으로 오래."

심란하여 기운이 빠졌다. 널브러져 있던 효정이 고개를 들었다. 그녀로서도 새삼스러운 일인 모양이었다. 나의 가족이 나를 한국으로 부른 적은 없었다.

"하."

한숨이 나왔다.

묵직한 가슴을 누르며 초점을 차창 너머로 돌렸다. 잠잠한 거리를 뒤덮은 순백의 눈이 망막을 시리게 만들었다. 애먼 눈(雪)을 서늘하게 노려봤다.

예견 같은 거였나.

**

까르르.

공항 게이트를 나서자마자 한국인 무리와 마주했다. 북적거리는 무리가 한바탕 요란하게 웃어댔다. 그들의 이목구비가 시선을 사로잡았다.

외국인도 사방에 널려 있었으나 유독 한국인의 얼굴만 또렷했다. 친숙해서 외려 거북한.

로비를 지나치던 한국인 남자의 어깨가 멍한 내 어깨를 쳤다. 죄송합니다. 그가 사과했으나 나는 뒷걸음질했다. 접근하지 말라는 뜻으로 잔뜩 경직된 어깨를 움츠렸다. 손끝이 물고기 지느러미처럼 파들거렸다. 남자가 괴상하다는 듯 힐끔거리며 갔다.

비로소 주변이 비었다.

캐리어 손잡이를 잡은 손에 힘을 줬다. 캐리어도 가기 싫은지 도살장으로 향하는 송아지처럼 질질 끌려왔다. 그러나 몇 걸음 못 가서 다리가 풀렸다.

끝내 대기 의자에 풀썩 주저앉고 말았다. 감추듯 고개도 숙였다. 다 나은 줄 알았는데 시야가 어질어질했다. 프레스에 낀 것처럼 갈비뼈가 갑갑하고 목구멍이 바짝 말랐다. 산소 공급도 원활하지 않았다.

팔 년.

팔 년만이다. 한국에 돌아온 지.

어쩌자고 왔을까. 엄마의 명령−혹은 협박−이었다 해도 버텨볼걸 그랬다. 아르바이트하며 생활고에 시달리는 한이 있더라도. 눈으로 봐야 할 중요한 일이 무엇이든 알 게 뭐야. 어차피 내 삶에 그다지 중요하지 않을 텐데.

"아……."

끊임없이 후회가 밀려왔다. 무기력하게 축 처져서 대리석 바닥에서 어른어른 반사되는 내 그림자를 노려봤다. 공연히 내가 원망되고 미웠다.

그냥 돌아갈까?

갈등하는데, 시야로 깔끔한 남자 구두가 불쑥 들어왔다. 그리고 내 그림자를 밟은 채 우두커니 멈춰 있었다. 어딜 보느라 넋빠진 건지. 1분, 2분, 3분…….

그가 만드는 그늘이 정수리를 누르는 것까지는 참을 수 있었다. 그러나 내 무릎과 붙듯이 서 있는 남자의 다리는 굉장히 불편하고 불쾌했다.

불만 어린 눈초리를 들었다. 때를 기다렸다는 듯 남자도 턱을 아래로 당겼다. 그가 나를 봤다. 나도 그를 봤다.

순간.

심장이 들썩했다.

동공에 들어차는 남자의 이목구비에 한 번. 짙은 음영이 여울지는 까만 눈동자에 또 한 번. 그리고…….

"일어나."

긴가민가할 새도 없이 파고드는 깊은 저음에 크게 한 번.

"……환……."

현실 같지 않았다.

느닷없이 내 시간 속으로 들어온 남자가.

아직도 꿈속에 있나 싶을 정도로 어안이 벙벙한 채 나는 굳었다. 환의 깊은 초점이 나를 바라보고 있지 않았다면 볼때기를 세게 꼬집어봤을 거다. 그만큼 현실을 부정하고 싶었다.

그러나 그는 환이 맞을 것이다. 나의 열아홉 시각이 기록한 이목구비보다 강직한 선을 이루고 있었지만, 나의 열아홉 청각이 저장한 목소리보다 훨씬 나직한 중저음이었으나, 그는 환이었다.

남자, 환.

스물여덟, 환.

"……네가 왜……."

"데리러 왔어."

유신 언니가 공항으로 마중 나온다고 했었다. 택시 타고 가겠다는 내게 시간 맞춰 오겠으니 기다리라고 극구 종용했었다. 그런데 환이 데리러 왔다. 환이 왜. 어떻게!

"짐은 이것뿐이야?"

그가 캐리어를 가져갔다. 별다른 감정이 담겨 있지 않은 표정과 어투. 다소 냉정하게 느껴졌다.

"……."

대답도 안 했는데─어리둥절한 사고를 정리할 새도 없이─ 환이 성큼 로비를 나아갔다. 응당 자신을 따라올 거라 장담하듯 내 움직임을 확인하지도 않았다.

오만인가?

모르겠다. 으레 해왔던 것처럼 아무렇지 않게 구는 건지, 구구한 설명도 성가신 건지 감이 오지 않는다. 어쩌면 내가 그에게도 불편한 걸 수도.

일단 뒤따랐다.

다른 방도가 딱히 떠오르지 않았다.

빙글빙글 바삐 돌아가는 캐리어 바퀴와 대리석 바닥을 디디는 구둣발을 멍청하니 쫓으며 그 와중에 그의 뒤태를 훔쳐봤다. 구김 없는 슈트 차림의 뒷모습은 적확히 남자였다. 낯익으나 많이 낯선 성인 남자.

환도 나처럼 일주일 후면 스물아홉이 된다. 그리고 일 년 후면 서른. 환의 서른이 멀지 않았다는 사실이 새삼 이상했다. 내 기억 속의 환은 열아홉 살이니까.

더불어 내 기억 속의 환은 저렇지 않았다. 때때로 뚝뚝하게 굴었기에 저따위 칡 씹은 표정은 그렇다 쳐도, 늘 앞서가다가도 멈추고 기다려 주던 환이었다. 저렇게 자기 갈 길만 가지 않았다.

그러니까…….

이 남자는 다르다.

내가 알던 환과.

씁쓸한 결론에 도달한 채 공항 주차장으로 나왔다. 한국의 한파도 프랑스 못지않았다. 지독한 한기에 노출되자마자 살갗이 아렸다. 나도 모르게 으스스 떨며 움츠러들었다.

"저쪽이야."

환이 힐끗 턱짓하며 재촉했다.

추워서 주춤한 건데 뭉그적대는 거로 오해한 듯했다. 그 순간 짜증이 솟구쳤다. 그동안 어떻게 지냈느냐, 잘 살았느냐, 오랜만이다 등의 의미 없는 인사치레는 이쪽도 원치 않는다. 아무리 그래도……

"줘."

구 년 만이잖아.

심통 난 표정으로 캐리어를 빼앗듯 가져왔다. 주저 없이 돌아서서 투덕투덕 걸었다. 나도 못되게 굴 수 있어. 하도 오래되어 잊었나 본데.

그가 덥석 내 팔을 잡아 서슴없이 돌려세웠다. 다분히 거친 힘이었다. 팔을 조이는 악력이 놀라웠다. 진짜 남자의 손이었다. 강한 손.

살갗과 살갗이 닿는 감촉을 느낀 것도 아니건만 심장이 부르르 떨었다. 그의 손에 코트로 가린 팔이 잡혔을 뿐인데 이런 반응을 보이는 내가 웃긴다.

"어디 가?"

나무라듯 그의 눈매가 가늘어졌다. 거친 남자의 안광에 호흡의 규칙이 흔들렸다. 그러나 태연한 척했다.

"택시 타고 갈 거야."

"왜?"

어이없다. 왜라니.

"불편하니까!"

결국 오리처럼 꽥꽥거리는 소리가 나와 버렸다. 하마터면 '너도 불편하잖아!'라고 따질 뻔했다. 깔끔하게 굴려고 했는데 구질구질한 본성이 나왔다. 난 왜 냉정하지 못할까. 상대는 타격 없이 무덤덤한 반응인데.

"목적지는 알아?"

환이 물었다.

기습 질문에 반격할 말은 없었다. 정작 나는 목적지를 몰랐다. 수세에 몰려서인지 비겁한 뇌가 '이대로 파리로 돌아갈래?'라고 유혹했다. 그러나 그건 아니다. 엄마는 만나야 하니까.

"집으로 가면 되는 거 아니야?"

"아니야."

"그럼?"

환이 대꾸 없이 또 캐리어를 갈취하려 했다. 손잡이를 힘껏 잡고 대항했으나 말짱 헛수고였다. 그가 아예 우악스레 뺏어갔다. 나는 그의 등을 앙칼지게 노려봤다.

"그냥 주소 알려줘. 나 불편하다고!"

"참아."

냉담히 일별한 그가 가버렸다. 배려나 다정함은 씨알만큼도 찾을 수 없었다. 인공지능 로봇도 저보다는 물렁할 것 같다. 분해서 씩씩거리다가 반대편으로 팽하니 돌아섰다. 집으로 가면 되지. 엄마가 어디 있든 집으로 오라고 하면 되잖아.

그러나 5분 후.

나는 입을 댓 발 내민 채 시커먼 자동차 보조석에 탔다. 지갑이 캐리어에 있었던 것이다. 코트 주머니에는 달랑 여권만 있었고 동전 한 개 없는 온전한 무일푼이었다. 제길.

앞일을 꿰뚫어본 듯 잠자코 대기하던 환은 즉시 운전을 시작했다. 침묵 속에서 자동차가 공항 도로를 달리는 동안 나는 차창 밖만 주시했다. 세상 구경이라도 해야 했다.

적대 관계처럼 묘한 긴장감이 돌았다. 왼쪽의 모든 감각이 점차 마비되는 기분이었다. 간간이 전율하듯 살결이 파르르 떨리는 거북함도 있었다. 이렇게 불편할 줄 알았다. 이런 상태를 불편이라고 정의한다면.

어느덧 바닷길은 끝났다.

차가 도시로 진입하자, 팔 년이라는 공백이 체감되었다. 도시의 풍경이 낯설게 다가왔다. 이제 이 세계는 나의 세계가 아닌 듯하다. 나야말로 이 세계의 이방인 같다.

"되게 많이 변했구나."

무심결에 혼잣말하는데,

"팔 년이니까."

운전만 하던 그가 조용히 응수했다.

자못 무심한 투였는데 내가 한국을 떠나 있던 햇수를 정확히 기억하는 게 희한했다. 나도 모르게 픽, 실소가 났다.

"어떻게 아네?"

차가 보행자 신호에 걸렸다.

전방 도로에 붙박여 있던 환의 눈길이 내게로 왔다. 까만 눈동자가 나를 가만히 보았다. 얼떨결에 나도 그를 보았다. 그러자 환이 말했다.

"나는 기다렸어, 너."

02
멈췄던 시계가 움직인다

쿨럭.

뜻밖의 말에 놀라서일까.

때아닌 잔기침이 나왔다. 푸들거리는 입술을 꾹 다물며 황급히 얼굴을 돌렸다. 당혹스러워서인지 얼굴이 화끈거렸다. 심연처럼 짙게 나를 바라보던 눈동자도 물러났다. 마침 신호가 바뀌었다.

무슨 심보야.

나는 허공 어딘가를 무작정 쏘아봤다. 본심은 그를 쏘아보고 싶었다. 출렁이듯 크게 요동쳤던 심장박동이 쉬이 가라앉지 않았다. 내내 덤덤한 척하려고 애썼는데 도발적인 한마디로 와르르 무너졌다. 동요해 버렸다.

"나는 기다렸어, 너."

그의 말이 희롱하듯 뇌리를 어지럽혔다.

떨라고 한 소리는 아닐 것이다. 놀리는 표정도 아니었다. 그래도 진심일 리 없다. 서로의 인연이 끊긴 지 장장 구 년이라는 세월이 흘렀다.

그 긴 시간을 기다렸다고? 오로지 나를? 아무리 가정을 해보아도 말이 안 된다. 아니면 실험한 건가? 내가 어떤 반응을 보일지.

혹 저 '기다렸다'는 다른 의미일 수도 있다. 남녀의 애정이 섞인 기다림이 아닌 우정·의리 등의 고결한 지란지교쯤?

아…….

미친다.

뒤늦게 나는 담담한 환과 달리 그의 말을 분석하느라 여념 없는 자신을 자각했다. 이러다 저 말들을 자음 모음으로 나눠 해부라도 하겠다.

피곤해.

쓸데없는 분석은 관두고 눈꺼풀을 닫았다.

도무지 목적지는 모르겠고 곁에서 은은하게 풍겨오는 남성적인 향으로 머리가 지끈거렸다. 의식하지 않으려 해도 온몸의 촉각이 환에게 곤두서 있었다. 개미의 후예가 된 기분이다. 그사이 더듬이가 생겼나 보다.

빵—

우렁찬 기적 소리가 귀청을 때렸다. 화들짝 눈을 뜨며 인지했다. 내가 잤음을. 환을 옆에 두고서 세상 나 몰라라 퍼질러 잤음을. 불편하다고 칭얼거릴 때는 언제고.

시차 때문이야.

나는 구차한 자기변명으로 스스로를 위안하며 옆자리를 슬쩍 곁눈질했다. 운전석이 텅 비어 있었다. 그리고 보니 차가 멈춰 있었다. 시동이 걸린 상태로 앙상한 나뭇가지를 드러낸 겨울나무 밑에 주차되어 있었다.

환은…….

밖에 있었다.

차체에 기댄 채 코트 주머니에 양손을 꽂고서 꼼짝하지 않았다. 코트 자락이 커튼처럼 운전석 차창을 가렸다. 그 덕에 차 안은 밤처럼 어스름했다.

개폼은.

나는 입술을 모나게 잘근거렸다. 그러면서도 환의 뒷모습을 훔쳐봤다. 표정은 일절 보이지 않았으나 상념이 깊은 듯했다. 넓은 어깻죽지가 일직선으로 그린 듯 곧았다. 환은 골똘한 상념에 젖을 때면 반듯한 어깨선이 더더욱 팽팽하게 펴졌다.

저 습관은 여전하구나.

무의식의 각성은 시큰한 전류를 동반했다. 가슴골이 타는 듯한 아릿한 통증을 느끼자마자 콧잔등이 실룩거렸다. 일일이 그를 탐색하는 건 관두자. 이 폐쇄적인 공간에 같이 있는 게 불편하여 나가 있는 모양인데.

나는 초점을 앞으로 옮겼다.

겨울 정취가 물씬 풍기는 정원 너머 하얀 건물이 있었다. 건물 상단에 붙어 있는 초록의 십자가가 보였다. 병원. 목적지가 병원이었나? 병원은 왜?

탁.

차에서 내렸다. 문 열리는 진동에 미동 없던 환이 움직였다. 돌아보는 눈동자는 여지없이 무감각했다. 감정을 잃어버린 사람처럼. 한데 뺨이 여릿하게 붉었다. 장시간 차디찬 공기와 마찰한 살갗이 언 듯했다.

"일어났어?"

"깨우지."

"방금 도착했어."

환이 짐짓 뚝뚝하게 대답했다. 자신의 뺨이 빨간 건 모르는 눈치였다. 하긴, 알 리 없지. 공기에 거울은 없으니. 완벽히 속이지도 못할 거면서 거짓말을 왜 해.

"어."

내버려 뒀다.

시시콜콜 따지고 들 만큼 친밀한 사이도–이제는– 아니고.

내가 무심히 병원으로 발끝을 틀자 환도 움직였다. 고즈넉한 전경의 병원 건물 뒤편으로 철길이 나 있었다. 잠결에 들었던 기적 소리는 기차 소리였던 듯했다. 초록 십자가 아래 병원 간판을 읽었다. 인정 요양 병원. 일반 병원도 아니고 요양 병원이었다. 요양 병원은 치매 환자나 오는 곳 아닌가?

"뜬금없이 여긴 왜 왔어?"

"들어가자."

질문은 무시하고 환이 병원 정문으로 향했다. 공항에서처럼 성큼성큼 앞장섰다. 제멋대로 구는 행동이 불만스러웠으나 꼬박꼬박 신경을 곤두세우는 것도 피곤해서 군말 없이 따랐다.

병원 정원에는 작은 산책로가 있었는데 추운 날씨 때문인지 산책하는 환자는 없었다. 지나치면서 화단에 쌓인 눈을 내려다봤다. 파리처럼 한국에도 눈이 왔던 모양이다. 한국 소식은 부러 담쌓고 살았기에 몰랐었다.

환이 병원 3층으로 갔다. 엘리베이터에서 나와 3층 복도를 살피면서도 묻지 않았다. 묻지 못했다는 표현이 맞다. 갑자기 물어보기 겁났다.

똑똑.

3층 복도 끝 병실에서 환이 멈췄다. 그가 가벼이 노크한 후 안쪽 대답도 듣지 않고 미닫이문을 열었다. 그리고 내 쪽으로 고개를 뒤돌렸다. 나는 미적거렸다. 환이 먼저 들어가라는 듯 한편으로 비켜섰다.

"이 메일은 이모 부탁으로 보내는 거야."

불현듯 유신 언니의 메일 내용이 떠올랐다. 이모, 그러니까 나의 엄마 부탁이라고 했다. 그런데 환이 나를 데리고 온 장소는 병원이다. 엄마가 나를 기다리는 곳.

나는 발을 느른히 뗐다.

심장이 긴장했다. 병실 안에서 나를 맞이할 풍경이 무엇일지 두려워지기 시작했다. 공기의 흐름도 불안했다. 조금, 아니 굉장히 무섭다.

환은 진중히 대기했다. 가슴팍이 여릿하게 들렸지만 그는 무표정으로 일관한 채 내가 스스로 병실에 가까워질 때까지 문지기처럼 끈질기게 기다렸다.

이윽고 병실 앞에 도달했다. 정수리를 스치는 시선을 감지하며 머뭇머뭇 지나쳤다.

하얀 천장, 하얀 바닥, 하얀 벽지가 시야를 하얗게 만들었다. 그와 대비되는 침대에 깔린 푸르른 이불.

색채 대비가 선명하여 눈이 시렸다. 그 색채 가까이 엄마가 서 있었다. 부쩍 체형이 왜소해지고 얼굴 주름이 진해진 엄마가 나를 차분히 맞이했다.

"제이야……."

"······엄······."

엄마를 포착한 찰나.

침대에 누워 있는 사람을 발견했다. 인공호흡기로 얼굴의 반을 가린 사람. 깊이 잠든 것처럼 눈꺼풀을 조용히 닫고 있는 사람. 그 사람의 머리카락은 서리가 내린 듯 희고 희었다.

"아빠······."

아빠였다.

나의 아빠, 윤영석 씨.

강한 충격이 내장을 뒤흔들었다. 방울방울 거품이 올라오는 듯 목구멍이 부글거렸고 뜨겁디뜨거운 액체가 망막에 차올랐다. 그러나 울음은 나오지 않았다. 넋이 나갔다.

"여보, 제이 왔어."

엄마가 아빠에게 속삭이듯 말했다. 당신의 눈동자가 고단하고 지쳐 보였다. 아빠는 깨지 않았다. 눈꺼풀조차 움찔하지 않았다. 냉동 인간처럼 아무런 반응이 없었다.

순간 알아차렸다.

이 풍경이 아주······.

아주 오래되었다는 사실을.

각성하자, 몸이 더는 움직여지지 않았다. 오히려 뒷걸음질했다. 머릿속 웅덩이에 묻어뒀던 기억이 스멀스멀 피어올랐다. 죽음의 검은 잔상이 현실의 광경을 덮었다.

"제이야."

환이 뒤로 주춤거리는 나를 붙잡았다. 팔을 붙잡힌 채 초점 잃은 눈동자로 그를 올려다봤다. 내게로 내려오는 짙고 까만 안광도 참담했다.

너는 알고 있었구나. 나만 모르고 세상 태평하게…….

신랄하게 그의 손을 뿌리치고 몸을 돌렸다. 병실에서 도망쳤다.

"제이야!"

엄마가 다급히 쫓아왔다.

"제이야! 제이야!"

미친 듯이 엘리베이터 하행 버튼을 누르다가 엄마에게 잡혔다. 차마 엄마 얼굴을 보지 못하겠다. 비트는 얼굴을 엄마의 손이 감쌌다.

"제이야……."

안타까운 눈동자가 보듬듯 내려왔다. 그제야 눈물이 또르르 굴러 나왔다. 엄마의 눈도 젖었다. 그녀가 나를 안았다. 나는 엄마의 가냘픈 목에 얼굴을 묻었다. 흑흑. 삼키는 울음소리가 새어 나왔다.

아빠가 뇌출혈로 쓰러진 건 이 년 전이라고 했다. 심각하고 위급한 상황에서 수술이 이뤄졌다. 그리고 지금까지 혼수상태로 깨지 못했고, 일 년은 중환자실에서, 일 년은 전문 요양 병원에서 보냈다고 했다.

"……왜 내게 알리지 않았어?"

그러고 보니 이 년 하고도 육 개월 전 부모님과의 영상통화가 마지막이었다. 지난 팔 년 동안 엄마를 본 건 횟수로 한 번, 영상통화 횟수는 세 번에 불과하다. 그렇기에 장시간 연락이 없어도 개의치 않았었다. 한데 그때 보았던 아빠의 생생한 모습이 마지막이었다니…….

"깨어날 거란 희망이 있었어."

엄마가 한숨을 쉬었다.

한숨이 깊다. 가슴 속 깊은 곳에서 우러나오는 숨이다. 초점 없이 공허하던 눈길을 들었다. 하면…….

"……지금은 없단 거야?"

엄마가 휴게실 의자 등받이에 맥없이 기대며 종이컵에 담긴 커피를 쓸쓸한 눈빛으로 내려다봤다. 허옇게 갈라진 엄마의 입술이 어렵게 우물거렸다.

"……응."

그녀의 입술 끝에 힘이 들어갔다.

"너 아빠랑 마지막 인사하라고 부른 거야."

체념이었다.

"존엄사를 결정해서……."

흑. 다시 울음소리가 잇새를 통과했다. 손바닥으로 막고 이마를 테이블에 박았다. 격한 감정으로 등까지 흔들렸다. 끼익. 의자 다리가 대리석 바닥을 끄는 소리가 들렸다. 맞은편에 앉아 있던 엄마가 옆자리로 왔다. 그녀가 내 등을 토닥거렸다. 머리통 위에서 작게 훌쩍거리는 소리가 들려왔다.

"나한테…… 나한테 말해줬어야지! 이 년, 이 년 동안 이러고 살았어? 엄마도! 아빠도! 둘만 이러고 살았냐고!"

불끈 화가 치밀었다. 서글픔 이상의 원망이 나왔다. 엄마가 아닌 나에게.

한국에서, 내 부모에게 벌어진 일은 까맣게 모르는 채 나는 나름의 유학 생활을 만끽했다. 몇 번 날아왔던 엄마의 안부 메일에 답장도 안 했다. 무소식이 희소식이라고 매정히. 그러니 애먼 사람을 원망해서는 안 되었다. 애초에 가족에게 무심했던 내 잘못.

"나는 딸도 아니야? 어떻게 나한테 이래!"

"너 어쩌고 갔는지 아니까…… 네가 거기서 어땠는지…… 엄마가 알잖아. 아빠가 일어나면…… 깨어나면 말해주려고 했어. 그때가 올 줄 알았어."

"아무리…… 그래도 알려줬어야지…… 진작 알려주지!"

자식이라고는 나 하나뿐이면서. 이건 배려가 아니야. 오히려 더 날 아프게 하는 거라고. 내가 아빠한테도, 엄마한테도 미안하잖아. 못되고 한심한 딸내미가 해준 것도 없는데…….

"미안해. 미안해, 제이야."

되레 엄마가 미안해했다. 아마 아빠도 미안해할 것이다. 부모의 마음은 그럴 것이다.

육 년 만에 만난 엄마는 작고 왜소했다. 장기간 병간호로 마음

고생이 얼마나 심했는지 살점이라고는 거의 없이 비쩍 말라 있었다. 엄마를 안았다. 이기적인 딸이 해줄 수 있는 일은 그것뿐이었다.

얼마 후 나는 병실로 돌아갔다.

환은 병실을 지키고 있었다. 잔뜩 운 티를 내지 않으려 외면하고 침대로 갔다. 깊고 깊은 잠을 자는 아빠와 가까이 앉았다.

기억 속의 아빠는 늘 씩씩하고 건강했다. 한데 눈앞의 아빠는 덧없이 약한 사람 같았다. 한참 아빠를 바라봤다.

아빠가 좋은 꿈을 꾸었으면 좋겠다고 바랐다. 이 병원 밖 기차를 타고 여행 가는 꿈이라도 꿨으면 좋겠다고 바랐다. 그런 바람이 들수록 자꾸 눈물이 났다. 연신 주르륵주르륵 흘러내려서 훌쩍이지 않으려 부단히 애써야 했다. 내가 그러는 동안에도 환은 묵묵히 뒤에서 대기했다. 그림자처럼.

"집에 갔다가 내일 와. 네가 여기 있어도 할 일이 없어. 너도 비행기 타고 오느라 고단하잖아."

"엄마랑 있을래."

"네가 가야 엄마가 쉬어."

엄마가 굳이 쫓아내려 했다. 엄마도 쉰다는 말 때문에 더는 고집부릴 수 없었다. 하는 수 없이 아빠와 인사하고 병실에서 나왔다. 엄마는 아쉬운지 엘리베이터 앞까지 나를 배웅했다.

"가서 아무 생각 말고 쉬어. 뭐 좀 먹고."

"응. 알았어."

"그리고……."

말이 어려운 듯 엄마의 입술이 우물거렸다. 끝끝내 엄마가 도움을 청하듯 환을 올려다봤다. 무언의 당부를 알아들은 듯 환이 설핏 턱짓했다.

"가."

의아하여 벙긋하는데, 엄마가 문이 열린 엘리베이터 안으로 밀었다. 마지못해 엄마의 뜻에 따랐다. 환은 수행 비서처럼 움직였다. 입술에는 자물쇠를 채우고 얼굴에는 무표정 가면을 쓰고.

"뭔데?"

차가 요양 병원 주차장을 빠져나온 후에야 물었다. 자느라고 보지 못하였던 낯선 풍경 속으로 차가 진입했다. 좁은 2차선 도로에는 가로수가 줄 맞춘 듯 정렬해 있었다. 앙상한 가지를 드러낸 겨울나무의 줄기는 탄탄하니 곧았다.

"가면 말해줄게."

길 따라 핸들을 꺾으며 환이 말했다.

날 보지 않았다. 왔을 때처럼 침묵하며 운전만 했다. 곁눈질로 그의 옆얼굴을 쏘아봤다. 이해할 수 없는 부분이 많다. 환이 나를 데리러 온 것도, 나는 몰랐던 내 부모의 사정을 그가 세세히 알고 있다는 점도 그랬다.

어째서 환이…….

의문이 있긴 했으나 아예 답이 없는 것은 아니었다. 엄마와 그의 엄마는 절친한 친구 사이다. 좋은 이웃 간이기도 하다. 그러니 그와 나의 관계가 끊긴 사정과 별개로 부모들은 여전히 좋은 관계를 유지해 왔을 것이다. 그래서 도움을 주는지도 모른다. 엄마 친구 아들로.

한 시간여가 지난 후 익숙한 동네가 나타났다.

질리도록 오르내렸던 골목을 차가 능숙하게 달렸다. 나는 눈으로 멀거니 길을 좇았다. 뇌리에 잠재되어 있던 영상이 되살아났다. 열여덟 살 환과 열여덟 살의 내가 길 위에 나타났다.

$*^*$

8월. 여름이었다.

짧은 교복 치마를 팔랑거리며 골목 어귀를 꺾는데, 낯익은 교복의 뒤태가 앞에서 걸어가고 있다. 번쩍번쩍 점프하듯 크게 뛰었다. 환은 이어폰으로 귀를 막고 있어서 등 뒤의 기척을 전혀 알아채지 못했다.

"쿡."

확 안아버릴까?

달리기로 간격은 좁혀놓고 나는 대담한 포옹으로 목표를 바꿨다. 살금살금 접근하며 양팔을 활짝 펼쳤다. 그의 허리를 와락 감으려는 찰나,

"왁!"

그가 돌아섰다.

그 바람에 나는 '억' 하는 중년 아저씨 탄성 비슷한 소리를 내며 까무러치게 놀랐다. 휘청하는 손목을 그가 안전하게 감아서 똑바로 세웠다. 얄궂은 입술이 함박만큼 벌어졌다. 눈도 긴 꼬리가 생길 정도로 가늘게 길어졌다.

"알았어?"

"알지."

벌렁거리는 심장에 손바닥을 대며 따지자, 환이 끄덕였다.

삐죽거리며 그의 한쪽 귀에서 빠져나와 덜렁거리는 이어폰을 가져왔다. 이어폰을 통해 팝송이 흘러나왔다. 음악도 듣고 있었는데 어떻게 알았지?

"우리 엄마가 과외하래. 내년이면 고3이라고. 이모는 너한테 그런 강요 안 하지?"

내가 지칭하는 이모는 환의 엄마를 뜻했다. 태어날 때부터 쭉 같이 커왔기에 나는 그의 엄마를 이모라 불렀다. 그리고 환의 아빠는 우리 부모님이 부르는 호칭을 따라서 지 회장님. 환의 아빠는 자신도 이모부로 불러달라고 하셨지만 왜인지 약간 어려웠다. 반면 환은 우리 부모님을 꼬박꼬박 어머니, 아버님이라고 불렀다. 엄마도, 아줌마도 아닌 어머니. 아빠는 극도의 예의바른 아버님. 그 호칭에 주변 어른들은 우리 부모님에게 어린 사위가 있어서 좋겠다며 호들갑을 떨곤 했다.

"응."

"쳇. 재수 없는 엄마 친구 아들."

가진 것 많은 그의 당당한 대꾸에 불만스레 나는 입술을 까뒤집었다. 픽, 짤막하게 웃은 그가 비딱하게 찌그러진 뺨을 꼬집듯 잡았다. 흰자를 드러내며 흘기는데,

"어?"

달라진 헤어스타일이 시야에 들어왔다. 환의 머리카락이 스포츠형으로 시원하게 깎여 있었다. 짧아진 머리카락으로 손을 번쩍 들어 올렸다.

"머리 잘랐어?"

"더워서."

"나한테 점검받았어야지. 다음부터는 혼자 가지 마."

"응."

환의 머리카락을 손바닥으로 살살 매만졌다. 손바닥을 찌르는 까슬까슬한 느낌이 좋았다. 밤송이를 만지는 것 같았다. 그는 거부 없이 익숙하게 내 손길을 받았다. 스포츠형 헤어스타일도 무진장 잘 어울리는 환이다.

"아이, 예쁘다. 우리 환이."

엄마 말투로 칭찬하며 머리카락을 쓸자, 환이 어이없다는 듯 실소했다. 그러나 눈매는 길게 휘었다.

* *

그때까지만 해도 우리는 평생 같이 있을 줄 알았다. 어릴 때부터 쭉 같이 있었으니까 단연코 그럴 줄 알았다. 열여덟의 나는 너와 함께 스물하나…… 스물셋…… 스물다섯…… 스물여덟이 될 줄 알았다. 당연히.

열여덟 살의 그와 내가 있던 골목이 멀어졌다. 얼마 안 되어 높다란 회색 담벼락 아래 차가 정지했다. 나는 의아했다. 우리 집으로 가려면 두 블록 더 직진해야 했다. 이 넓은 담벼락 너머는 그의 집이었다.

"왜 여기로 와?"

내 질문을 또 무시하며 환이 시동을 껐다. 황당하여 일그러진 표정도 무시했다. 나는 신경질적으로 안전벨트를 풀고 차에서 내렸다. 그냥 나 혼자 걸어가면 되지.

"이리 줘."

차에서 내린 그가 트렁크에서 캐리어를 꺼냈다. 손을 내밀었으나 환은 대문으로 향했다.

아주 무시가 습관이다. 눈알을 부라리는 사이 열린 대문 너머로 환이 사라졌다. 캐리어가 없으면 아무것도 못 한다. 멍청하게도 지갑을 또 안 꺼냈다.

"너희 부모님께는 내일 인사드릴게. 나 오늘은 그럴 기분 아니야."

난 환의 속내를 간파했다. 한국에 왔으니 그의 부모님께 인사부터 드리는 게 경우에 맞다. 그러나 지금은 그럴 여력이 없었다.

여러 가지로 심경이 복잡하여 혼자 있고 싶었다. 그와도 빨리 떨어지고 싶었다.

"두 분 해외 출장 가셨어. 며칠 있다 오실 거야."

환이 돌계단을 올라가며 답했다. 나는 멈칫하며 미간을 찌그렸다. 부모님도 안 계시는데 여길 왜…….

"올라와."

마지막 돌계단을 디딘 그가 돌아보았다. 땅에 다리를 붙박은 내게 종용하듯 턱짓까지 했다. 도무지 갈피를 잡을 수 없었다. 무슨 의도인지.

캐리어가 환에게 볼모로 잡혀 있었기에 마지못해 다시 움직였다. 자연스럽게 쌓인 돌계단을 한발 한발 밟고 오르는데 감회가 새로웠다. 오랜만이라서 그런가. 수시로 들락거리며 디디던 계단이었는데…….

곧 눈 쌓인 넓은 정원이 나타났다. 회상에 젖듯 멍하니 정원을 바라봤다. 예전이나 지금이나 풍경이 같았다. 사계절 푸르른 소나무 조경이 근사했고 구름 솜 같은 눈이 덮인 솔잎의 푸름은 시야를 맑게 했다.

"이쪽으로."

환이 채근했다. 까닥, 턱짓한 그가 모던 스타일의 복층인 본채를 지나쳤다. 캐리어를 든 채 좌측으로 돌아가는 경로가 이해 안 되었다.

본채 좌측에는 단독 별채가 있다. 작은 펜션처럼 주거 공간이

갖춰진 별채는 간간이 손님이나 수행 비서 등의 직원이 묵고는
했다.

환은 별채로 들어갔다. 그를 따라 들어가면서 나는 시큰둥하
게 안을 휘둘러보았다. 구조는 예전과 달라진 게 별반 없다. 깔
끔한 주방과 거실, 정원이 내다보이는 넓은 창, 벽걸이 TV, 벽걸
이 선반……

"응?"

선반 위의 물건들이 시야에 들어왔다. 눈에 익은 물건들이 가
득했다. 쿵쾅쿵쾅, 빠르게 그쪽으로 다가갔다. 환이 거실 바닥
에 캐리어를 놓았다. 그는 태풍의 눈 한가운데 있는 사람처럼 고
요했다.

"이것들이 왜 여기 있어?"

나는 선반 중앙에 놓인 액자 하나를 들었다.

액자 속 사진에는 엄마, 아빠, 교복을 입은 내가 있었다. 고1이
되면서 찍었던 우리 가족 사진. 그 옆으로는 내 독사진이 담긴 작
은 액자 몇 개, 학창 시절 미술 대회에서 받았던 내 상패 몇 개
등 내 집 장식장에 들어 있었던 것들이 죄다 여기 있었다. 여기
환의 집 별채에…….

"……어떻게 된 거야, 이거?"

환을 돌아봤다.

내리깔았던 눈길을 든 그가 나를 깊게 응시했다. 고요한 동공
에는 수많은 이야기가 담겨 있었다. 병원에서 언뜻 스쳤던 엄마

의 눈동자가 오버랩되었다. 불현듯 인식했다. 내게 감추었던 건 아빠의 상황뿐이 아니다.

휙—

발끝을 틀었다. 곧장 방으로 들어가 붙박이장부터 벌컥 열었다. 엄마 아빠의 옷들, 엄마 아빠의 물건들이 꽉꽉 채워져 있었다. 쿵쿵거리며 마룻바닥을 지나 건넛방으로 갔다. 아무도 사용하지 않은 새 침대, 붙박이장.

장을 활짝 열어젖혔다.

내가 입었던 옷들 몇 벌, 내가 사용하던 물건들이 차곡차곡 정리되어 있었다.

"……허."

다리가 풀려서 침대에 털썩 앉았다. 토할 것처럼 속이 울렁거렸다. 쿵덕거리는 심장을 진정시키려고 큰 숨을 내쉬는데 방문 너머로 환이 나타났다. 그가 나를 바라보았다. 안쓰럽게나 슬프게 보지는 않았다. 그저 기다리고 있었다. 내가 폭발하든 발광하든 받아줄 준비는 되어 있는 듯했다.

"우리 집…… 언제 넘어갔어?"

나는 단념했다.

미쳐서 날뛰어봤자 진작 벌어진 일이었다. 돌이킬 수 없는 일이었다. 더불어 구 년 만에 만난 환에게 추잡한 모습을 보이고 싶지 않았다.

아빠는 중소기업을 이끌고 있었다. 환의 아빠인 지 회장님이 경영하는 기업의 하청 업체라서 제법 안정적이었고 유망하다는 평가를 받았었다. 한데 아빠가 무리한 투자를 강행한 듯했다. 고3 무렵 지 회장님이 아빠에게 염려스러운 잔소리를 하는 걸 얼핏 들었었다. 당시 약간 걱정스럽기는 하였으나 어른들의 일이니 무심히 넘겼었다.

결국 그 일이 터진 거구나.

그래서 아빠가…….

"아버님 쓰러지시고 얼마 안 되어서."

환이 대답했다.

"그랬구나."

나는 무기력하게 조소를 흘렸다.

그 후부터 지금까지 이곳에서 신세 지고 있었구나, 엄마는…….
그 엄청난 일을 혼자서 감내하며…….

"……네게 알리지 않은 건…….'

설명하려던 그의 목울대가 크게 꿈틀했다. 그러곤 솟구치려는 감정을 절제하려는 양 짧은 호흡을 했다.

"엄마가 그러라 했겠지."

나는 나지막이 가로막았다. 환의 입술이 도로 다물렸다.

뻔하다. 엄마는 나밖에 모르니까 그랬을 거다. 그래도 너무해. 날 왜 이렇게 나쁘게 만들어……. 그러나 이 문제 또한 내가 화낼 일이 아니다. 내가 미안해야 할 일이다.

극심한 스트레스로 인해서인지 극심한 피로가 머리꼭지를 눌렀다. 도저히 참을 수 없었다. 침대에 쓰러지듯 웅크리고 누웠다. 눈앞에 까만 점막들이 떴다. 거미줄 치듯 시야를 희롱하는 점막들을 없애려 눈을 닫았다.

"나 잘래."

"그래. 쉬어."

환이 캐리어를 방 안쪽에다 놓고 문을 닫았다.

닫힌 문 너머에서 마룻바닥을 디디는 발소리가 희미하게 넘어왔다.

성큼성큼. 구 년 만에 듣는 발소리인데 귀에 익숙하다. 여전히 보폭이 크고 시원스럽다. 까무룩 눈이 감겼다. 잠이 쏟아졌다.

고단한 하루다.

눈을 떴을 때는 밤이었다. 창 너머 정원으로 내려앉는 칠흑의 밤이었다. 둥근달 모양의 가로등에서 쏟아지는 불그스름한 홍 빛이 산 모양의 소나무 언저리를 비췄다.

흐트러진 매무시를 대충 가다듬다가 어둠 속의 희미한 형체를 발견했다. 환이 놓고 간 캐리어였다. 저걸 챙겨 비행기를 탈 때만 해도 단순히 엄마가 생짜를 부린다고 가늠했다. 이토록 암담한 일들이 닥칠─닥치는 건 아닌가. 진작부터 벌어진 일들이었으니─ 거라곤 상상도 못했다. 조금 불안하긴 했지만.

난 이제 어떡해야 할까.

더한 문제는······.

환이다.

"후우."

한숨을 쉬다 보니 끝없이 감정이 가라앉았다. 공허한 마음을 창밖 정원으로 보냈다. 안이나 밖이나 아무런 소리도 들리지 않았다. 무섭도록 적막했다. 엄습해 오는 적막을 견디기 어려웠다.

캐리어를 챙겨 별채에서 나왔다. 본채 2층에서 어슴푸레한 빛이 흩뿌려졌다. 환의 방이었다. 환은 저기 있을까? 힐끔 올려다보고 조용조용 본채를 지나쳤다. 도망치듯 살금살금 걷고 있음에도 자존심은 도둑걸음이 아니라고 우겼다. 될 수 있는 한 발소리를 내지 않을 뿐이라고.

돌계단에 다다랐을 때였다.

"어디 가?"

등 뒤에서 저음이 울렸다.

아씨, 들켰다. 철렁한 심장 때문에 다리가 자동으로 섰다.

저벅저벅.

침착한 발소리가 정원을 가로질렀다. 굳어 있는 내게로 환이 다가왔다. 하필 정원에 있을 게 뭐람. 잠이나 자지. 캄캄한 데서 뭐 한 거야?

"갈 데는 있어?"

캐리어를 발견한 그가 물었다. 어둠에 물든 눈동자는 더없이 짙었다. 도무지 속을 읽을 수 없었다.

"호텔, 게스트하우스, 모텔. 밖에 널리고 널린 게 숙박업소인데, 뭐."

"그냥 여기 있어."

큰 손이 캐리어 손잡이를 잡았다. 뺏기지 않으려고 난 양손으로 그러쥐고서 버텼다.

"불편해. 불편하단 말이야."

"⋯⋯하."

환이 갑갑하다는 듯 짤막한 한숨을 내쉬었다. 낮고 짧은 숨이었는데 심장이 움찔 반응했다. 그의 행동에 하나하나 반응하는 내가 신물 난다.

"어린애처럼 철없이 굴지 마. 지금은 저기가 네 집이야."

"나한테는 아니야. 차라리 호텔에 있는 게 낫겠어. 병원에도 내가 알아서 갈게. 넌 신경 꺼."

"제이야."

돌아서려는데, 그의 손이 굳세게 캐리어 손잡이를 당겼다. 난 요동치듯 크게 팔을 휘둘렀다. 거친 반동으로 캐리어가 그와 내 손에서 벗어나 나뒹굴었다. 쓸데없는 힘 싸움으로 캐리어 등이 터졌다.

"불편하다니까! 너도 불편하잖아!"

처참한 캐리어 때문일까. 나도 모르게 앙칼진 소리가 튀어나왔다. 그의 미간이 꿈틀했다. 뒷말은 하는 게 아닌데⋯⋯. 난 왜 일단 저지르고 볼까. 공연히 서운하다는 투로 들을까 봐 후회하며 돌아섰다.

"아니야!"

돌연 환이 내 손목을 거칠게 잡고 돌렸다.

억세다 싶을 정도로 강한 힘이라서 중심이 흐트러졌다. 약하게 휘청하는 손목을 굳게 움켜쥔 그가 나를 가로등 기둥에 밀어붙였다. 그리고 가두듯 내 앞을 가로막았다. 서로의 숨결이 잇닿을 만큼 좁은 틈만이 남았다.

"아니야."

환이 감정을 가라앉히려는 듯 낮은 숨을 내쉬었다. 그의 가슴팍이 크게 들썩였다. 다소 거칠게 오르내리는 가슴팍 진동이 여실히 느껴졌다.

"네가 불편한 게 아니야."

눈을 들었다. 환을 보려 턱을 올렸다. 그의 미간은 잔뜩 일그러져 있었다. 자신도 주체할 수 없는 감정이 엉키는지 눈동자가 세차게 일렁였다.

"어려운 거야."

한꺼번에 밀어닥치는 해일을 만난 양 내 심장도 세차게 뛰기 시작했다.

"어려워."

환이 말했다.

"……미치도록 보고 싶었는데……."

주저하는가 싶더니 격한 숨을 몰아쉬면서 자신의 속마음을 숨김없이 털어놓았다. 내가 미치도록 보고 싶었다고. 그의 숨결이 이마를 스쳤다. 남자의 숨이 한없이 뜨거웠다.

"막상 널 보니까 어떻게 해야 할지 모르겠어."

그리고…….

토해내듯 덧붙였다.

"심장이 터질 것 같아서."

03
네 시계 소리

"그러니까……."

환이 고개를 비스듬히 기울였다. 가파르게 내려온 숨결이 귓가에 잇닿았다. 치닫는 감정을 제어하려는 듯 그가 목울대를 힘껏 눌렀다

"어디 가지 마."

공기처럼 저음이 퍼졌다. 바람도 들으면 안 되는 것처럼 낮고 짙었다.

심장이 멎는 것 같았다.

상상조차 못하였던 불시의 고백은 심장을 최대치로 팽창시켰다. 심장의 열기가 역류하여 입안을 불끈불끈하게 달궜다. 작은

자극이라도 받는다면 도리어 내 심장이 그의 심장보다 먼저 터질 것 같았다.

환이 떨어졌다.

옆구리 터진 캐리어를 차분히 챙긴 그가 가만히 굳어 있는 내 손을 그러쥐었다. 의기를 잃어버린 난 더는 저항하지 않았다. 그의 손에 잡힌 채 별채로 갔다.

나는 수동적인 인간이 아니다. 그러나 이 순간만큼은 심신이 비활동 모드에 돌입했다. 감정의 충돌로 합선된 사고 회로가 버퍼링을 일으키고 있었다. 일종의 쇼크 상태였다.

"자."

환이 가출한 딸을 잡아온 듯 엄하게 굴었다. 다짜고짜 나를 침대에 앉히고서 아까처럼 작은 방 안쪽에다 캐리어를 놓았다. 그리고 격려하듯 문까지 닫았다. 시원시원한 발소리와 몇 번의 작은 소음이 지나간 후 별채는 적막에 휩싸였다. 세상과 동떨어진 것 같았다.

"하아……."

공연히 숨이 찼다. 한숨 쉬듯 크게 심호흡을 두어 번 거듭하고서 침대에 누웠다. 눈으로 손을 더듬었다. 그가 잡았던 손을.

구 년 만에 살갗과 살갗의 접촉이었다. 구 년 만에 닿은 그의 맨손이었다. 그런데 손이 낯설지 않았다. 어제도 그제도 잡았던 손처럼 너무나 익숙하고 너무나 친숙해서 심장이 저릿했다.

"……미치도록 보고 싶었는데……."

"심장이 터질 것 같아서."

환의 말들이 되감기 되었다.

그가 그토록 감추지 않고 자신의 감정을 내보일 줄은 몰랐다. 참을 수 없어 터진 것 같긴 했지만 어린 환조차 그런 식의 다소 격정적인 고백은 한 적 없다. 더구나 우리의 감정은 그 추운 겨울날 끊겼다.

그 감정을 여태껏 간직해 왔다는 말인가. 어떻게 그럴 수가 있지.

미친놈.

혼잡한 의식에 자물쇠를 채우듯 부러 비딱하게 욕설을 퍼부었다. 전화벨이 울렸다. 어지러운 머릿속을 덮고 서둘러 거실로 나갔다. 무선 전화기에서 푸른 불빛이 깜빡거렸다. 저걸 받아도 되나 싶었지만 시끄러운 벨소리가 더 듣기 싫었다.

"여보세요."

[제이야. 너 왔구나.].

사촌 언니 유신이었다.

유신 언니가 이 별채로 전화했다는 사실은 그녀도 작정하고 나를 속였다는 증거였다.

"언니. 어떻게 나한테 이래?"

서운하여 신랄한 힐책부터 나왔다.

"엄마가 만류했더라도 언니는 나한테 알려줬어야지. 장장 이 년인데…… 이 년 동안이나…… 어떻게 날 속일 수 있어?"

[제이야…… 미안해.]

언니는 짐작했던 모양이었다. 애먼 원망을 쏟아붓는 내게 무조건 사과했다. 그 어떠한 변명도 하지 않았다.

[언니가 정말 미안해.]

약빠른 작전이라면 제대로 먹혔다. 난 길게 화내지 못했다. 엄마 대신 평온한 안부 메일을 꼬박꼬박 보내던 언니였다. 텍스트에 불과하더라도 거짓 문구를 나열하는 건 힘겨운 일이었을 거다.

[제이야. 어쩔 수 없는 일이었어. 그 누구의 잘못도 아니고 사고 같은 일이었어.]

침묵을 일관하자, 유신 언니가 안절부절못했다. 내가 엇나갈까 봐 불안한 모양이었다. 언니와 파리에서 사 년 동안 같이 살았었다. 그 누구보다 내 속을 잘 읽는 언니였다. 나도 언니 마음은 안다. 모를 수 없다.

[천재지변 같은 일이니까 네가 몰랐다 해서 자책하지 마. 네 잘못이…….]

저편에서 아기 울음소리가 들렸다.

갓 10개월 된 조카가 엄마를 찾는 듯했다. 그녀는 사 년 전 같은 유학생이었던 한국인 남자와 결혼했다. 양가 부모님과 친구 서너 명 그리고 나를 초대한 하우스웨딩을 했고, 졸업하자마자 한국에서 신접살림을 차렸다. 그래서 난 효정과 합치기 전까지 일 년 정도 혼자 지냈었다.

"정유 운다. 얼른 가서 안아줘."

[제이야, 괜한 생각 하지 마. 언니가 내일은 안 되고 모레 병원으로 갈게. 병원에서 보자, 응?]

"알았어."

초조해하는 듯한 유신 언니와의 통화를 끝냈다. 무선전화기에서 자유로워지자마자 얼굴을 무릎에 묻었다.

하루가 일 년 같다. 혼란의 연속이다. 병원, 존엄사를 준비하는 아빠, 긴 간병으로 찌든 엄마, 우리 가족의 현실, 그리고 환.

감당 안 되는 상황이 부대꼈다. 판단력도 흐려져 사태 파악도 똑바로 안 되었다. 우리 가족을 어떻게 해야 될지…… 나는 무엇을 해야 될지…… 환, 너는 도무지 무슨 생각인지…….

문득.

진실을 깨우쳤다.

고개를 들었다. 거실 전면 통유리 너머 어두컴컴한 정원을 시선으로 머금었다. 저 너머에서 서성이던 환의 환영을 떠올렸다. 환영을 서늘히 응시했다.

환.

너는…….

그 시간 동안 날 찾아오지 않았다. 미쳐 버릴 정도로 내가 보고 싶었다면서 그 긴 시간 동안 날 내버려 두었다. 죽어 있는 내 시계를 되살려 주지 않았다. 그러면서 이제 와……

왜?

새삼 날 보니 감정이 새록새록 솟은 건가.

"픽."

자조적인 조소가 나왔다.

나의 자아는 비딱한 결론을 외려 인정한다. 막연히 치부해 놓고 그게 정답이라고 믿는 아이러니. 마음에 사춘기 소녀가 사나 보다.

벌떡 소파에서 일어났다. 탁탁. 신경질 부리듯 집 안의 전등 스위치를 차례차례 끄고 방으로 들어갔다. 대자로 침대에 누워 눈을 감았다. 시야가 캄캄해지니 가팔랐던 심장 고동 소리가 잦아들었다. 마음의 눈도 닫았다. 눈이 녹듯 서서히 속이 편해졌다. 탁한 호흡도 점차 맑아졌다.

"넌 백수야?"

생각보다 잘 잤다. 온몸이 개운할 정도로 숙면을 취했다. 낯선 듯 낯설지 않은 공간이라서 그런 건지. 병원 갈 준비를 끝낼 즈음 가사도우미 아줌마가 별채로 왔다. 오랫동안 환의 집을 지키는 분이었다. 반가워하는 그녀에게 모나게 굴 수 없었다. 하는 수 없이 얌전히 따랐다. 환은 전날처럼 말끔한 차림새로 식탁에서 기다리고 있었다. 정갈하고 소박한 아침상을 마주 보고 앉는 내게 그가 '병원에 데려다주겠다'고 했다. 나는 괜스레 불퉁거리는 질문을 던졌다.

"백수 같아?"

픽. 실소하듯 환이 짤막히 웃었다.

"어제도 그렇고 오늘도 이러니까."

평일인 어제처럼 오늘도 동행하겠다는 말의 의문이었는데 그의 일상이 궁금한 질문으로 오해하면 어쩌나 하는 시시한 걱정이 들었다. 굳이 덧붙였다.

"하긴 백수면 어때. 대대손손 금수저인데."

의도와 달리 무심코 비꼬았다. 후회로 혀끝이 말렸으나 이미 뱉은 말은 거둘 수 없었다. 이놈의 주둥이 꿰매 버리든가 해야지.

"어제는 연차였고, 오늘은 너 병원에 데려다주고 바로 출근할 거야."

환은 그다지 개의치 않았다.

"출근? 회사 다녀?"

"응."

"어디?"

결국 나는 호구 조사하듯 질문을 이었다. 말초신경을 자극하는 궁금증은 어쩔 수 없었다. 교복을 입었던 그가 세련된 슈트 차림으로 출근하는 회사는 어딜까. 꿈을 이룬 걸까?

"아버지 회사."

환이 덤덤하게 답했다.

그의 답에 나는 음식 씹기를 그만두었다. 환의 내리깐 눈꺼풀을 빤히 응시했다. 그는 눈을 들지 않았다. 자신에게 쏠린 시선을 알면서도 묵묵히 음식을 씹었다.

아버지 회사.

어째서?

그 후 대화는 끝났지만 의문은 병원으로 향하는 차 안까지 지속되었다. 어제처럼 환은 운전만 했고 나는 차창을 내다봤다. 어제처럼 머릿속이 복잡했다. 연속 이틀 째 사고회로가 바빴다. 과부화로 어그러질 것 같다.

환은 대대손손 기업가 집안의 독자다. 현재는 경영 승계를 이어받은 그의 아버지가 회장이다. 능력 넘치는 그의 엄마 또한 상무이사다. 자수성가한 아빠의 중소기업이 물꼬를 튼 가장 큰 이유는 인맥이었다. 아빠는 엄마의 친구였던 환의 엄마의 도움으로 기업의 하청을 받았다. 그런 식의 연결고리가 있었다.

환의 부모님은 365일 바빴다. 환은 실상 혼자나 다름없었다. 아기 때는 유모 손에 컸고, 초등학생 때는 가사도우미가 해주는 밥을 먹었다. 더 커서는 저녁 식사만큼은 우리 집에서 해결했다. 나와 매일 같이 밥을 먹었다.

여덟 살 때부터 환은 그랬다.

"나는 회장님은 절대 안 될 거야."

"사장님 될 거야?"

"아니. 사장님도 안 될 거야."

"그럼 뭐 할 건데? 우리 아빠가 사람은 놀고먹으면 안 된다고 했어. 너 놀고먹으면 큰일 나."

"놀고 안 먹어. 집 지을 거야."

"집? 어떤 집? 너희 집처럼 큰 집?"

"아니. 작은 집. 내가 너도 집 지어줄게."

"공짜로?"

"공짜는 좀 아까운데."

"얼마 받으려고?"

"음…… 십만 원?"

큰 집도 싫다 하고 큰 회사도 싫다 했다. 작은 집에서 살고 싶어 했고, 작은 집을 짓고 싶어 했다. 십만 원에 내 집도 지어준다고 꼭꼭 약속했다. 환은 그 약속을 지키려 중학교 때부터 건축 설계 수업을 들었고, 고등학교 입학해서는 꿈 실천의 일환으로 부모님께 기업 경영 거부를 선포했다.

그런데 아버지 회사라니…….

건축과는 일절 관련 없는 화장품 회사인데…….

"저기다 내려줘."

병원 정문이 보였다. 나의 요구에 갓길에서 브레이크가 걸렸다. 운전석에서 무던히 인사하는 환에게 대충 턱짓하고 내렸다. 서먹한 공기에서 벗어나서인지 밖의 겨울 한기가 되레 신선하게 다가왔다.

"어려워."

어젯밤에는 '미치도록 보고 싶다'와 '심장이 터질 것 같다'라는 말에만 꽂혀서 다른 말은 곱씹지 못했었다. 나는 뒤늦게 각성했다. 정작 중요한 말은 '어려워'였음을. 오는 내내 그 어려움을 새삼 통감했다. 친구도 연인도 아닌 우리 사이의 어려움. 현 시점에서는 대화 한 마디조차 까다로우니 차라리 친구였던 게 나았을까.

"이따 데리러 올까?"

"됐어. 나도 발 있어."

시크하게 일축하자, 차가 갓길을 떠났다.

난 심술궂게도 보도블록에 멈춰선 채 멀어지는 자동차 후미를 쏘아봤다. 환도 백미러로 나를 볼까. 나는 환이 보길 바라는 걸까.

친구.

할 수 있을까, 우리.

"왔어?"

"응."

병실로 가니 엄마는 아빠 침대 주변을 정리하고 있었다. 공기조차 평화로운 풍경이었다. 나는 분주한 엄마는 돕지 않고 의자에 앉아 아빠를 바라봤다. 며칠이면 영원히 보지 못할 아빠이기에 내겐 그게 더 중요했다.

아빠의 존엄사는 동반 해외 출장에 나선 환의 부모님이 귀국하면 이뤄질 것이다. 날짜를 결정하여 삶을 마감한다는 사실이 기막히기도 했지만 남겨지는 사람들에게도 마음의 준비 기간은 필요했다.

"밥은?"

"환이네 아줌마가."

환기 끝난 창문을 닫으며 엄마가 물었다. 엄마는 몸에 밴 습관처럼 뚝딱뚝딱 청소를 마쳤다. 나는 잠든 아빠 바라보기에 열중하며 입을 열었다.

"엄마."

"응."

"아빠는 내 목소리 들을까?"

"……아니. 의사가 아빠의 신체 기관은 거의 기능을 상실했다고 했어. 청력도 그래서, 아마 못 들으실 거야."

"그렇구나."

마지막 인사는 어떻게 하나. 눈도 못 보고 목소리도 못 듣는데 어떻게 하지. 방법이 없잖아.

"마음으로는 들으실 거야."

"촌스러워, 그런 말."

어깨에 닿는 엄마 손길을 치워냈다. 확실치 않은 가정은 마음의 위안을 주지 않는다. 그저 받아들일 수밖에 없다. 수긍하는 게 아니다. 아로새길 뿐.

＊＊

겨울 해는 근성이 부족하다. 정오가 지나고 오후로 접어들면 본연의 열기를 놓고 시들시들해진다.

나는 창의 블라인드를 올려 미약하게나마 살아 있는 빛의 길을 만들어줬다. 환한 빛이 오래도록 아빠에게 비쳐 들었으면 좋겠다.

"이제 가라니까."

블라인드 끈 조절에 여념 없는 내게 엄마가 말했다.

외면하는 걸로 반항했다. 어제부터 엄마가 한 말의 반은 '가라'였다. 딸이 지겨운 사람처럼 되풀이했다. 실제로 싫은 건 아닐 거다. 딸이 힘들까 봐 걱정하는 거지. 이 년이나 아빠를 병간호한 사람이 고작 이틀째인 딸이 고생스러울까 봐 걱정한다. 부모의 역할은 이런 걸까.

"지금 가야 저녁밥 먹지. 환이네 아줌마가 잘 챙겨준다며."

"오늘은 엄마랑 먹으면 안 돼?"

"303호 아줌마는? 엄마 없으면 아줌마 혼자 드셔서 안 돼."

"치."

딸은 상관없다는 거지? 어제 저녁 식사는 나 혼자 했다. 환은 일이 바빴는지 귀가가 늦어 얼굴도 못 봤다. 오늘 아침에도 어김없이 멀끔하게 나를 대했지만.

"알겠어. 갈게."

삐친 아이처럼 투덜투덜 나서는데, 엄마가 좇아왔다. 퉁기듯 어깻짓을 했으나 엄마가 속없이 웃었다. 그러곤 다정히 머리카락을 쓰다듬으며 엘리베이터가 올 때까지 기다려 주었다. 네가 있어 다행이야, 하듯. 별 도움 못되는 딸인데도.

"제이야!"

1층 로비를 가로지르는데 유신 언니가 정문에서 나타났다. 혼빠지게 서둘러 왔는지 하얀 니트에는 누런 모유가 묻어 있었다. 조카 정유가 흘린 맘마의 흔적이었다.

"시어머니한테 맡기고 오느라고 늦었어. 오늘따라 낮잠도 늦게 자고. 쪼끄만 게 눈치가 빨해서 엄마가 나갈 줄 아나 봐."

"괜히 와서는. 내가 가도 되는데."

"너는 휴대폰도 없으면서 어딜 와. 언니 집 주택가라 찾기 복잡해. 그리고 덕분에 나도 콧바람 쐬잖아. 마트 말고 이렇게 외출한 게 삼 개월 만이다. 언니가 이러고 살아."

언니와 1층 로비 카페에 앉았다. 병문안 온 사람들이 띄엄띄엄 있었다. 대부분 장기 환자라서 그런지 서글퍼하거나 울적한 분위기는 아니었다. 사람들은 왁자지껄 수다를 떨며 묵힌 시름을 풀었다.

"언니가 정말 미안해, 제이야. 네가 겪었을 충격이 얼마나 클지……."

"됐어. 그걸 알면서."

그녀를 애먼 화풀이 대상으로 삼으면 안 되었다. 난 못되게 굴지 않았다. 시니컬하게 아랫입술을 삐죽거렸을 뿐. 내가 당한 쇼크에 비하면 이 정도의 모션은 애교잖아.

"언니, 물어볼 게 있어. 나도 내 처지는 파악해야 하니까 솔직하게 말해줘야 해."

우선 우리 집 경제 상황을 캐물었다. 엄마나 환은 미리 짜기라도 한 듯 함구하고 있어 유일한 희망은 유신 언니였다. 망설이던 언니가 사실대로 털어놓았다.

아빠의 장기적인 투자 실패는 회사 경영을 위태롭게 했다. 중소기업인 회사를 금융권에서도 외면했고, 끝내 부도가 나고 말았다. 그날 아빠는 뇌출혈로 쓰러졌다. 그 후의 일들은 절망 자체였다. 아빠 간병으로 엄마가 정신없던 와중에 집이 경매로 넘어갔다. 손써볼 여력도 없었다. 당시 엄마는 자포자기했다. 엄마를 구제해 준 사람은 환의 부모님이었다. 그들은 길거리로 내몰릴 엄마에게 별채를 내주었다. 엄마가 극구 사양했으나 가족 같은 사이끼리 이러느냐고 서운하다며 회유한 건 환의 엄마였다.

"병원비는?"

"외할머니 시골 선산 있잖아. 그거 우리 엄마가 팔아서 이모한테 드렸어. 시골 땅이라 얼마 안 되지만 병원비 감당할 정도는 되니까 네가 걱정할 문제는 아니야."

그 선산은 외할머니의 유일무이한 재산이었다. 큰 이모의 상속 지분도 있을 텐데 선뜻 팔아서 도움을 주신 모양이다.

"큰 이모한테 내가 잘해야겠다."

"그래."

대견하다는 듯 언니가 흘러내린 내 머리카락을 쓸었다. 시큰한 눈시울을 끔벅이며 서글픔을 참았다. 아…… 그러고 보니…….

"내 유학비는?"

파리 생활비는 만만치 않았다. 그 비용도 꽤 클 텐데 한 차례도 밀린 적 없었다. 그래서 과신했다. 쑥대밭이 된지도 모르고 무탈한 줄 알았다.

"그거야 환이……."

얼결에 중얼거리던 언니가 흠칫하며 실수한 제 입을 손바닥으로 틀어막았으나 이미 늦었다. 나는 명확히 들었다. 환의 이름을.

"환이 뭐?"

이 시점에서 환의 이름이 나오는 건 말도 안 된다. 우리 가족 사정이고 거기에 포함된 내 유학 비용이다. 환과는 일절 상관없는.

"빨리 말해! 환이 뭐! 환이 내 유학비라도 대어줬단 말이야?"

"……제이야…… 그게…….."

나는 흥분했다. 공공장소임을 망각하고 앙칼지게 고성을 내질렀다. 카페 손님들이 이쪽을 훔쳐봤다. 그러든 말든 벌떡 일어났다. 당황한 언니가 내 팔을 잡았다. 그녀가 부정하지 않는다. 나를 진정시키려 할 뿐이지.

"놔."

그녀의 손을 맹렬히 뿌리쳤다. 얼얼한 기류가 가슴골을 훑었다. 나는 대체 어떻게 산 거야.

"제이야!"

나는 휘적거리듯 카페에서 나왔다. 다급히 쫓아온 유신 언니가 다시 나를 부여잡았다. 충격으로 희번덕거리는 내게 매달리다시피 한 그녀의 흰자위는 빨갰다. 핏빛처럼 붉게 물들어갔다.

"환이 말하지 말라 했어! 환이 자기가 하겠다고 했어. 이모도 처음에는 거절했는데…… 환이 설득하고 사정했어. 그래서……."

"어떻게 그래! 설사 환이 억지를 부리고 사정을 했더라도 그러면 안 되는 거잖아! 환한테 나를 왜 짐으로 지워! 차라리 나한테 말하지! 말하지!"

카페 손님들, 병원 직원들, 로비 환자들의 이목이 모조리 내게 집중되었다. 이성 잃고 광분하는 내게 그들의 눈초리가 가시처럼 박혔다.

사람들이 나를 본다. 그들의 눈이 나를 질책한다. 너 때문이야, 라고.

일순 숨이 막혔다.

급속도로 수축한 폐가 운동을 그만두었다. 나는 꺽꺽거리며 숨이 막힌 앞가슴을 손바닥으로 짓눌렀다. 롤러코스터를 탄 듯 눈앞이 팽글팽글 돌았다.

"제이야! 제이야!"

새파란 안색을 유신 언니가 알아챘다.

내가 이럴 때마다 곁에서 지켰던 그녀라 대처 방법을 잘 알았다. 나는 달려드는 언니 쪽으로 손바닥을 들었다. 간당간당 호흡하며 오지 말라고 설레설레 도리질했다. 지금은 언니가 나에게 도움을 줄 수 없다.

유신 언니가 멈칫했다.

등을 돌렸다. 비라도 올 것처럼 우중충한 하늘 아래로 뛰어나갔다. 마침 택시가 병원 주차장으로 들어왔다. 손을 흔들었다.

**

「지환 전략마케팅실장」

환의 회사는 눈감고도 다닐 수 있는 곳이었다. 어릴 때부터 놀이터처럼 줄기차게 들락거리던 곳이므로 구 년만인데도 길이 훤했다. 회장님 외아들의 직책이 어느 정도일지 가늠해서 움직였는데 예측이 적확히 맞아떨어졌다.

똑똑.

노크에 대한 대답이 없었다. 조심히 열어보니 작은 비서실은 텅 비어 있었다. 나는 꽉 막힌 공간을 천천히 휘둘러보았다. 삭

막한 흐름이 공기 중에 떠다녔다. 왜인지 화가 났다. 걷잡을 수 없이 화가 치밀었다.

왜…….

왜 네가…….

성큼 문으로 다가가 손잡이를 잡았다. 한바탕 욕지거리라도 할 작정으로 벌컥 열어젖혔다.

쾅!

과격한 소음이 사위를 흔들었다.

눈을 부라리며 들어서려는 순간, 씩씩거리던 호흡이 멎었다. 책상에 걸터앉은 채 리모컨을 든 환이 무심히 고개를 돌렸다.

사무실에는 그만 있지 않았다. 중앙 테이블에는 서너 대의 노트북이 깔려 있었고 소파에는 직원이 한 명도 아니고 셋이나 있었다. PPT 스크린을 주시하던 그들이 날벼락 맞은 표정으로 불시의 침입자를 벙하니 보았다.

"아……."

뒤통수에서 채신머리 떨어지는 소리가 들렸다. 나는 왜 이렇게 매사 즉흥적일까.

"제이야."

뜻밖의 손님에 환이 놀라 책상에서 엉덩이를 뗐다. 일시에 얼어붙었던 나는 머뭇머뭇 물러나다가 반동하듯 돌아섰다. 그대로 도망쳤다.

"잠시만."

환이 리모컨을 책상에 아무렇게나 놓고 뒤따라왔다. 나는 무작정 복도를 내달렸다. 세 대의 엘리베이터 중 한 대만 층수가 근접했다. 재촉하듯 버튼을 눌렀다.

"제이야!"

엘리베이터가 열리자마자 빠르게 올랐다. 타고서는 닫힘 버튼을 짓이겼다. 잡히고 싶지 않았다. 엉망진창인 나를 보여서는 안 되었다. 환의 모습이 얼핏 가까워졌다. 달리는 반동으로 그의 느슨한 넥타이가 펄럭였다.

"제이야!"

아슬아슬 문이 닫혔다. 다급한 외침이 스테인리스 벽을 타고 스며들어 왔다. 기다림 없이 엘리베이터가 즉각 하강했다. 나는 무기력하게 벽에 기대었다.

지친다.

나는 왜 이 모양이 되었을까.

온갖 민폐의 민폐. 이성 잃고 사리분별 못하는 망아지. 그게 현재의 나였다. 끔찍하게 내가 싫다.

다행히도 엘리베이터의 하강을 방해하는 자는 없었다. 13층에서 1층까지 곧장 내려왔다.

기력 빠진 걸음을 터덜거리며 로비를 지나 빌딩에서 나왔다.

한기 가득한 겨울바람이 뺨을 쓸었다. 턱을 들어 시린 바람을 맞는데 바람결 따라 조금씩 먼지 같은 알갱이가 나풀거렸다. 칙칙한 비둘기 깃털 같은 회색 하늘에서 하얀 눈이 내리기 시작했다. 성긴 알갱이 같은 눈은 점차 불어나고 있었다.

금세 함박눈이 된 눈을 얼떨결에 손바닥으로 받아보려다가 관뒀다. 눈의 낭만이나 즐길 때냐. 한심한 나를 질책하며 정문에서 떠나려 발끝을 틀었다.

그때였다.

"제이야."

거친 숨소리와 함께 손목이 잡혔다.

환이 턱 끝까지 차오른 숨을 헐떡이며 나를 돌려세웠다. 그의 이마가 땀으로 젖어 촉촉했다. 흰 셔츠로 숨겨지지 않는 탄탄한 가슴팍도 가쁘게 오르락내리락 거렸다. 설마 13층을 계단으로 내려온 거야?

"너 왜 그래? 무슨 일이야?"

그의 셔츠에 함박눈이 쌓였다. 소매까지 두어 번 접은 상태라서 맨살의 팔뚝에도 눈이 앉았다.

내 손목을 강하게 쥔 팔뚝이 시야에 들어왔다. 시퍼런 힘줄이 도드라진 남자의 팔뚝이. 찬기에 여과 없이 노출된 맨살이.

너는 왜 이러는데.

고개를 숙인 채 파들거리는 나의 턱을 환이 손으로 들어 올렸다. 순간 눈물샘 뚜껑이 열린 듯 눈물이 토르르 떨어졌다. 젖은 망막 너머 그가 흐릿하게 어른거렸다.

"너…… 나 때문에 아버지 회사 들어갔어?"

간신히 물었다. 말을 이어 가기가 힘들었다.

환의 한쪽 눈썹이 꿈틀했다. 내 돌발 행동의 이유를 알아챘다. 난감한 듯 찡긋하는 미간이 여실히 망막을 채웠다. 도로 화가 났다. 당황하는 그도, 차가운 눈을 맞고 있는 얇은 셔츠도, 아직도 들썩이는 가슴팍도 미웠다.

"네가 왜? 네가 왜 날 책임지는데!"

"제이야……."

"나한테 그냥 한국으로 들어오라 하지! 우리 집 개판되었으니까 당장 들어오라고 말하지!"

개판이라니. 막말이다. 아빠가 저런 상태인 건 아빠의 잘못이 아닌데. 난 정말 최악이다.

"말할 수 없었어. 네가 알면……."

"왜! 왜 내가 알면 안 돼? 우리 가족 문제인데! 우리 아빠 문제인데!"

"네가 힘들어할까 봐……."

"힘들어도! 힘들어서 죽을 거 같아도 네가 결정할 문제가 아니었어! 내 문제였어! 내가 널 희생시키고 그리 살아서는 안 되는……."

악다구니를 쓰듯 부들거리다가 사레가 들렸다. 목구멍까지 휘몰아치는 감정이 역했다. 나는 쿨럭대며 절망적으로 고개를 조아렸다.

나는 왜 그곳에서 그렇게 편히 살았을까.

언뜻.

빌딩 1층 유리벽을 통해 로비에서 눈 구경하는 직원들이 시야에 들어왔다. 그들이 이쪽을 힐끔거렸다. 소매 걷은 셔츠만 입은 채 겨울 거리에 있는 환과 그에게 분개하는 나를 호기심 어린 시선으로 훔쳐봤다.

이런 키에 이런 비주얼에 이런 분위기를 가진 그가 유명하지 않을 리 없다. 더구나 회장님 외아들이고 전략실장이다. 회사에서 한없이 고고한 그일 텐데.

나는 이 순간까지도 이기적이다.

몸을 돌렸다. 도망을 선택했다. 그러나 환이 가도록 두지 않았다.

오히려 그가 세차게 내 팔을 잡아당겼다. 몸이 딸려가듯 나는 순식간에 그의 품에 안겼다. 놀라서 벗어나려 했다. 그러나 환이 더더욱 자신의 품 안에 단단히 가뒀다. 그가 커다란 손으로 내 뒤통수를 감쌌다. 구경하는 직원들은 아랑곳하지 않고.

"희생한 거 아니야."

강단 서린 울림이 머리꼭지로 퍼졌다. 그의 잇새에서 번지는 숨결은 뜨거웠다. 체온도 뜨거웠다. 시리고 시린 겨울 찬기와 대비되듯.

"내 선택이야."

환이 말했다.

희생이 아닌 선택이라고. 나와는 별개로 그저 자신이 선택한 일이라고. 그러니 자책하지 말라고. 미안해하지 말라고.

시계 소리처럼 규칙적으로 뛰는 너의 심장 소리가 들린다. 쿵 쾅거리는 내 심장처럼 너의 심장도 뛰고 있었다. 빠르고 강하게.

얼어붙었던 몸이 해빙되듯 느른해졌다. 엄마 품속에 안긴 아기처럼 나른해지기도 했다. 심장의 빠른 박동이 서서히 일정한 규칙을 되찾았다. 환의 손이 내 뒤통수를 쓰다듬었다. 아프도록 가슴을 두들기는 내 심장을 달래듯. 괜찮다, 괜찮다 하듯이 가만가만.

안정감이 들었다.

한기가 사라졌다.

오랜만에.

00
환

안개비가 소리 없이 내렸다.

환은 우산을 반대 손으로 옮겼다. 찬 공기를 맞아 창백해진 손을 트렌치코트 주머니에 넣고 까까머리처럼 반듯하게 깎인 잔디밭을 밟았다. 수분기로 더없이 푸르른 잔디가 구둣발을 사푼히 건드렸다. 비 내리는 캠퍼스는 한갓졌다. 오가는 학생이 없었다.

스물여섯 환은 그곳에 있었다.

몇 시간째, 축축한 캠퍼스 잔디밭을 한량처럼 느긋이 서성였다. 맞은편의 고풍스러운 건물을 간간이 응시하긴 하였으나 가까이 접근하지는 않았다.

그저 기다렸다.

파리에 도착하자마자 이곳으로 온 환이다. 제이가 다니는 학교에.

제이는 이 대학에서 미술을 전공한다.

어려서부터 그림을 잘 그렸던 제이였다. 미술 대회에서 몇 번 수상도 했다. 열 살쯤엔 환이 용돈 모아서 직접 산 꽃다발을 들고 시상식에 간 적도 있다. 창피하다고 마음에 없는 불평을 하면서도 꽃다발 들고 환히 웃던 제이였다. 그때 찍었던 사진은 환의 작은 앨범에 고이 꽂혀 있다.

그래도 미술은 안 하겠다 했던 제이였다. 그림은 좋아하나 그림을 직업 삼고 싶지 않다고 했다. 공부에는 그다지 뜻이 없으니 어쩔 수 없이 뭐든 해야 된다면 삽화 작가는 하고 싶다고 했지만 그마저도 최후의 보루라고 했다.

"삽화 작가가 되기 위한 노력은 해야 하지 않을까?"

라는 조언에,

"진지 타지 마. 그냥 그러려니 해."

라고 질색하면서.

그런 제이가 그림을 그린다.

한국이 아닌 이곳 파리에서.

한국에서 벗어나 파리로 온 제이가 그림을 선택한 건 삶을 이겨내는 나름의 방법이었을 거다.

열아홉 살에서 막 스무 살이 되었던 그때, 그 시렸던 겨울, 제이의 세상은 닫혔다. 매일 제이의 집 앞으로 갔지만 그녀의 문은 열리지 않았다.

"환아. 우리 제이 안 나와."

"알아요."

"환아. 제이 방에서 나오면 너한테 첫 번째로 연락할게. 너 힘드니까 내일부터는 오지 마."

"저는 괜찮아요."

비가 오나 눈이 오나, 제이 엄마가 말리고 말려도 그녀의 집 앞 골목에서 커튼이 꽁꽁 닫힌 창문을 지켜보고 왔다.

일여 년을 그렇게 보냈다.

스무 살에서 스물한 살이 될 때까지.

그러는 동안에도 제이는 세상으로 나오지 않았다. 스스로를 고립시킨 후 자신의 방에서 벗어나지 않았다. 제이가 얼마나 아픈지, 마음을 얼마나 다쳤는지 알기에 나오라 강요할 수 없었다.

무작정 기다릴 수밖에.

그래도 기다리면 제이가 나올 줄 알았다. 제이가 다시 자신에게 올 거라 생각했다. 예전처럼.

더불어 제이가 세상으로 나오면 제일 먼저 맞이해 주고 싶었다. 제이를 꼭 안아주고 싶었다. 네가 더는 세상을 두려워하지 않도록. 다시는 너를 무섭게 만들지 않으리라. 내가 너를 지켜주리라.

"환아, 제이 갔어."

한데 제이가 떠났다.

제이의 방 커튼이 열린 건 스물한 살 봄이었다.

한 점의 빛조차 거부하던 창문의 커튼이 걷힌 걸 발견한 순간 얼마나 설렜는지 모른다. 한없이 들떴던 그날, 알았다. 그 방이 비었다는 사실을. 그 방의 주인이 한국을 떠났다는 사실을.

제이는 사촌 언니 유신이 유학 가 있는 파리로 떠났다고 했다. 스물한 살 환은 해군을 지원했다. 바다를 가르는 배 위에서 드넓은 수평선 너머에 있을 제이를 그렸다.

군대에서도, 제대 후에도 제이 부모님으로부터 그녀의 소식은 접했다. 기력을 좀 찾았다, 불어를 배우기 시작했다, 대학을 가기 위해 공부를 시작했다, 미술대학에 들어갔다 등 간접적인 정보만 입수했다. 차마 파리로 가지는 못했다. 수십 번 수백 번 수천 번 가고 싶었으나 감히 엄두가 나지 않았다.

그 파리에 환이 왔다.

"이모, 내가 제이한테 메일로 말할게."

제이 집안이 발칵 뒤집어져서였다. 뇌출혈로 쓰러져 긴급 수술을 받은 제이 아버지는 혼수상태였고 집은 경매로 넘어갔다. 경황없는 그녀의 어머니 대신 유신이 이 소식을 제이에게 전하겠다고 했다. 부러 휴대폰이나 연락처를 만들지 않은 제이와 메일이라도 주고받았던 자신이 다른 이보다 나을 거라 했다.

"제가 데리고 올게요."

그때 환이 나섰다.

메일로 이 엄청난 소식을 접할 제이가 걱정되었다. 그러니 자신이 직접 가야 했다. 심지어 수천 번 넘게 가고 싶었던 파리이지 않은가. 제이가 자신을 보면 괴로웠던 기억을 떠올릴까 싶어서 못 갔던 파리인데 구실이 생겼다.

제이를 데려오자.

"깔깔."

금발 머리와 검은 머리의 여학생 둘이 학관에서 나왔다. 검은 머리카락을 보자마자 심장이 긴장했다. 잔디에서 서성거리던 다리도 우뚝 섰다.

검은 머리의 학생이 이쪽을 보았다. 얇은 눈썹, 볼록한 콧방울. 동양인은 맞으나 제이는 아니었다.

실망하여 눈길을 돌리려는 참이었다. 그들 뒤로 갈색머리카락이 휘날렸다. 긴 머리카락을 무심히 손으로 넘기는 여자. 내리깐 눈길로 우산을 챙기는 여자. 환은 한눈에 알아봤다.

제이다.

스물여섯 제이.

일순 심장에 오소소 소름이 돋았다. 망막에도 희뿌연 여울이 졌다. 환은 실룩거리는 목울대에 바락 힘을 주었다. 시선은 사로잡힌 양 제이에게 못박아둔 채였다.

제이는 하나도 변하지 않았다. 열아홉 살의 모습 그대로였다.

화장기 없는 투명한 피부, 외까풀의 긴 눈매, 도톰한 아랫입술, 물결처럼 흐르는 머리카락.

제이에게 다가가려는 찰나.

"J!"

제이 뒤에서 누군가 불렀다.

금발 머리에 푸른 눈을 가진 남자였다. 자유스러운 헤어스타일을 풀썩거리며 달려오는 남자를 제이가 뒤돌아봤다. 제이 가까이에 선 남자가 몇 마디 건넸다. 그러자 제이가 웃었다. 치아를 드러내며 웃었다.

환의 심장이 저릿했다.

네가 웃는다.

열아홉 살의 너처럼.

불현듯 웃는 제이가 눈길을 돌렸다. 시선을 느낀 건지, 무심결인지 잔디밭 쪽을 보았다.

환은 반사적으로 몸을 돌렸다. 우산으로 자신의 머리통도 감추고 등이 보이도록 섰다. 뒤의 제이를 느끼며 모든 행동을 정지했다. 긴장한 목울대만이 끊임없이 꿀렁거렸다.

학생들이 움직였다.

제이도 우산을 폈다. 금발 머리 친구와 두런두런 대화를 나누며 가장자리 길을 걸어갔다. 제이는 지나치면서도 잔디밭 중앙에 서 있는 남자를 곁눈질했다. 이상하리만치 시선을 끄는지 커다란 우산 속의 남자를 보고 또 봤다. 그 남자가 환일 줄은 꿈에도 몰랐다.

얼마 후 캠퍼스가 잠잠해졌다.

비로소 환은 움직였다. 돌아서서 제이가 걸어간 자취를 멀거니 주시했다. 길에 남았을 제이의 잔상을 되짚었다. 웃는 제이의 얼굴을 오버랩하며.

그리고 한국으로 돌아왔다.

혼자.

귀국하자마자 부모님께 말했다, 경영 승계 절차를 밟겠다고. 그 와중에 야무지게 연봉은 협상했다. 계산할 게 많았다. 제이 유학비부터 챙겨야 했으니. 부모님과의 치열한 논의를 끝낸 후 제이 엄마도 설득했다. 제이 엄마는 염치없어서 안 된다고 고집스레 사양했다. 그러나 환은 말했다.

"어머니. 제이가 웃어요. 파리에서는 제이가 생생하게 살아 있
어요. 그 웃음을 잃게 하고 싶지 않아요."

그러면서 결심했다.
다시는 너의 현재를 망가뜨리지 않겠다고.

$$*^*$$

그게 이 년 전이다.
환은 그날부터 현재까지 그때의 결정을 후회한 적이 없다. 한
시도.
"커피."
하나 지금은 후회한다.
지난 삼 일 동안 엄청난 스트레스에 시달렸을 제이다. 이쪽이 며
칠, 몇 달, 몇 년이 걸리는 동안 감내했던 시련들을 제이는 80시간
도 안 되어 한꺼번에 겪고 있다. 꾸역꾸역 집어삼키듯.
환은 씁쓸했다. 신념처럼 지키려 노력했음에도 결국 제이의 현
재를 망가뜨리고 말았음을 절감하며.
널 위한 선택에 네 의견이 배제되었다는 사실을 이제야 깨닫
는다. 네 삶의 권한은 오롯이 네 몫인데.
"응."

초점 없이 자신의 발끝을 주시하던 제이가 고개를 들었다. 표정이 짐짓 평온했다. 제 가슴의 울기를 꾹꾹 눌러 버린 듯했다. 한바탕 울기라도 하지. 그러면 속은 시원할 텐데.

"뜨거워."

"응."

뻗는 손안으로 조심히 커피를 전달하자, 그녀가 약하게 피식했다. 내가 애야? 하듯 미간도 찡긋했다.

환은 자신의 커피 뚜껑을 열며 제이 옆에 앉았다. 약간의 간격이 있었다. 감히 넘지 못할 간격. 대신 거리에서 폭발했던 격앙은 눈송이가 녹듯 소실되었다.

어쩌면 폭풍이 지나간 후인지도 모른다. 거센 폭풍이 휩쓸고 간 자리가 텅 비듯 그녀의 속 역시 깨끗이 비어진 걸 수도. 조금은 공허하고 조금이나마 후련한.

환은 제이를 로비와 연결된 휴게 정원으로 데려왔다. 휴게 정원은 한기로 얼었을 그녀의 체온을 데울 만한 장소로 적합했다. 식물원의 온실 형태로 조성된 곳이라 따뜻했고, 근무시간이라 휴식을 취하는 직원도 몇 되지 않았다.

자신의 품에서 젖은 새처럼 파들파들 떨던 제이와 달리 환은 춥지 않았다. 얇은 셔츠 한 장 걸쳤을 뿐인데 오한조차 들지 않았다. 작은 제이를 제 품에 담는 순간 도리어 온몸의 체온이 뜨거웠다. 남극의 한기를 짊어져도 끄떡없을 것 같았다. 그렇게 제이를 느끼고 느꼈다.

꿈이 아닌 현실의 제이를.

살아 있는 제이를.

"여긴 그대로네?"

테이크아웃 컵을 양손으로 감싸며 그녀가 정원을 둘러보았다. 달관한 사람처럼 무던히 굴어 환도 무던히 넘겼다.

"너도 그대로야."

그러면서 생각했다.

스물여섯에 스치듯 보았던 제이와 스물여덟 제이는 같다. 열아홉 제이와 스물여섯 제이가 같았듯이. 덕분에 괴리감이 없다. 과거 내 제이였듯이 현재도 내 제이 같다. 과욕일지도 모르지만.

"너는……."

화답이라도 하는 듯 제이의 눈길이 왔다. 새삼 살펴본다는 듯 그녀가 느리고 구식인 스캐너처럼 환의 머리부터 찬찬히 훑었다. 무의식중 환의 척추가 긴장하며 반듯이 섰다.

"……좀 달라."

쩝, 입맛 다시듯 입술을 달싹거린 제이가 정면을 보았다. 환은 아쉬웠다. 더 상세히 살펴봐도 되는데. 기꺼이 내어줄 텐데.

"달라?"

"응."

"어떻게 달라?"

고의인 듯 제이가 보려 하지 않았다. 환도 집요한 척 캐물었다. 마지못해 제이의 눈동자가 힐끗 왔다. 턱을 비딱하게 든 그녀가 짐짓 심술궂은 표정으로 읊조렸다.

"못되게 생겼어."

"뭐?"

환의 뇌 회로가 일시의 버퍼링을 일으켰다. 못되게 생긴 기준에 대한 고찰로 아주 짧게.

그녀를 일별했다. 한방 먹였다는 심산인지 제이의 입술꼬리가 설핏 꼬여 있었다. 고약한 표정. 환은 픽, 실소했다.

"못되게 생긴 건 너지."

"뭐라고?"

제이의 눈매가 가늘어졌다. 환은 손가락으로 그녀의 실눈을 쭉 찢었다. 어려서 했던 '화난 마녀 눈' 모양.

외까풀의 긴 눈매 때문에 제이는 늘 마녀 역할을 했었다. 제이도 마녀 역할에 흡족해했었다. 자신도 공주보다는 마녀가 잘 어울린다는 걸 알았다. 한껏 도도하고 매력적인 마녀였다.

탁.

제이가 신경질적으로 환의 손을 쳐 냈다. 예상했던 바이므로 환은 순순히 손을 거뒀다.

두 사람은 한동안 정원수가 우거진 휴게 정원 벤치에서 말없이 커피를 마셨다. 제이는 커피를 호호 불며 홀짝거렸고 환은 느긋하게 삼켰다. 침묵이 흐르지만 불편하지 않았다. 억지로 대화하지도 않았다. 그들 대신 정중앙 분수대의 물방울들이 조잘거리고 있었다.

새삼스러운 평화다.

이런 평화는 영영 안 올 줄 알았는데…….

환은 알았다.

평화로운 정원이라서가 아니라 신선한 공기 때문이 아니라 따뜻한 커피 때문이 아니라 제이와 있어서 평화로운 것임을. 제이가 있어서 안정감이 드는 것임을.

사랑은 강제로 잡는다 해서 이뤄지는 것이 아니다. 사랑은 알아챌 새도 없이 어느 순간 곁에 와 있는 것이다. 아무리 염원을 담아도 안 되는 사랑이 있는가 하면 거부하려 해도 붙들려 버리는 사랑이 있다. 이뤄질 수 있는 사랑은 소란스럽게 다가오지 않으며 자연히 품속으로 파고드는 것이다. 사랑의 인연이란 그런 것이다.

우리의 사랑이 그랬다.

어느 순간 자연스럽게 서로가 서로의 사랑이었다.

환의 입가에 조용한 미소가 떠올랐다. 그의 눈길이 맞은편 나무로 향했다. 이름은 모르는 나무였다. 커다란 우산처럼 생긴 잎이 무거운지 줄기가 축 처져 있었다. 그 모양새가 왜인지 한가로워 보였다.

좋다, 제이야.

이 시간이.

너와 같이 있는 이 시간이.

두 사람은 서로를 보지 않음에도 곁의 서로를 응시하고 있었다. 서로를 의식하고 있음은 확실했다. 조잘거리는 분수대의 물소리가 또렷해졌다. 수다스러운 이야깃거리가 있는지. 설레는 공기 때문에 들뜨는지.

"나 여기 엄청 아꼈었는데."

제이도 회상에 젖듯 정원 어딘가를 초점 없이 응시했다.

환은 갸웃했다. 여기는 아버지만 아끼는 줄 알았는데. 숱하게 다니긴 했지만 제이가 아낀다는 소리는 생소했다. 또한 아끼는 게 별로 없던 제이였던지라 상당히 의외의 언사였다.

"네가? 언제부터?"

"좀 되었는데?"

"왜?"

"추억의 장소니까."

"무슨 추억?"

"그야 첫 키스 했던……."

얼떨결에 대답하던 제이가 후딱 입을 다물었다. 본인의 실수를 도로 주워 담고 싶은지 눈도 질끈 감았다. 자신에게 욕하듯이 입술이 잘근거렸다.

아…….

그러고 보니 이곳에서 첫 키스를 했었다. 제이와.

잊었던 기억은 아니었는데 인식하지 못했다. 밤새 잠 못 이룰 정도로 소중한 첫 키스였는데 어떻게 잊겠는가. 설렜던 기억이 되살아났다.

"맞다. 네가 먼저 했던."

픽, 환은 웃었다.

"어이없어. 내가 언제 먼저 해? 네가 했잖아!"

발끈한 제이가 일갈했다. 눈동자도 터무니없다는 듯 희번덕거렸다. 기억은 자신에게 유리한 쪽으로 변질된다더니. 환이야말로 황당했다.

$*^*$

"우리 너무 일찍 왔다. 우리 너무 부지런하다."

너무, 자를 구태여 강조하며 제이가 회전문으로 들어갔다. 교복 주머니가 작아 반밖에 들어가지 않는데도 꿋꿋하게 양손을 꽂은 채 건들건들.

회전문을 돌던 제이의 안광이 장난기로 빛났다. 한 바퀴를 더 돌 심산으로 그녀가 로비로 나가지 않고 발바닥을 종종거렸다. 낌새를 간파한 환은 제이의 상의 깃에 손가락을 걸었다.

"앗."

제이가 뒷걸음질로 질질 딸려왔다.

샐그러지게 흘기는 제이의 정수리를 환은 부침개 지지듯 손바닥으로 눌렀다. 안내데스크의 여직원이 두 사람을 발견하고 쿡쿡거렸다.

"언니, 안녕하세요!"

환은 까닥 묵례하고 제이는 빙그르르 턴하면서 살갑게 손을 흔들었다. 여직원도 답례 손짓을 했다. 성실한 그녀는 삼 년째 안내데스크의 꽃이었다. 시시때때로 들락거리는 환과 제이에겐 직원 중에서 가장 친숙한 사람이었다.

"30분이나 남았어."

두 사람은 당연지사 휴게 정원으로 갔다. 입구 LED 시계를 본 제이가 볼멘 표정을 지었다. 시계의 숫자는 17:33이었다. 부모님을 만나기 위해 6시 퇴근시간에 맞추려 했는데 제이의 말처럼 너무 부지런히 왔다. 까부는 제이와 있느라 시간 파악을 잘못했다.

365일 중 364일 바쁜 환의 부모님은 아들과 식사할 여유도 없었다. 무뚝뚝한 아들 또한 그 부분에 개의치 않았다. 그러나 제이가 보기엔 아니었던 모양이었다. 내색하지 않았으나 환의 마음 속 작은 구멍을 헤아린 거였다.

"이모. 환하고 저한테 한 달에 한 번은 꼭 밥 사주세요. 시간 없으시면 우리가 회사로 갈게요."

고등학교 1학년 때 제이는 환의 부모님에게 당당히 요구했다. 부모님은 제이의 의도를 납득했다. 알았다고 약속했다. 미안한 기색이었다. 부모님은 그 후부터 두 사람이 열여덟 살이 된 지금까지 그 약속은 기필코 지켰다. 오늘이 그날이었다. 부모님과 저녁 식사하는 날.

"아직도 15분이나 남았어! 배고파 뒈지겠네."

"참아."

인내심 부족한 제이가 칭얼거리며 두 다리를 쭉 뻗었다. 껍질 벗긴 나무젓가락 같은 다리가 허공에서 대롱거렸고 교복 치마가 펄럭이며 하얀 허벅지가 드러났다. 못마땅한 환은 손으로 제이 다리를 재깍 내렸다.

딩동—

환의 휴대폰으로 메시지가 도착했다.

회의가 길어져서 한 시간 정도 늦겠다는 메시지였다. 호기심 충만한 눈동자가 들이밀어졌다. 메시지를 읽은 제이가 무언의 몸부림을 쳤다. 환은 쿡쿡거리며 잔망스러운 그녀의 목을 감아 당겼다.

병아리처럼 파닥거리던 제이가 스스럼없이 환의 허벅지를 베고 누웠다. 칠칠치 못한 제이가 벤치에 다리를 뻗었다. 환은 교복 재킷을 벗어 제이의 하얀 다리를 가렸다.

"나 자도 돼?"

"자."

환은 고개를 숙인 채 제 아래의 제이를 내려다봤다. 일자로 누워 눈만 끔벅거리던 제이의 손가락이 공기를 타고 올라왔다. 살랑거리는 머리카락 몇 가닥을 볏짚 꿰듯 만지작거렸다.

"염색하면 어떨까? 갈색으로."

"교칙은?"

"적당히 하면 되지. 쫌 세게 해도 샘들이 넌 봐줄 거 같고."

"해?"

"검은 머리도 나쁘지 않아."

"하라는 거야? 말라는 거야?"

"마라. 너 같지 않을 듯."

변덕쟁이. 환이 헛웃음 치는데 별안간 제이가 눈동자를 크게 뜨며 호들갑스레 손을 저었다.

"너 얼굴 이상해."

"왜?"

"숙여봐. 빨리."

환은 고분고분 고개를 깊숙하게 숙였다. 제이의 콧방울이 코끝에 닿을 정도로. 초롱초롱하게 빛나는 눈망울이 어렴풋이 보인 동시에 제이의 입술 끝자락이 언뜻 올라갔다.

"응?"

그 미소가 묘하게 음흉해 보여 의아한 순간.

쪽.

제이의 입술이 환의 입술에 닿았다.

보들보들한 윤기를 품은 입맞춤에 환은 깜짝 놀랐다. 번개 맞은 것처럼 아찔했다. 내장 깊숙한 웅덩이에 잠재되어 있던 어떠한 호르몬도 눈을 떴다. 이성에 갇혀뒀던 야성이 탈출한 기분.

"킥."

입술을 뗀 제이가 키득거렸다. 심각한 환의 반응이 재미있는 듯했다. 남자의 잠자던 야성을 깨워놓고서 정작 본인은 무념했다.

그 웃음은 환을 자극했다.

한쪽 눈동자를 살짝 찡그린 환은 입술을 내렸다. 한 치도 망설이지 않고 제이의 입술을 덮었다. 자신이 도발한 주제에 제이가 기겁했다. 튀어나올 정도로 커진 눈동자와 몸의 약한 떨림이 느껴졌으나 환은 아랑곳하지 않고 혀를 밀어 넣었다.

첫 키스가 아닌 것처럼 능란하게 치열을 가르고, 잇속을 휘저으며 파들거리는 작은 물고기 같은 혀를 잡아챘다. 그리고 달콤한 열매의 진액을 빨아들이듯 취했다.

진한 입맞춤도 아닌 정식 키스였다.

입술과 입술을 베어 물고 혀와 혀를 묶고 서로의 타액이 섞여도 거부감 없는 키스. 오롯이 서로에게 집중하는 남녀의 키스.

놀라긴 했으나 제이는 물리치지 않았다.

거칠게 가슴팍을 밀어내고 몸통을 마구잡이로 가격하며 성질부릴 거라 예상했는데 되레 입술을 섹시하게 오물거렸다. 제이는 기꺼이, 라고 하듯이 환의 키스를 받아들였다.

제이에게서 귤향이 풍겼다. 짙게 매료시키는 오렌지향이 아닌 코끝에 은은히 잔류하는 향. 제이만의 감미로운 체향을 한껏 취한 후 환은 엉킨 혀를 풀고 입술을 뗐다.

일단.

오늘은 여기까지.

서로의 속을 처음 맛본 키스는 짧게 조금은 아쉽게 끝났다. 수줍은-과연?- 첫 키스였고 공공의 장소이기도 하여 환은 제이와 감정을 나눈 것만으로 만족했다.

도리어 촉촉하게 젖은 입술을 달싹거리며 아쉬운 입맛을 다신 건 제이였다. 부족하다는 티를 역력히 내며 이상야릇하게 눈매를 늘였다. 유혹하듯이.

"일어나."

환은 자신의 무릎에서 욕정 요물처럼 꾸물거리는 제이를 가차 없이 일으켜 앉혔다. 이따위로 끝낼 거면 시작도 하지 말지, 라는 불만이 제이의 볼때기에 그득 실렸다. 한없이 귀여웠다. 픽, 웃은 환은 고개를 다시 기울였다. 제이의 입술에 도장을 쪽 찍었다.

열여덟 살, 가을 해가 유난히 길었던 날.

두 사람은 마무리 입맞춤으로 자신들의 첫 키스를 기념했다.

04
겨울비는 아프다

돌았다.

화제의 불똥을 어디로 튀게 만든 거야. 이 모든 과오는 내게
있다. 지난 이 년 동안의 일을 추궁하려고 왔으면서 스스로 요점
을 삼천포로 빠뜨렸다. 허술한 나의 실수. 이건 정말 쥐구멍에 거
꾸로 처박힐 일.

나는 왜 이렇게 엉성할까.

사또 곳간만큼 빈틈이 넘쳐 났었던 십대 시절로 돌아간 기분
이다. 파리에서는 더러 올찼던 것 같은데…….

한국이라서 그런가?

환이 있어서…….

덜렁거리고 즉흥적인 나와 달리 환은 매사 우월하고 야무졌다. 무엇 하나 허투루 넘기는 법이 없었고 주도면밀한 편이었다. 더불어 타고난 영재라 뭐든 뛰어났다. 공부든 운동이든 리더십이든. 나와 되게 비교되게.

전교 1등도 대개 놓친 적 없다. 전국 몇 등까지 올라갔었더라. 재수 없어서 그 부분은 알은체 안 하여 정확히 모르겠다. 그렇다고 백퍼센트 완벽한 인간은 또 아니다. 내 앞에서는 가끔 엉뚱한 허점을 드러내곤 했으니. 그때는 내가 챙겨줬다, 뭐.

나는 옆을 곁눈질했다.

환은 차분했다. 속 모를 표정이었으나 첫 키스에 대해 더는 거론하지 않았다. 그 추억은 대략 넘기는 기미였다. 그럼 됐다.

찌푸렸던 초점을 화단의 파초에 두었다.

파초는 초라는 글자 때문에 얼핏 풀의 한 종류로 생각하기 쉽지만 파초의 초(蕉)는 풀초(草)가 아니다. 생김새는 바나나 나무와 흡사하다. 간혹 바나나 나무와 혼동하지만 엄연히 다른 종이다.

나는 파초를 좋아한다. 싱그러운 풀 색감도 시원스럽게 뻗은 커다란 잎 모양새도 좋다. 줄기를 따면 잎은 든든한 우산이 될 것 같다.

문득 풀색의 기억이 떠올랐다.

이 년여 전 비 오던 날이었다. 캠퍼스 잔디밭에 커다란 우산을 든 남자가 있었다. 우산이 풀색은 아니었다. 짙은 사파이어블루였다. 그날의 기억이 풀색의 잔향으로 남은 건 그의 배경으로 물기 어린 잔디밭이 있어서였다. 더없이 푸르렀던 그날의 풀밭.

남자의 얼굴은 보지 못했다. 등을 돌린 채 별다른 미동 없이 서 있었다. 나는 그 남자에게서 환의 그림자를 보았다. 키가 우월했다. 흐르는 느낌의 트렌치코트를 입은 어깨도 다부졌다. 환과의 공통점은 그뿐이었다. 그런데 나도 모르게 그의 뒷모습에서 환을 그렸다. 스물여섯 환은 저런 뒷모습을 갖고 있지 않을까, 라는 연상을 했다.

그래서일까.

그 모습이 각인되듯 뇌리에 박혀 아직도 선명하다.

"……너는 왜 그러는데?"

지금에야 안 사실이지만 아빠가 쓰러진 시기가 그즈음이었다. 내가 모르는 남자 뒷모습이나 한가로이 훔쳐볼 때 우리 집은 풍비박산이 나고 있었다. 한심하게도.

"왜 그런 선택을 한 건데?"

커피를 내려놓았다. 양손으로 감싼 컵을 늘어지듯 허벅지에 놓았다. 본론으로 들어갈 시간이다.

"너는 희생이 아니라고 하지만 내 입장에서는 희생이야. 내 의사와 관계없이 네 멋대로 결정했고."

또 흥분하기 시작한다. 차분히 술회하려던 목적이 시작한 지 1분 만에 퇴색했다. 나는 원래 이 모양이므로 체념하며 힐책을

이었다.

"왜 나 때문에 네 인생을 낭비하는지 모르겠어."

"낭비하지 않았어. 내가 일중독 부모님의 DNA를 물려받은 건 확실하더라고. 의외로 회사 일이 적성에 맞거든. 즐겁게 일하고 있어."

"그럼 즐겁게 일만 하지, 내 유학비는 왜 보내는데?"

"월급이 남아돌아서."

환이 심드렁하게 읊조렸다. 단조로운 언사가 기도 안찼다. 신경이 발끈 곤두섰다.

"남아돌면 그냥 기부를 해! 내 오빠도 아니면서 과한 오지랖 떨지 말고!"

심지어 연하면서.

구태여 바로잡는다면 환의 생일은 나보다 칠 개월이나 늦다. 나는 추운 겨울 1월에 태어났고 환은 더운 여름 8월에 태어났다. 연수로 따져서 동갑이지 반올림하면 한 살 연하나 마찬가지 아닌가.

"내가 오빠 같잖아."

환이 가뿐히 무시했다. 억울한 코뿔소처럼 콧구멍으로 씩씩거렸지만 그가 아예 정면으로 고개를 돌렸다. 싱싱한 조개처럼 입술도 굳게 다물었다. 더 이상 유학비에 관해서 쓸데없는 언쟁도 구차한 언사도 싫다는 모션이었다. 똥고집이라서 저 다문 입술을 벌릴 방도는 없다.

아, 아예 없는 건 아니지.

뇌리에 뽀얀 영상이 스쳐 지나갔다.

화나서 앙다문 환의 입술에 내 입을 겹쳤던 영상. 입술에 힘을 주고 조갯살처럼 혀를 날름거리며 굳게 다물린 그의 입술을 벌렸다. 그때의 작전은 성공했다. 환의 입술이 열렸으니. 심지어 환은 어이없다는 듯 웃기까지 했다.

또!

뭐에 단단히 씌웠나 봐. 어떻게 한결같이 키스의 기억을 떠올리는 거지? 그만두자. 오늘은 진짜 날이 아닌 모양이다. 이 추억의 장소가 가장 큰 오류다.

"갈래."

"조금만 기다려. 차 키 가져올게."

쾡한 뇌를 꾹꾹 접어놓고 일어났다. 더는 따질 여력도 없었다. 환이 저지하며 서둘러 휴게 정원을 나가려 했다. 나는 신속하게 발바닥을 미끄러뜨려 그의 앞길을 가로막았다. 반항아처럼 턱도 높이 쳐들며.

"됐어. 지하철 타고 갈 거야."

환은 별다른 반응을 보이지 않았다. 철딱서니 없는 어린아이 대하는 눈초리로 내려다볼 뿐.

"지하철 오랜만이잖아. 퇴근시간이라서 많이 혼잡해. 어차피 나도 집에 가야 하고."

그러네.

어차피 집, 같은 집에 가네. 따로 가도 집에서 마주치겠네.

"다녀와."

의기 잃은 나는 귀찮다는 듯 손날을 휘휘 날렸다. 끄덕, 가벼이 고갯짓한 환이 정원 밖으로 나갔다.

접혀 있던 셔츠 소매를 풀면서 여유롭게 걸어가는 그를 물끄러미 응시했다. 시신경 유혹하는 페로몬이라도 뿌렸나 보다. 안 보려 해도 눈이 광어처럼 그의 등으로 쏠렸다.

징—

미세한 진동과 함께 차고 문이 열렸다. 나는 차에서 내렸다. 저 밀폐되고 어슴푸레한 공간으로 환과 같이 들어가고 싶지 않았다. 왜인지 머릿속에서 위험 경보가 울리는 듯했다. 운전석의 환은 가타부타 말하지 않았다.

그사이 눈이 그쳤다.

눈길을 터벅터벅 밟으며 대문으로 이동했다. 하얀 융단 같은 길은 미끄럽지 않았다. 다만 눈 그친 후라서 으슬으슬한 한기가 몰려왔다. 어깨를 구부정하게 말며 대문 비밀번호를 풀려는 순간.

빵빵.

등 뒤에서 소란스러운 클랙슨 소리가 들렸다. 환이 부르는 건가 싶어서 무신경하게 고개를 돌렸다. 골목을 오르던 세단이 대문 앞에서 정차했다.

"제이야! 윤제이! 너 윤제이 맞지?"

운전석 차창 너머로 호들갑스레 날갯짓하는 여자가 시야에 들어왔다. 한껏 달뜬 이목구비가 낯익었다.

"이애은?"

불분명한 우물거림에 애은이 까르르 경망스러운 웃음을 터뜨렸다. 후다닥 튀어나오던 그녀가 차고로 들어가다 말고 운전석에서 내리는 환을 발견했다.

"지환, 오랜만!"

환이 대충 손만 들었다.

자신의 범주 내에서 최대한 반가운 인사를 건넨 그가 도로 운전석으로 들어갔다. 환의 차는 주저 없이 차고로 사라졌다.

"야! 윤제이! 이게 얼마만이냐. 이 나쁜 년아! 어쩜 소식 한 번 안 주고. 한국에는 언제 왔어?"

돌고래 울음소리 비슷하게 애은이 꽥꽥거렸다. 여지없이 톤 높은 음색이었다. 시끄러운 그녀와 오랜만에 마주하니 한국에 왔다는 사실이 더 실감 났다.

"며칠 안 됐어."

"진짜? 야! 반갑다, 이년아! 우리 살아서 만나는구나!"

방아깨비처럼 방방 뛰던 애은이 와락 나를 안았다. 발꿈치도 들썽거리며 내 몸을 오뚝이처럼 좌우로 흔들어댔다. 목청이 큰만큼 흥분 잘하고 활달한 그녀였다. 더러 오버페이스를 해서 사고를 일으키기 일쑤였으나 즉흥적인 나와는 언제나 찰떡궁합이었다.

"너 파리 있었다며? 나 파리 몇 번 갔었는데 너 어디 박혀 있는지 도통 알 수가 없어서 그냥 왔잖아. 환이 저놈은 물어도 가르쳐 주지도 않고."

애은이 애먼 차고를 흘겼다.

안의 환을 노려보는 거였는데 그걸 아는 것처럼 차고 문이 매끄럽게 닫혔다. 적확한 타이밍에 차고 안과 밖이 완벽히 차단되었다. 환은 밖으로 나오지 않았다. 애은과 둘만의 해후를 나누라는 뜻일 거다.

"너 안 바쁘지? 지금 집에 들어가려던 거지? 할 일 없는 거 맞지? 나랑 커피라도 마실 수 있지? 그지? 응? 응?"

애은이 집요하게 달라붙었다.

똬리를 꼬듯 몸에 감기는 팔을 풀 수 없었다. 나는 마지못해 옭아매인 채 그녀의 세단에 탔다. 애은의 차가 환의 집을 벗어나 오르막을 올랐다. 길 따라 키 큰 순서대로 나열한 것처럼 집들의 크기가 작아졌다. 골목에서 제일 큰 키는 환의 집이었고, 애은과 명세의 집은 중간 키였다. 이 골목에서 우리 집은 작은 키에 속했었다. 그럼에도 옆 동네의 집들과 비교하면 우리 집은 큰 키였다. 지금은 키를 잴 만큼의 집도 없지만.

"넌 어떻게 하나도 안 변했다. 스무 살이라고 해도 믿겠어. 우리 낼모레면 서른인데."

"오버하지 마."

"스무 살은 오번가?"

맥주잔을 내려놓으며 애은이 방정맞게 깔깔거렸다. 커피를 마시자더니 술집으로 온 그녀였다. 자신의 집 앞에다 주차하고 걸어오자고 할 때부터 짐작했었다.

수능시험을 백일 앞두었던 날.

애은과 나는 둘이서 생애 첫 알코올을 흡입했었다. 잔소리할게 빤한 모범생 환에게는 비밀로 하고 애은의 방에서 도둑 술을 마셨다. 술이 잘 받는 체질이라며 겁 없이 맥주를 벌컥거린 애은은 그날 자신의 침대에다 토했다. 나는 속히 범죄 현장을 떠났다. 그 밤 애은은 엄마에게 수차례 등짝을 맞았다.

"어떻게 지냈어?"

"그냥."

"미술 한다며. 졸업은 했어?"

"늦게 시작해서 아직. 3학기 남았어."

"그래도 대견하네."

무심결에 애은이 웅얼거렸다. 언뜻 과거의 기억이 떠올랐는지 그녀가 서둘러 맥주를 마셨다. 거뜬히 두 잔을 비운 그녀가 종업원에게 추가 주문을 했다.

"네 소식은 환에게 듣긴 했어. 뭐, 물어도 자세히 알려주는 법은 없지만. 그놈은 너 빼고 우린 찬밥 대우잖아."

"우리 집 소식도 들었겠네?"

"그건 환한테 들은 건 아니고…… 네 집…… 넘어갔을 때 동네가 한동안 술렁거렸거든. 동네 아줌마들 통해서 듣고, 우리 엄마 통해서 듣고 그랬어."

"그랬구나."

동네 아주머니들도 아는 소식을 나는 이제야 들었구나.

"너는 이제 안 거지?"

내 안색을 살핀 애은이 조심스레 물었다. 기포가 뽀글거리는 황색의 맥주에 두었던 시선을 옮겨 애은을 바라봤다.

"어떻게 알아?"

"작년쯤 우연히 너희 엄마 만났거든. 그때 신신당부하시더라. 혹시라도 너와 소식이 닿거든 절대 말하지 말아달라고. 넌 모른다고. 그때 너희 엄마가 환의 별채에서 살고 계시는 것도 들었어."

노파심인지 애은이 빠르게 덧붙였다.

"동네 아줌마들도 우리 엄마도 그것까지는 몰라. 너희 엄마는 병원에 계시느라 동네에 잘 오시지도 않아. 서로 소식이 끊긴 지 오래야."

"응."

그녀의 마음 씀씀이를 안다. 까불긴 해도 속이 깊은 그녀였다. 난 겸허히 받아들였다.

"어찌 되었든 너 와서 너무 좋다. 내가 얼마나 너 보고 싶어 했는지 모르지?"

애은이 말머리를 돌렸다. 내 손을 덥석 잡으며 해맑간 미소를

겨울비는 아프다 111

날리는 그녀에게 화답의 미소를 보냈다.

"너 언제 가? 잠깐 온 거야?"

"……응. 크리스마스 방학이라."

그녀는 내가 한국에 온 이유를 모르는 듯했다. 그래서 에둘러 댔다.

"언제 가?"

"글쎄. 아직 모르겠어. 방학이 삼 주이긴 해."

다시 파리로 갈 수 있을까. 못 가게 될 것 같다. 아니다. 안 갈 거다.

"삼 주! 그럼 잘됐다. 진짜 너랑 나랑은 베스트 운명이라니까!"

느닷없이 애은의 엉덩이가 경망스럽게 들떴다. 만개한 꽃처럼 화색이 도는 표정이 의아했다.

"사실은 나 약혼하거든. 다음 주 금요일 밤에."

"약혼? 네가?"

"응."

"축하해, 애은아."

"고마워. 너 올 수 있지? 와라, 응? 네가 축하해 주면 정말……. 아…… 아니다. 안 오는 게 낫겠다. 고등학교 친구들도 올 테니까."

화사하던 애은의 안색이 거뭇해졌다. 그녀의 염려를 읽은 나는 빙그레 웃었다.

"갈게."

"너 무리해서⋯⋯."

걱정하는 그녀의 말을 잘랐다. 공연히 말했다 싶은지 애은의 눈가에 후회가 어렸다.

고등학교 친구들은 예전엔 친구였지만 지금은 그저 동창에 불과했다. 동창들과 대면하는 일이 내키지 않는 건 사실이었다. 그러나 애은은 예전이나 지금이나 내게 친구다. 친구의 축복은 친구인 내가 축하해 줘야 하는 게 맞다.

"내가 당연히 가야지."

난 단호하다시피 확답했다. 딱딱해진 분위기를 풀려고 화제를 전환했다.

"신랑은? 어떤 사람이야? 어떻게 만났어?"

"⋯⋯그게⋯⋯."

이상하게도 애은의 표정이 곱절로 어둑해졌다. 난감한 듯 입술을 달싹거리던 그녀가 결의에 찬 얼굴로 말했다.

"명, 명세야."

"⋯⋯어? 누구?"

일시적 충격이 온 탓에 제대로 알아듣지 못했다. 명명이라는 이름인가? 설마 내가 아는 명세, 그 명세는 아닐 거야. 에이, 설마.

"명세라고. 최명세."

애은이 거듭 강조했다. 그러곤 죄지은 것처럼 까무룩 머리를 조아렸다. 나는 눈을 게슴츠레하게 떴다. 그리고 정색했다.

"너 명세 증오했잖아."

"증오까지는 아니었어!"

애은이 버럭 했다.

"트루(truth)?"

"트루."

진실이란다. 그럼에도 믿기지 않았다. 전혀 예상하지 못한 조합이라 정신적 타격까지 왔다.

환과 명세, 애은과 나는 사립유치원부터 사립 초·중·고 동창이었다. 우리 동네 아이들은 대다수 상류층 수준의 집안 자제들이었고 대개 같은 학교에 진학했다. 그중에서도 우리 넷은 단짝 친구였다. 으레 환과 나는 붙어 다녔고, 넷이서는 몰려 다녔다.

환과 나는 서로 사랑했다. 언제부터였는지 기억나지 않을 정도로 자연스럽게 사랑했다. 반면 애은과 명세는 서로 싫어했다. 처음부터 못 잡아먹어 안달이었다. 넷이 있을 때도 죽도록 싸웠다. 외나무다리 원수의 혈투처럼 투덕거리던 날도 허다했다. 그런 후엔 둘은 한동안 서로를 투명인간 취급했다. 그들의 싸움은 매번 환이 중재했다.

"그렇게 충격이야?"

말문이 막혀서 뻐끔거리는 내게 애은이 손부채질을 했다. 난 벙하니 고갯짓했다.

"응. 박쥐가 새라고 커밍아웃하는 것보다 더."

"비유를 해도!"

발끈하는 애은의 표정에 키득거리는 웃음이 나왔다.

한 치도 내다볼 수 없는 게 인생이고 사람의 인연이라더니 신기하다. 단짝 넷 중에서 명세와 애은이 부부가 되는구나. 예전에는 당연히 우리일 줄 알았는데…….

"……환하고는?"

넷의 관계가 찢어지고 명세와 둘이 남은 바람에 이리 된 거라고 애은은 토로했다. 원수는 술이라며 일장연설을 펼친 그녀가 조심스레 물었다.

"둘도 이제야 본 거야? 환이 파리로 가거나 하진 않았어?"

침묵으로 답하자, 그녀가 눈치챘다.

"의외네. 난 환이 득달 같이 파리로 날아다닐 줄 알았는데…….
아닌가? 일 년 넘게 망부석처럼 기다렸는데도 네가 문을 안 여니까 지레 겁나서 못 간 건가?"

애은이 씁쓸한 듯 맥주를 들이켰다. 낯선 말이라 당혹스러웠다.

"환이 망부석처럼 기다리다니?"

"아, 너 몰랐구나. 네가 그러고 있어서 엄마가 미처 전하지 못했었나 보네."

"말해. 무슨 말인지."

"너 그러고……."

추궁하듯 캐묻자, 애은이 머뭇거렸다. 몇 초의 주저 끝에 당시의 이야기가 나열되었다.

너 그러고 있는 동안 환이 365일 네 집 앞을 지키고 있었다. 네가 세상 밖으로 나오는 날을 기다렸다. 눈이 오나 비가 오나 매일 몇 시간씩 망부석처럼 네 방 창문을 바라보았다. 대학을 다니면서도 그랬고, 네 엄마가 오지 말라 해도 그랬다.

원래 네 말만 듣던 녀석 아니냐. 네가 그만, 이라는 말을 안 했으니 녀석이 그런 거다. 아마 네가 파리로 가지 않았다면 녀석은 네가 그만, 이라고 할 때까지 계속 그러고 있었을 거다. 일 년이건 삼 년이건 십 년이건.

"환은 대단해. 그 와중에도 너밖에 몰랐으니."

긴 말을 끝내며 애은이 심란한 한숨을 쉬었다. 내면에서 올라오는 답답한 한숨이었다.

"지도 그 일을 겪었으면서…… 아니, 환은 자기 손으로 느끼고 자기 눈으로 보기까지 했잖아. 충격이 더하면 더했지 덜하지 않았을 거야."

망막이 울렁거렸다.

"그래도 힘들다는 말 한 마디, 내색 한번 안 했어. 오롯이 너만 걱정했지. 그래서 애들도 환은 극복한 거라 가늠했어. 환의 속도 말이 아니었을 텐데……."

창백한 물결이 일렁거렸다.

"아프다는 말을 안 한다고 통증이 없는 게 아닌데."

간과했다.

그 누구보다 환을 잘 알면서.

내 스스로가 감당 안 된다는 이유로 환을 외면하고 환을 덮었다.

"환은 뭐랄까. 그 똑똑한 놈이 오직 네 앞에서는 나사 하나 빠진 놈이 되어버리잖아. 요즘은 그런 거 순정이라고 안 하는데. 미련하다고 하지."

애은의 말처럼 내 말만 듣고 나밖에 모르던 환이었다. 내 일에는 나사 하나가 아니라 수십 개는 빠진 놈이었다. 남자 친구들은 종종 '제이 종놈'이라고 놀렸고 여자 친구들은 '제이 전용 하자 AI'라고 칭했다. 제이의 목소리만 입력된 하자품이라 그 외는 무반응이라고.

그런 환인데.

그만, 이라고 말했어야 했다.

내가 그만, 이라고 말하지 않아서 환이 저렇게 살았나 보다. 자신의 꿈도 버리고 미련하게.

"좀……."

말리지, 라는 말이 입속에서 맴돌았으나 애써 삼켰다. 불필요한 말이다.

난 그저 죄인처럼 시선을 떨어뜨렸다. 친구의 눈빛이 어려웠다. 힐난하는 눈빛과 마주할 듯해 두려웠다. 내 잘못이 아니라고 하여도 내 잘못이었다. 무조건 내가 잘못한 거였다.

"응?"

"아니야."

갸웃하는 애은에게 도리질하며 맥주잔을 들었다. 거품이 거의 꺼진 맥주를 목구멍에 꿀떡꿀떡 밀어 넣었다. 미지근한 맥주는 내장의 화기를 식히지 못했다.

"여기요."

종업원을 향해 손을 들었다. 맥주를 시켰다.

"야, 너 취했어?"

땅이 그물망 같다. 분명 바르게 걷는데 자꾸 발이 출렁거렸다. 정신은 말짱한데 자꾸 몸이 비틀거렸다. 누가 길을 이따위로 만들었어!

"너는 여전히 맥주 두 잔에 이리 되는구나. 파리에서 와인 한 잔 안 즐겼냐?"

"나 간다."

애은의 잔소리 같은 말에는 애정이 담겨 있다. 듣기 나쁘지 않아 피식 웃으며 손짓으로 바이바이 했다.

"같이 가. 데려다줄게."

"너는 이쪽. 나는 이쪽. 오케이?"

갈림길에서 각자의 집 방향을 손가락질하고 투덕투덕 갈 길로 갔다. 애은이 이쪽으로 오면 도보로는 한참을 돌아가야 했다. 공연히 그녀의 다리를 혹사시킬 수 없어 걸음을 빨리 했다. 고집을 아는 애은이 휴대폰 사라는 잔소리와 전화하라는 요구를 거듭 외치고서 더는 따라오지 않았다.

술집에 있는 사이 밤이 되었다.

어둠이 짙은 길을 걸었다. 술을 거나하게 마신 것처럼 비틀대며. 머릿속이 휑하니 무념했다. 이래서 다들 술을 마시나 보다. 뇌의 시름을 덮기 위해. 내일이면 다시 떠오를 시름이겠지만 오늘이라도 잊으려.

어느덧 오르막이 다다랐다.

한 발 내딛는데 차가운 물방울이 귓바퀴를 툭 치듯 건드렸다. 턱을 하늘로 들어 올렸다. 끝없이 높은 하늘에는 에어컨 실외기 같은 건 없었다. 툭툭. 빗방울 무리가 성질 급히 하향할 뿐. 빗방울이 제법 굵었다. 본능적으로 길가 상가의 처마 아래에서 비를 피했다. 그 상태로 망연히 비를 바라봤다.

한참이 지났으나 소나기가 아닌지 비가 그치지 않았다. 폭우처럼 밤새 퍼부을 작정인 듯싶었다. 하는 수 없이 길로 다시 나왔다.

비가 채찍 같았다.

정수리를 맞고 뺨을 맞으니 따끔하게 아팠다.

하늘도 두들겨 패고 싶은 모양이라고 자의적인 조소를 하며 더는 비를 피하지 않았다. 빗속의 거리에서 노숙할 수도 없지 않은가.

겨울 코트가 스펀지처럼 물기를 빨아들였다. 어깻죽지를 누르는 무게가 점점 불어났다. 200그램, 500그램, 800그램, 1킬로그램, 1.1킬로그램……

우뚝.

젖은 코트의 무게가 1.2킬로그램쯤 되었을 때 희미하게 발소리가 들렸다. 센 비를 뚫고 성큼성큼 뻗는 발소리. 귀에 익은 발소리.

이어 커다란 우산의 그림자가 머리통 위로 드리워졌다. 꺼지듯 숙였던 고개를 들었다. 환의 얼굴이 또렷하게 보였다.

"왜 비를 맞고 와."

그의 잇새에서 새하얀 입김이 피어올랐다.

정작 자신의 입술은 퍼런 한기가 도는 주제에 나를 나무랐다. 손에 든 우산마저 내 쪽으로 모두 기울이고 자신은 툭툭거리는 빗방울에 온전히 노출되어 있으면서.

"난 기다렸어, 너."

나직한 울림이 되살아났다. 퍼렇고 퍼런 환의 얼굴과 그 울림이 겹쳐졌다.

이러고 살았니?

구 년을?

탁. 시야에서 어른거리는 우산대를 쳐 버렸다. 갑작스러운 가격을 받은 우산이 휘청하며 환의 손에서 떨어졌다. 나는 바닥에서 배를 드러낸 우산을 냉정히 비껴나갔다.

속상하다.

예전의 나는 환에게 노랑이고 분홍이고 파랑이고 싶었다. 봄바람 타고 살랑거리는 개나리처럼 진달래처럼 귀엽고 예쁘고 싶었고 청청한 봄 하늘처럼 맑고 싶었다.

"감기 걸려."

환이 도로 우산을 집어 들었다. 우리처럼 비에 젖은 우산을 탈탈 털어 다시 내 머리 위에 씌웠다. 자기는 또 안 쓰고 내게만 다 준다.

심술부리듯 빠른 걸음으로 벗어났다.

현재의 나는 환에게 회색이고 회색이고 회색이지 않을까. 도시 환경을 오염시킨다고 유해동물로 지정된 비둘기처럼 우중충한 회색이지 않을까.

대문을 통과하는데,

"부모님 오셨어. 일정을 빨리 끝내셨대."

뒤에서 환이 말했다.

이 꼴로 들어가면 걱정하실 거란 의미가 담겨 있었다. 해초처럼 젖은 머리카락을 나도 모르게 손가락으로 쓸었다. 구 년 만에 뵙는데 나도 이 몰골로 인사드리고 싶지는 않았다.

"주무셔."

어쩌라고.

젖은 머리카락을 다듬던 손이 멈칫했다. 가시눈을 돌리니 기다란 패딩 점퍼가 내 어깨를 덮었다. 내가 우산을 거부하니 이번에는 자신의 겉옷이다.

겉옷을 벗은 그는 반팔 티셔츠 차림이었다.

갑자기 비가 내리니 점퍼 하나 걸치고 후다닥 나온 거다. 그러곤 입술이 파래지도록 길에 있었던 거다. 그래놓고 이 추운 날 겉옷까지 벗어준다.

"됐어."

어깨에 놓인 점퍼를 벗어 환의 가슴팍에 던지듯 넘겼다. 그가 받지 않았다. 점퍼가 바닥으로 철퍼덕 낙하했다. 애먼 점퍼에게 화풀이한 기분이었지만 매정히 돌아섰다.

"제이야."

환이 내 손목을 잡았다.

신경질적으로 뿌리치려 했지만 놓아주지 않았다. 벗어나려고 안간힘을 쓰면 쓸수록 그가 더욱 세게 당겼다. 나의 행동을 예상하고 미리 대응하는 그를 노려보았다. 반팔 티셔츠 차림의 그도 속절없이 비에 젖고 있었다. 내가 나타난 순간부터 비를 맞은 그이지만.

그래.

내가 네게 비인지도. 이렇게 찬 겨울비.

"그만……."

그만해! 라고 외치려 했다. 그런데 '해!'라는 마지막 말이 목구멍에 걸린 채 덜그럭거렸다. 의지가 없는 양 입술도 바르르 떨리기만 했다.

나는 그가 그만하길 바라는 걸까.

그만하지 않길 바라는 걸까.

"너……."

차라리 큰 소리로 토해내려 입술을 힘껏 벌리다가 돌계단 위에서 어스름하게 비쳐 드는 불빛을 포착했다. 본채 1층 거실 전면 통유리에서 흘러나오는 빛이었다. 본채에 어른들이 계신다면 소란을 피워서는 안 되었다.

다시 밖으로 나갈까. 힐끔 대문을 보았다. 아마 환은 끝까지 뒤따라올 것이다. 겨울비에 여과 없이 노출된 맨 팔이 못내 눈에 거슬렸다.

난 발길을 틀었다.

대문과 돌계단 사이의 샛길을 투덕투덕 직진하여 차고 문을 벌컥 열었다. 캄캄한 차고에 들어서자마자 씩씩거리며 그를 돌아봤다. 환은 잠자코 뒤를 따라왔다. 내 의중을 간파한 건지 침착하게 캄캄한 차고의 조명 등 하나를 켜기까지 했다.

"너는 나 기다렸다고 했지? 하지만 난 아니야. 난 네 생각 안 했어."

은은하게 번지는 주홍빛 아래의 환을 쏘아봤다. 그는 젖은 머리카락을 초연히 털었다.

"했겠어? 일 년도 아니고 자그마치 구 년인데……."

신랄하게 높아가던 언성이 멈추었다. 비스듬히 서 있는 그의 뒤로 어른거리는 물체를 발견해서였다. 시각을 의심하며 끔벅거리다가 그곳으로 향했다.

"이건······."

붉디붉은 자태의 스포츠카가 있었다. 매끄러운 광채가 흐르는 스포츠카의 범퍼부터 천천히 차체를 매만졌다. 실물은 매끄러운 감촉이 살아 있었다.

"난 이걸로 정했어."

"싫어."

"네가 싫으면 뭐 해. 내가 좋은데. 난 이거야, 무조건."

"왜?"

"겁나 섹시하잖아."

수능을 앞둔 어느 일요일, 대학생이 되면 개인 차를 뽑아준다는 환의 아빠가 한 약속에 신이 난 건 오히려 나였다. 한가로이 그의 집 소파에 드러누워 자동차 카탈로그를 넘기며 설레발을 쳤었다. 그러다 발견한 물건. 붉은 사과 같은 색의 스포츠카. 바로 이 차.

지금은 고물축이겠네.

새 차처럼 스크래치 하나 없지만.

"이거 안 탔어?"

"응."

"왜?"

"네가 없으니까."

"그럼 사지 말지. 왜 샀어?"

"네가 언제 올지 모르니까."

기막혀 실소하며 돌아섰다.

환이 무표정하니 눈길을 외면했다. 내게 매번 들통 나면서 고고한 척하지 마. 숨기려면 철저히 숨기든가!

"넌 나한테 원하는 게 뭐야?"

"들어가자. 젖은 채 계속 있으면 너 감기 들어."

환이 성큼성큼 가까이 왔다. 그가 달래듯 내 팔을 잡으려 했다. 크게 팔을 휘둘러 손길을 피했다.

"옷이 젖어서 걱정이야? 벗으면 되잖아."

나는 성질내며 젖은 코트를 벗어 던졌다. 하, 그가 짤막히 한숨을 내쉬었다. 그리고 바닥에 떨어진 코트를 챙기려 했다. 자신의 점퍼는 차고 밖에서 비를 고스란히 맞고 있는데. 그때는 거들떠도 안 보더니.

"말해. 네가 원하는 거. 원하는 게 있을 거 아냐!"

코트를 집으려는 그의 가슴팍을 손바닥으로 쳤다. 아프도록 세게 쳤다. 그가 내 손을 강하게 잡아챘다. 열아홉 살에도 컸던 손이 더 커진 것 같다. 그의 큰 손에 내 손이 다 들어갔다. 내 손이 되게 작아 보였다.

"너야말로 내가 뭘 하길 바라는데?"

허를 찌르는 역습.

정말 나야말로 뭘 바라는 걸까.

팔딱거림을 멈추고 환의 손에서 그의 눈으로 초점을 들었다. 나를 들여다보는 짙은 눈동자. 얄밉도록 어른스러운 눈동자가 아이 타이르듯 나를 내려다보고 있었다. 일순 이 단정함을 흔들어주고 싶은 못된 충동이 일었다.

"잘래?"

냉소적인 속삭임에 환의 눈썹이 꿈틀했다.

"우리 잘까?"

환이 동요했다.

잔뜩 미간을 좁힌 목울대가 크게 실룩했고, 비에 흠뻑 젖어 여릿하게 살색이 드러난 가슴팍도 들썩였다. 눈에 분명히 보이도록.

"지금의 너랑 나랑 원할 만한 게 뭐가 있어. 플라토닉러브 같은 걸 할 나이도 지났는데."

나는 비뚜름하게 입술을 꼬았다. 난 못돼먹은 게 맞다. 이런 반응에 희열을 느끼다니.

"윤제이."

환이 화났다.

늘 제이야, 라고 불렀던 환은 화날 때만 윤제이, 라고 불렀다. 그런 환이 어금니를 물고 윤제이, 라고 불렀으니 엄청 화난 거다. 못된 소리를 함부로 지껄이는 내게.

그러나 그가 틀렸다. 우린 열아홉 살이 아니라 스물여덟 살이다. 그러니까 이런 말이 마냥 못된 소리는 아니다. 충분히 성인으로서 할 수 있는…….

"장난하고 싶어?"

갑자기 환이 붙듯이 바짝 다가왔다. 근접한 가슴팍이 나의 볼록한 가슴에 닿을 듯 말 듯 오르내렸다. 쏟아지는 눈빛 또한 무섭도록 위압적이었다. 초점을 사로잡는 그의 까만 눈동자를 피할 수 없었다. 긴장이 되어 꼼짝도 할 수 없었다. 시답지 않은 말들을 중얼대던 나의 사고도 뚝 끊겼다. 나야말로 엄청 동요했다.

"아님, 진심이야?"

비스듬한 입술이 느긋이 내려왔다. 입술 움직임, 숨결, 숨소리까지 느껴지는 간격. 아찔한 틈.

"시작하면 자제할 수 없을 것 같은데……."

뜨거운 입김이 새하얬다. 환의 잇새에서 흘러나오는 숨은 뜨거웠지만 내 시야를 새하얗게 희롱했다. 숨이 멎을 만큼.

"너 자신 있어?"

경고다.

뇌에서 위험 사이렌이 울렸다.

빨강 경광등을 번쩍거리며 도망가라고 숨 가쁘게 외쳐 댔다. 내가 착각했다. 나만 본다는 이유로 그를 얕잡아봤다. 언제나 나보다 한 수 위인 환인데.

근데…….

터질 듯 뛰는 심장이 내게 말하고 있었다. 오늘이 아니면 아닌 거라고.

"응."

입술을 벌렸다.

그 순간 환의 입술이 나의 입술을 막아버렸다. 일 초의 주저도
없이. 숨 쉴 틈도 주지 않고.

05
우리는 단순하지 않다

우리를 끌어당기는 힘은 단순하지 않다. 거스를 수 없는 운명의 힘이 작용하는 것처럼 밀어내려고 하면 할수록 서로를 당기는 힘이 거세어진다. 불가항력적인 힘이다.

그런 것 같다.

차가운 외부의 온도와 상반되는 뜨거운 숨을 입속으로 받아내며 난 그렇게 생각했다. 이리 될 것 같았다고. 공항에서 환을 마주한 순간부터 이런 상황을 예감했던 것 같다고.

자신의 뜨거운 혀를 내 입속으로 밀어 넣는 환의 키스는 굶주린 것처럼 몹시 절박했다. 쌓이고 쌓인 갈망을 모조리 분출하는 것처럼 입속을 집요하게 헤집고 깊숙이 파고들었다. 다소 거칠었지만 한편으로는 놀라울 정도로 부드러웠다.

안고 싶어서 견디기 괴로웠다는 듯 환의 팔이 나의 허리를 세게 감아 당겼다. 숨 막히게 밀착하며 키스를 멈추지 않았다. 탐하면 할수록 목마름이 더해가는 것처럼.

현기증이 일었다.

온몸의 힘이 송두리째 빠져 버렸고 넋은 반쯤 나갔다. 단단한 몸에 갇힌 채 난 끈질긴 혀의 추적에 제압당하고 있었다. 자신 있게 '응'이라고 한 주제에 환의 젖은 상의를 무기력하게 쥐는 것 말고는 달리 할 수 있는 게 없었다. 지극히 농염한 키스에 놀아나는 기분마저 들었다. 그러나 밀어내지 않았다.

어느 순간.

복부에 허벅지의 무게가 가중되었다. 허공에서 대롱거리던 상체가 휘청하듯 뒤로 젖혀졌다. 반사적으로 큰 손이 안전하게 나의 척추를 받쳤다.

위태로운 자세를 인지한 환이 나의 허리를 굳게 안은 채 자신에게로 당겼다. 몸이 환의 품속에 잠기자마자 그가 차문을 열었다. 환은 보조석 의자에 나를 안정적으로 앉혔다.

잇따라 시트가 뒤로 젖혀지는 느낌과 동시에 다시 입술이 덮였다. 잠시의 틈도 아깝다는 듯 환은 서슴없었다.

밀착의 강도는 진했다.

비에 젖은 얇은 옷감이 살갗에 주는 마찰은 지독히 자극적이었다. 누가 먼저라고 할 것 없이 주체할 수 없는 흥분에 휩싸였다. 이대로 끝까지 가도 상관없다는 마음이 들었다.

이런 충동을 읽은 양 큰 손이 살갗에 달라붙은 블라우스를 헤쳤다. 투두둑. 거침없는 손길에 블라우스 단추가 뜯겼다. 두어 개의 단추가 튀어나가면서 앞섶이 벌어졌다.

불그스름한 빛을 머금은 여체를 만난 환의 잇새에서 묵직한 호흡이 토해졌다. 깊숙한 폐에서 우러나오는 숨소리였다. 그의 손길이 손대기 아까운 진주를 탐하듯 부드럽게 내 몸을 쓸었다.

살결에 밀착되는 섬세한 손길에 전신의 감각이 예민해졌다. 손끝만 닿아도 저릿저릿한 전율이 흘러서 정신이 혼미할 지경이었다. 취기가 올랐다. 알큰한 취기에 빠져들며 그의 손길을 애타게 원했다.

환도 젖어 달라붙은 제 상의를 거칠게 벗어버렸다. 군살 하나 없는 몸의 촘촘한 음영은 시야를 아찔하게 만들었다. 주저 없이 옷을 벗은 상체가 내려왔다. 그의 입술이 나의 목덜미에 인장을 찍었다.

목덜미를 세게 누르는 입술의 압력에 긴장한 쇄골이 빳빳이 일어났고, 시퍼런 힘줄이 팽팽히 당겨졌다. 저절로 고개가 젖혀졌다.

천장의 은은한 주홍빛이 마치 붉디붉은 화염의 소용돌이처럼 보였다. 그 화염 속으로 정신이 끌려들어 가는 몽롱한 착각이 일었다.

"아……."

그의 손이 가슴으로 왔다. 조이듯 움켜쥐는 악력에 나도 모르게 약한 신음성을 내뱉었다.

부족한 산소를 들이마시려 입을 크게 벌렸다. 일순 환이 강한 입으로 내 입술을 막았다. 삼키듯 격렬히 키스를 퍼부었다. 마셔도 마셔도 갈증 난다는 듯 목마름 가득한 키스가 한동안 계속되었다.

그리고…….

"제이야."

환이 입술을 떼었다. 허스키하게 쉬어버린 목소리가 짙고 나직하게 울렸다.

감은 눈을 떴다.

그가 젖고 헝클어진 나의 머리카락을 세심히 쓸었다. 내 얼굴이 드러나도록 쓸어 넘긴 후 깊이 내려다봤다. 단단한 가슴팍을 들썩이며 아까워서 미치겠다는 듯 아련히 들여다봤다. 구 년 동안 보지 못하였던 나를 세세히 눈에 담겠다는 듯. 그동안 멀었던 나를 전부 새긴다는 듯.

심연 같은 눈동자를 마주 보았다. 깊고 깊어서 더더욱 애틋한 눈빛이 못 견디게 섹시해서 눈시울이 뜨거워졌다.

나는 손가락을 들었다.

선정적이기까지 한 촉촉한 입술을 손가락으로 쓸었다. 입술 주름도 느껴지지 않을 정도로 야들야들한 감촉에 손끝이 부르르 경련했다. 세차게 일렁이는 동공을 감싼 눈꺼풀로 손을 옮겼다.

유선으로 휘어 있는 짙고 풍성한 속눈썹이 파르르 떨렸다. 시간이 정지된 것처럼 나는 환을 찬찬히 보고 찬찬히 느꼈다.

환은 나의 손길을 기다려 주었다. 촉촉한 눈망울로 들여다보며 끈기 있게 기다렸다.

우리는 알았다.

멈출 수 없다는 것을.

멈추기 싫다는 것을.

눈가를 쓸던 손을 그의 관자놀이로 그의 목덜미로 옮겼다. 그리고 지금이야, 라고 하듯 뒷목을 지그시 눌렀다.

신호를 읽은 환의 입술이 내려왔다. 사푼사푼 공기를 밟듯 조용히 내려와 내 입술을 감쌌다. 그의 몸도 내 몸을 완전히 감쌌다. 몸을 압박하는 무게가 체중되었다. 묘한 안정감이 들었다.

우리는 안정감 속에서 서로가 서로를 담았다. 내 몸은 마치 기다렸다는 듯 그에게 열렸다. 그가 내 몸속에 빈틈없이 들어찬 순간 척추를 타고 퍼지는 극심한 통증이 동반되었고 생경한 이물감이 하체를 짓눌렀다. 그러나 싫지 않았다. 되레 비어 있던 공백이 메워지는 충만감이 들었다.

밤이 농익어갔다.

차고 지붕을 노크하는 빗소리가 강렬해졌다. 비의 속도도 강도도 세찼다. 잇새에서 터지는 열성을 감출 수 있을 만큼.

밤 그림자에게도 들키지 않을 은밀한 속삭임은 그렇게 이어졌다.

마치 영원처럼.

영원처럼.

"아……."

늦잠을 잤다. 오전 9시를 가리키는 벽걸이 시계를 보며 난 절망의 탄성을 내었다. 느릿느릿 침대에서 나왔다. 숙취인 양 관자놀이가 지끈거렸고 한바탕 땅바닥에서 구른 것처럼 전신이 뻐근했다. 또한 아, 이 난생 처음 느끼는 이질적인 통증. 그때는 전혀 안 그랬는데 왜 지금!

"그만."

되살아나는 영상을 떨치려 후다닥 고개를 가로저었다. 내가 저지른 짓거리는 무덤까지 가져가야 한다. 결코 떠올려서는 안 된다. 생각의 생 자도 해서는 안 된다. 아예 머리를 빈 깡통으로 만들자. 그게 낫겠어.

마인드컨트롤은 위대한 거였다.

텅텅 비우기로 작정하니 감정 기복이 심했던 기상 직후와 달리 외출 준비하는 동안은 제법 평온할 수 있었다. 시각도 오전 10시가 넘어가고 있었다. 당연히 환은 출근했을 테니 안심하고 정원을 발랄하게 지나는데,

벌컥—

본채의 문이 열리며 환이 나왔다. 제길.

"……출근 안 했네?"

태연한 척 입술 끝자락을 고무줄처럼 당기며 웃었다. 괜히 허벅지 안쪽도 시큰한 게 좀 이상했다. 이런 몸의 반응 정말 별로다.

"토요일이야."

반면 환은 멀쩡했다. 전날 무슨 일이 있었소, 하듯 무표정했다. 왜 억울한 기분이 들지?

"아, 토요일이었구나."

나의 허술한 면모는 한결같다. 시간만 확인했지 날짜도 요일도 확인하지 않았다. 그러고 보니 오늘이 크리스마스이브인데. 참으로 기막힌 크리스마스이브를 맞이한 거였구나. 생애 영원히 기억될.

어쨌든 어제의 일은 무마시켜야 한다. 당분간 환과 마주할 상황은 피할 수 없을 테니 깔끔히 정리하는 게 낫다. 나는 부러 시크하게 머리카락을 쓸어 넘겼다.

"어제는 내가 너무 취했나 봐. 기억이 잘……."

"나잖아."

환이 대번 잘랐다.

눈썹 하나 꿈틀 안 하는 반격에 애써 가식을 떤 노력은 허망하게 물거품이 됐다. 다르게 접근해야겠다.

"……우리 실수한 거라고……."

"실수 아니야."

이번에도 즉각 막혔다.

환은 확실히 나와는 다른 세계의 인간이다. 저토록 뻔뻔하게 굴 줄이야. 더는 덮을 방도가 떠오르지 않았다. 차라리 튀자.

이 상황을 타개할 궁리를 하느라 머릿속이 분주한 나와는 달리 잠자코 서 있던 환이 느닷없이 다가왔다. 오지 마. 나는 무심코 주춤 물러났다. 기다란 다리만큼 환의 보폭이 훨씬 컸다. 지레 물러나는 게 한심해서 움직임을 관뒀다. 그러자 환이 대립하듯 성큼 섰다.

"우리 일 묻고 싶어?"

설핏 언짢은 기색 같기도 했지만 정확히 파악이 안 되었다. 우선 이 질문의 의도는 모르겠다. 내가 어떤 답을 할지 알면서. 난 또 삐딱해질 텐데.

"어."

"그래, 그럼."

환의 턱이 까닥 움직였다. 그리고 끝, 이었다.

우스운 건 나였다. 망설임 없이 돌아서는 환의 뒷등을 대하며 배신감이 일었다. 손해 본 것 같은 기분도 내면에서 자라났다. 왜.

"제이야!"

그때 본채 현관에서 낭랑한 음색이 튀어나왔다. 팔랑거리는 코트 자락을 휘날리며 양팔을 활짝 펼친 그녀가 달려왔다. 환의 엄마, 김윤정 여사님이었다. 무관심하게 환을 지나친 그녀가 내 목을 덥석 끌어안았다.

"제이야! 이게 얼마만이야. 이모가 너무 너무 보고 싶었어. 야속하게 이모 보러 한 번을 안 오고."

"이모."

"얼굴 좀 보자. 원래도 예뻤는데 더 예뻐졌네, 우리 제이. 어쩜 이렇게 예쁘게 컸어."

"이모도 여전히 화사해요."

윤정 이모가 양손으로 내 뺨을 찌그러뜨렸다. 병아리새끼 부리처럼 톡 튀어나온 입술로 오물거리자 그녀가 까르르 기분 좋게 웃었다. 워낙 유쾌하고 호탕한 이모였다. 언제나 주위에 해피바이러스를 마구 뿌려주었다. 육아에는 소질 없는 엄마지만.

"너 왔다는 소식 듣고 이모가 얼마나 죽도록 일했는지 아니? 그래서 이틀이나 일정을 당길 수 있었잖아."

"나 왔는지 들었어요?"

힐끔 뒤의 환을 보자, 이모가 미간을 좁히며 도리질했다. 환은 아니라는 뜻이었다. 환이 아니면 엄마다.

"잘됐지? 우리 크리스마스 같이 보내자. 아닌가? 젊은 사람들 크리스마스를 방해하면 양심 없는 아줌마인가?"

"어차피 아빠랑 보내려 했는걸요."

"그래. 우리 아빠랑 같이 보내자."

이모가 내 머리를 기특하다는 듯 쓰다듬었다. 우리 제이 정말 많이 컸구나, 하는 다정한 손놀림이었다. 그녀의 미소에 화답했다. 슬프지 않으려 웃어주었다. 그녀와는 언제나 통했다. 코드가 잘 맞는 편이라 솔직히 엄마보다 더 편했다.

"아빠한테 갈 거지? 우리도 가려고 나오는 길이야. 같이 가자."

"저는 들를 데가 있어요."

"그래? 그럼 우리 먼저 다녀와야겠네?"

"네."

"참, 너 어제 몇 시에 들어온 거야? 별채에서 기다리다가 깜빡 잠들어서 깼을 때도 너 안 들어왔던데. 새벽 3시쯤이었나?"

"……오랜만에 친구 만나서 회포 푸느라……."

"아주 진탕 노셨군. 아침밥은 먹었어? 잠깐 들어가서 밥 먹을래?"

"……속 쓰려서 괜찮아요."

목구멍을 조이는 느낌을 참아내느라 진땀이 났다. 어설프게 웃다가 환과 눈이 마주쳤다. 슬쩍 쳐다보는 환의 표정은 무감했다. 저 양심 없는 무표정이 밉다.

"우리 느린 양반은 여직 안 나오고 뭐 하시나. 여보! 제이 왔어요! 어서 나와요! 제이 일 있어서 빨리 가야 한대!"

이모가 내 어깨를 감싸며 목청을 높였다. 빨리 가야 한다는 소리는 안 했는데 과장해서 채근하는 그녀가 사랑스러웠다.

"저는 차 빼놓을게요."

환이 시원스럽게 차고로 가버렸다. 엄청난 일을 저질렀던 차고라 나는 그를 절대 좇지 않았다. 부러 꼿꼿하게 턱을 세우고 본

채 현관만 주시했다. 평생 저쪽으로는 숨도 쉬지 말아야지.

사후피임약을 처방받았다. 오늘의 볼일은 산부인과였다. 내가 한국에서 산부인과에 오고 피임약을 먹게 될 줄이야. 지난밤의 뜨거움이 채 가시기도 전에 몸속의 흔적을 지워야 한다는 현실이 못내 씁쓸했다. 아무 걱정 없이 다음 날을 맞이하는 남자와 달리 여자는 만약의 위험을—적절한 단어는 아니겠지만 이 상황에서 축복이라고 할 수는 없잖아!— 대비해야 한다는 사실 또한. 이건 너무 현실적이다. 로맨스가 없다. 로맨스가.

그렇다고 흔적을 남긴 환을 탓할 순 없다. 프로페셔널(?)한 편이었으나 서투르기도 했던 그였다. 티는 났다. 그도 처음임이. 하긴 다른 여자와 잘 리 없는 환이다. 자만일지도 모르지만. 어찌 되었던 스물여덟의 환이 다른 여자와의 잠자리는 피했다면⋯⋯ 그건 또 로맨스인가?

난 아무래도 「지환 백과사전」을 집필해야겠다. 환을 피하고 싶으면서도 뇌로는 그를 줄기차게 파헤치고 탐구하고 있으니. 모순이다.

"아빠."

침대 가장자리에 팔베개하고 엎드린 채 아빠 얼굴을 빤히 보았다. 머리를 온통 덮은 흰 머리가 거슬리는데 관자놀이 부근은 유난히 더 희었다.

"나 환이랑 잤어."

이 고백은 당나귀 귀 임금님의 담당 이발사와 비슷한 심경의 자백이다. 예전이라면 삭발당하고 다리몽둥이 부러질 자백이기도 하다. 기분 탓인지 아빠의 흰머리 색 농도가 급속도로 진해진 것 같다. 고이 잠든 아빠에게 시름을 안겨준 것 같지만 할 수 없다. 안 깨고 잠만 자는 아빠 책임이다.

"아빠는 엄마랑 처음 잤을 때 무진장 사랑하고 좋아죽겠고 그럴 때였지?"

나는 왜 이럴까. 왜 이렇게 만든 걸까.

"후회되거나 그런 건 아닌데 조금 속상해. 실수인 것 같기도 하고 실수가 아닌 것 같기도 해서. 내 처음이 이럴 줄 몰랐는데."

아침의 환이 떠올랐다. 새벽과 다른 사람 같던 그의 속내가 궁금하다.

"환은 어떤 기분일까."

눈꺼풀이 시무룩해졌다.

만일 우리의 사랑이 지속되었다면 우리의 첫 밤은 어땠을까, 등의 의미 없는 가정은 집어치워. 제발.

"진짜 오늘 여기서 잘 거야?"

병실 문이 열렸다.

침대에 묻었던 고개를 돌리며 빙그레 끄덕였다. 식기를 씻어온 엄마를 도우려 했으나 손도 못 대게 했다. 그냥 엄마 뒤를 졸졸 따라다녔다.

"응."

"등 배겨서 불편할 텐데."

"그 정도야, 뭐. 오늘은 무조건 아빠 옆에서 잘래."

"그러면 간호사한테 보조침대 하나 더 달라고 부탁해야겠다."

병실을 도로 나가는 엄마의 입가에 웃음이 싹텄다. 가라고 노래를 부르더니 막상 엄마는 좋은 모양이다. 덩달아 나도 좋았다. 간단히 씻고 나왔을 때 보조 침대가 도착했다. 어슴푸레한 수면등 빛이 내리쬐는 바닥에 나란히 보조 침대를 놓고 엄마와 누웠다.

"엄마."

"응."

"내일 아침에 내가 아빠 머리 염색해도 돼?"

"염색? 그게 될까?"

"살살 해보면 안 돼?"

"왜? 아빠 흰머리가 영 어색해?"

"그렇기도 하고……. 크리스마스니까."

아빠가 떠나는 길에는 희고 흰 겨울의 눈꽃 같은 건 없었으면 좋겠다. 따스한 봄날의 꽃밭처럼 오색빛깔 찬란한 꽃들만 가득했으면 좋겠다.

"염색은 해봤어?"

엄마의 손이 내 머리카락으로 왔다. 보드랍게 쓰다듬는 손길로 인해서 전신이 나른해졌다. 눈꺼풀이 가물가물해졌다. 어제부터 몇 시간 못 자서인지 주체할 수 없는 잠이 몰려왔다.

"아니."

"자신은 있어?"

"……아니."

픽. 졸음에 물든 채 대답하면서도 무모한 내가 황당했다. 피식거리는 웃음에 전염된 듯 엄마도 기찬 웃음을 흘렸다. 눈꺼풀을 닫으며 입을 열었다.

"엄마."

"응."

"우리 가족이 이렇게 한방에서 자는 건 처음이지?"

"처음은 아니야. 네가 기억 못하는 거지, 여섯 살 때 네 방 만들기 전까지는 셋이서 같이 잤어. 아빠가 작은 네 발을 꼭 잡고 잤었는데."

"그래? 난 왜 기억에 없지?"

"아기였으니까."

지난 추억이 떠오르는지 엄마가 쿡쿡 웃었다. 같은 공간에 있으면서 호응할 수 없는 아빠의 사정으로 웃음 끝자락에는 추억의 슬픔이 어려 있었다.

나는 모른 척했다. 잠이 해일처럼 밀어닥쳐서 더는 수다를 떨수 없었다. 감은 눈꺼풀 너머 아빠 엄마 사이에서 잠든 여섯 살 제이가 있었다. 하염없이 안락해 보이는 제이가.

"너 어쩔 거야."

아빠에게는 미안한 일이지만 염색은 실패했다. 앞쪽은 나름 성공적이었으나 정수리 넘어가는 뒤편은 좀…… 많이 듬성듬성했다. 최선을 다했지만 누워 있는 아빠를 상대로 염색하기란—첫 도전인 데다— 결코 쉬운 일이 아니었다.

"아빠 화났겠지?"

"아빠는 이해할 거야. 문제는…… 손님들이겠지만."

엄마의 우려대로 크리스마스 파티에 도착한 손님들은 하나같이 '왜……'라며 당황했다. 엄마는 치사하게도 나를 지목했다. 2인조였는데 모든 책임을 주범인 내게 전가했다.

"개성 있어. 젊어 보이고."

유일하게 내 편을 들어준 이는 윤정 이모였다. 물론,

"이마 라인은."

라고 부언했지만.

환은…….

별다른 관심이 없었다. 본디 시시콜콜 관여하는 법이 없었고 위법이 아닌 이상 나의 소행에 토 달지 않았다.

크리스마스 파티에는 큰 이모와 유신 언니 부부, 환의 부모님, 아빠의 죽마고우 삼촌이 참석했다. 모두들 아빠와의 마지막을 나누려 애써 시간을 낸 것이었다.

환은 작은 트리를 가져왔다. 트리는 정해진 것처럼 나와 환이 꾸몄다. 오랜만이었다. 시기적 면제를 받은 고3 때 빼고는 환이네 크리스마스 정원수 꾸미기는 늘 그와 내 몫이었다. 넓고 정원

수도 많아서 우린 매번 거한 일당을 챙겼었다. 야무진 환은 저축했고 한탕주의인 나는 한 큐에 날린 후 한동안 환의 저축금으로 연명했다. 돌이켜 보니 난 환의 거머리였던 것 같다. 본의 아니게 현재도 그렇고. 환과 함께 트리 조명을 달다 보니 어린 시절로 돌아간 기분에 잠겼다. 새삼.

"다 됐다."

트리가 완성되었다. 별빛처럼 반짝거리는 트리 조명이 켜지며 크리스마스 파티가 시작되었다.

각자의 잔에 와인을 나누다 지 회장님이 빈 잔에 와인을 채워 아빠 침대로 갔다. 잔을 아빠의 머리맡 테이블에 놓으며 그가,

"메리 크리스마스, 윤영석 씨."

아빠에게 인사했다.

나도 모르게 울컥 했다. 부러 고개를 저만치 돌리고 눈을 깜박거리는데 시선이 느껴졌다. 힐끗 곁눈질하니 환이 보고 있었다. 깊고 짙은 눈동자로 지그시 바라보고 있었다.

"이모한테 가자, 정유야."

포동포동하게 젖살 오른 정유의 얼굴이 환과 맞물린 시선의 틈을 가로막았다. 난 고이 아기를 안아들었다. 토실토실한 턱살과 목살이 겹쳐져 마치 턱이 세 개인 것처럼 보이는 정유의 뺨을 조심스레 매만졌다.

"예쁘지?"

"완전 예쁘다."

화상으로만 마주하고 실물은 처음 보는 조카였다. 태어났다는 소식에도 백일에도 선물만 보내고 보러 오지 못했다. 내 사정이라는 구실로.

　"언니, 이렇게 예쁜 정유 보고 있으면 하나도 안 힘들겠다. 그래?"

　"아니야. 엄청 힘들어. 예쁜 거랑 힘든 거는 엄연히 다른 거야. 너도 애 키워봐라. 그런 소리하는 사람 얄미워서 꼬집고 싶지. 특히……."

　유신 언니가 말끝을 흐리며 형부 동태를 살폈다. 형부는 존경하는 지 회장님과의 대담에 흠뻑 취해 있었다.

　"시어머니는 더."

　안전을 확인한 언니가 귓속말했다. 그녀의 앓는 소리에 쿡쿡 웃음이 났다. 무릎에 올려놓은 정유를 시소 태우듯 살살 올려주었다. 엄마를 닮아 이목구비 예쁘장한 정유가 낯가림 없이 방긋거렸다.

　"……환하고는 풀었어?"

　언니가 속삭이듯 물었다.

　무심코 아버지들 사이에 끼어 있는 환을 일별했다. 어른들의 로망답게 그는 반듯한 자세로 대화를 경청하고 있었다. 도로 눈길을 정유에게 내렸다.

　"풀 게 뭐 있어. 내가 빚진 건데."

　"빚? 환은 그렇게 생각 안 할 텐데?"

"갚을 거야."

"네가 갚는다고 받겠어?"

"꼭 갚을 거야."

알량한 자존심이 아니다. 거절의 이유는 간단하다. 받을 이유가 없어서다. 환의 입장에서는 단순히 오랜 우정의 선의일 수도 있지만 내 입장에서는 아니다. 그 밤의 일로 결론이 났다. 난 환과 친구로 돌아갈 수 없다.

"그러면 남은 학기는 어쩌려고? 이모는 네 학비 댈 사정이 안 될 텐데."

"정리할 거야. 내가 엄마 곁에 있어야지."

"3학기 남았는데 아깝게⋯⋯."

"할 수 없잖아. 형편이 안 되는데."

"제이야."

"언니, 정유 배고픈가 보다."

회유하려는 언니에게 정유를 넘겼다. 소파에서 일어나 아빠에게 갔다. 옹알이하는 정유를 안아든 언니의 눈초리가 등으로 꽂혔지만 회피했다.

단란한 분위기 속에서 침대에 누워 있는 아빠를 중심으로 어른들이 계주하듯 아빠와의 소소한 추억을 공유했다. 간간이 까르르 웃기도 했고 때때로 눈시울을 적시기도 했다. 억지는 없었다. 자연스럽게 웃고 울고 그랬다.

나는 적당한 무렵에 빠져나왔다.

1층 정문 밖까지 나가 보도블록 근처 둔덕에 아무렇게나 앉았다. 무릎에 팔을 대고 턱도 괴고서 먼 하늘을 물끄러미 응시했다. 크리스마스의 하늘은 맑았다. 수도권 외곽이라서 그런지 수놓은 것처럼 별이 선명했다.

갑갑했다.

겹겹이 겹친 여러 감정 중 무엇 하나 제대로 정리되지 않았다. 형용할 수 없는 감정이 어려워 줄곧 찬 공기를 쐬었다. 멍하니 별을 보며 왜 이러고 있나, 싶을 때쯤 옆자리에 거뭇한 그림자가 드리워졌다.

환이었다.

기척 없이 온 그가 곁에 묵묵히 앉았다. 낮은 둔덕에 앉은 터라 구부린 다리가 불편해 보였지만 아무 소리도 하지 않았다. 그도 내 시선을 좇아 먼 허공의 별을 응시했다.

고요한 정적 속에서 우리는 별을 주시했다. 겨울밤의 맑은 별을 하염없이 바라보았다.

어느 정도의 시간이 흘렀을까. 꽤 오래 시간이 흘렀을 때였다.

쓰윽.

불현듯 별에 머문 눈길을 떼지 않은 채 환이 팔을 들었다. 저항 없이 공기를 탄 커다란 손이 나의 정수리로 내려앉았다. 그리고 꾹 눌렀다.

일순 나의 눈에서 눈물이 또르르 굴러 나왔다. 수도꼭지 버튼이 눌린 양 눈망울에 찼던 물기가 방울져 떨어졌다. 나는 이마를 무릎에 묻었다.

　몰랐다. 내 눈에 눈물이 차올랐음을.

　몰랐다. 내 기분이 울적했던 것임을.

　나는 울었다.

　한참이나 시냇물처럼 줄줄 흐르는 눈물을 무릎으로 흘려보냈고 목 깊숙이 눌려 있던 슬픔을 배출했다. 그러는 동안에도 환의 손은 내 뒤통수를 말없이 감싸고 있었다. 그의 손은 떠나지 않았다.

06
꺼진 촛불, 돌고 도는 시계

아빠의 촛불이 꺼졌다. 유난스레 겨울 하늘이 청명한 날, 새로운 해를 나흘 앞두고 아빠는 경건하고 조용하게 생을 마쳤다. 차분히 때를 맞이하던 엄마는 결국 아빠의 몸을 부여잡고 오열했다. 나도 많이 울었다.

엄마에게 말했다.

나는 아빠와의 이별 시간이 너무 짧은 게 아니냐고.

엄마는 그랬다.

아빠 곁을 지키는 시간이 길다고 해서 더 사랑하고 그걸 못했다 해서 덜 사랑하는 건 아니라고. 그러니 시간이 짧다는 이유로 미안해하지 말라고. 네 할 일은 아빠를 담아두는 것이라고.

나는 그러기로 했다. 지구가 멸망하고 우주가 사라진다 하여
도 아빠가 내 아빠인 건 변함없으므로 내 안에 담기로 했다. 그
렇게 아빠와 안녕했다.

그리고 나흘 뒤.

나는 스물아홉이 되었다.

"나 애은이 약혼식 가야 돼. 나가기 전에 저녁밥 챙겨줄까?"

"엄마는 졸려. 잘래."

"아직도 졸려? 언제까지 졸려?"

"계속."

장례식이 끝난 후 엄마는 삼 일 내내 잤다. 이 년치 잠을 몰아
서 자듯 끝없이. 엄마의 수면을 방해하지 않으려 나는 될 수 있
는 한 숨도 약하게 쉬었다. 밥시간 때만 깨웠는데 엄마는 그마저
도 귀찮아했다. 습관처럼 이어가던 간병 생활이 끝나서 무기력해
진 듯했다. 표현을 안 할 뿐이지 고되었을 엄마라 내버려 두기로
했다. 엄마에게도 휴식과 혼자만의 시간이 필요한 것 같았다.

똑똑.

현관문에서 노크 소리가 들렸다. 쉬는 엄마를 위한 배려의 노
크였다. 가만가만 걸어 현관문을 여니 슈트를 차려입은 환이 있
었다. 뜻밖이라 나는 화들짝했다.

"너도 가?"

"가야지."

바보 같은 질문이다. 환과 명세는 형제 같은 사이다. 내가 가

냐, 안 가냐 참견할 입장이 아니다. 애은인 왜 하필 명세와 결혼하는 걸까.

"준비 멀었어?"

"어."

외출 준비는 진즉 끝났지만 고약한 심보로 거짓말했다. 환의 눈동자가 무심결에 나의 머리부터 발끝까지 스캔했다. 이쯤이면 된 것 같으니까, 라는 기색이었으나 그는 선뜻 돌아섰다.

"다 되면 나와."

"오래 걸릴 것 같으니까 먼저 가. 난 택시 타고 가면 돼."

"나와."

단호히 턱짓한 그가 가버렸다. 같이 살면서 따로따로 가는 것도 모양새가 이상하긴 했다. 부부 싸움한 부부도 아니고. 단념하고 백을 챙겼다. 그리고 구두를 신다 말고,

"아! 이애은!"

애먼 애은에게 짜증 냈다.

우리의 시간은 되감기되고 있다.

공항에서 환과 재회하고 그의 차에 처음 탔던 날처럼 어색한 기류가 되살아났다. 솔직히 그보다 더 서먹했다. 이 폐쇄적인 차 안에 둘이 있는 거라서. 그 밤도 차 안, 지금도 차 안. 제길.

"아빠 장례식에서는 고생했어."

침묵이 불편하여 나는 말했다.

삼일장 내내 상주처럼 장례식을 지켰던 환이었다. 일가친척과 아빠의 가까운 지인에게만 연락한 조촐한 장례식이라도 할 일은 많았다. 그런 일들을 환이 도맡아 했다. 그 탓에 큰 이모가 환을 '우리 조카사위'라고 부르는 사태가 벌어졌지만.

"고마워."

고마운 일이었다.

"잠은 좀 잤어?"

생색 없이 환이 물었다.

봤나? 차창 밖 거리에 두었던 관심을 옮겼다. 운전하며 그가 넌지시 내 쪽으로 눈길을 돌렸다. 설핏 스치는 눈빛을 읽었다.

봤구나.

"응."

잠만 자는 엄마와 반대로 나는 불면에 시달렸다. 캄캄한 방에 누워 있어도 도무지 잠이 오지 않았다. 숨도 막히는 것 같았다. 그래서 삼 일 동안 밤새 정원을 거닐었었다. 밤의 찬기를 쐬면 갑갑증이 조금이나마 풀렸다.

그 모습을 환이 본채 2층에서 본 거다. 분명히 그 방의 불은 꺼져 있었는데…….

"눈이 오나 비가 오나 매일 몇 시간씩 망부석처럼."

애은의 말이 상기되었다.

얼마나 본 걸까. 설마 그 말처럼 내가 들어갈 때까지 밤새 지켜본 건 아니겠지? 괜히 정원으로 나갔다. 답답해도 방에 틀어박혀 있을걸.

"정말 잤어?"

환이 의심했다.

"어. 잤어. 어제는."

억울해서 나도 모르게 볼멘소리가 나왔다.

어제는 진짜 잤다. 아무리 체력 좋은 인간이라도 자지 않고 70시간 이상은 버틸 수 없는 법이다. 어떻게 잤는지 기억도 안 난다. 잠결에 코도 곤 것 같다.

그때였다.

핸들을 떠난 환의 손이 내 정수리로 올라온 건.

"잘했어."

그가 입가에 여릿한 미소를 건 채 손으로 내 정수리를 살짝 눌렀다. 심장이 움찔했다. 트램펄린에 올라선 듯 들썩, 들뜨기도 했다. 자연스러운 그의 행동보다 이 반응이 더더욱 당혹스러웠다. 그에게 숱하게 내어줬던 정수리가 오늘따라 낯을 가렸다.

"어, 애은아."

공연히 머쓱하여 얼른 환의 휴대폰 통화 버튼을 눌렀다. 환의 손이 물러났다. 마침 애은이 신호음 한 번만에 받았다. 휴대폰 없는 나는 출발 직전 환의 휴대폰으로 애은과 통화했었다. 발신자가 환인 걸 본 그녀가 대번 나인 줄 알았다.

"왜 전화했어?"

[뭐라는 거야. 네가 전화해 놓고.]

"어. 거의 다 왔어."

[뭔 수작질이냐, 요년? 내가 대강 말해주면 되는 거냐?]

눈치 빠른 애은이 킬킬거렸다. 그러곤 어디쯤 왔느냐, 도착하면 어디로 와라, 나 이 약혼 정말 해야 되냐, 내 운명은 따로 있지 않겠느냐 등의 부질없는 한탄까지 했다. 덕분에 나는 도착할 때까지 안전(?)할 수 있었다. 귀는 뜨거웠지만.

"신부가 왜 이리 한가해?"

약혼식 연회장은 품격&격식 없이 자유로운 프라이빗 파티로 꾸며져 있었다. 자유분방한 신부의 성격다운 분위기였다. 애은 또한 신부대기실이 아닌 야외 테라스가 훤히 내보이는 지점에 한가로이 앉아 있었다.

"어른들은 어차피 이따 오시거든. 그전에 마음껏 널브러져 있으려고. 코르셋 때문에 답답해 죽을 거 같아. 숨 쉬기 힘들어."

"바짝 당기긴 했구나."

귀여운 미니 드레스의 옆구리를 쓸면서 애은이 오만상을 찡그렸다. 군살 없는 라인에 감격의 박수를 쳐 주고 옆자리에 앉았다.

"넌 어째 먼젓번보다 핼쑥해진 것 같다? 어디 아팠어?"

"아니."

걱정하는 그녀에게 에둘러댔다.

나는 애은에게 급작스러운 귀국의 사유를 기어이 밝히지 않았다. 좋은 일을 앞둔 그녀에게 괜한 시름을 안겨주고 싶지 않았다. 화제를 돌리려 연회장을 둘러보았다.

"손님이 왜 이렇게 없어?"

"너희가 일찍 온 거야. 슬슬 오겠지. 그리고 지지배들은 신나게 휘감고 오느라 늦을걸? 이것들은 너처럼 내추럴하지 않아. 특히 너는 예지를 알아볼 수도 없을 거다. 완전 갈아엎었거든."

"……다 오는 거지?"

"와야 오는 거지."

망설인 질문을 애은이 간파했다. 그녀가 신경 쓰지 말라는 듯 나의 어깨를 슬슬 매만졌다. 시크한 척 빙그레 웃어주었다.

"명세는 어른스러워졌네."

환은 신랑 무리와 섞였다. 낯익은 얼굴도 몇 있었다. 명세를 비롯하여 나를 알아본 녀석들이 손을 흔들며 아는 체를 하기에 나 역시 손만 가벼이 들어줬다.

"어른스럽긴, 늙었지. 쟤는 아무래도 노안상인가 봐. 어째 일 년마다 세 살씩 먹어가는 듯."

"너 신랑 될 사람이거든."

"아, 썩을."

게슴츠레 보자, 애은이 욕설을 질겅거렸다. 그러곤 신부답지 않게 환을 음흉한 눈으로 주시했다.

"오늘도 지환 군은 독보적이네. 저 우월한 뒤태로 드러나는 피지컬 봐라. 비슷한 슈트를 입었는데 어찌 저리 다르냐. 우리 신랑 오징어 되네. 환이 오지 말라 할걸."

노안에 이어 오징어라고 투덜거리면서도 명세가 자신을 보자 배시시 웃는 애은이었다. 안광 속에 한껏 들어찬 애정에 난 쿡쿡 거렸다.

"환은 목소리도 잘생겼잖아. 난 환이 목소리가 좋더라. 부드러운 저음이면서도 되게 섹시해. 분위기도 섹시한데 목소리까지. 크면서 관능의 색기까지 첨가되었고. 그지?"

관능의 색기라니. 환하고는 안 어울리는…….

문득.

"시작하면 자제할 수 없을 것 같은데……."

그 밤 그 치명적이던 눈빛과 목소리가 살아났다. 나도 모르게 입술에 힘주었다. 아니구나. 무지 어울리는구나. 새삼 되짚어보니 어려서부터 그랬던 것 같다.

"환하고는?"

불쑥 애은이 물었다.

"뭘?"

"어떠냐고."

"어떻길 뭘 어때. 그냥 그렇지, 뭐."

심드렁한 응답에 그녀가 알 만하다는 듯 콧방귀를 뀌었다. 그러다 환과 나를 번갈아 보며 혼잣말하듯 중얼거렸다.

"환이랑 너는 새로운 기분이겠다."

"응?"

모호한 말에 나는 갸웃했다.

"왜 그런 거 있잖아. 첫 모임 같은 데서 서로 찜해놓고 힐끔거리며 훔쳐보는 느낌? 너희 둘 보니까 그 느낌이랑 비슷해서."

애은의 말이 신호인 것처럼 무심코 환을 힐끔 훔쳐봤다. 일순 환과 눈이 마주쳤다. 찰나의 착각인 느낌이었다. 환은 분명히 친구 녀석들 쪽을 보고 있었으니. 아니면 애은의 말처럼 우린 서로를 훔쳐보고 있는 걸까.

"명세하고 나는 편하긴 해도 새로운 느낌이 없잖아. 근데 너희는 구 년 만이니 은근 낯설 거 아니야. 낯선데 익숙하고, 익숙한데 새 사람 만나는 것처럼 설렘도 있고. 신선한 설렘이라고 하나. 막 간질간질한 느낌."

"됐어."

난 심드렁한 척했다. 심장 깊숙한 웅덩이에 고이 감춰둔 감정을 들킨 것 같아 얼른 덮고 싶었다.

"부럽다. 나 그 느낌 되게 좋아하는데…… 나는 이제 영영 못 느끼겠지. 다 틀려먹었지."

"뭘 틀려먹어. 오늘 약혼하는 사람이."

"그러니까, 나 오늘 약혼하니까. 어휴, 냉수나 마시고 정신 차려야지."

좌절의 표정을 감추지 않은 애은이 생수 뚜껑을 땄다. 빈 글라스를 채워 벌컥거리는 그녀가 어이없어 실소가 나왔다. 웃으며 나도 남은 물을 따라 마셨다.

"너 경험 없지?"

별안간 그녀가 물었다.

쿨럭. 하마터면 고운 화장을 한 신부 얼굴에다 물을 토할 뻔했다. 사레가 걸려 콜록거리는 내 등을 토닥이며 애은이 혀를 찼다.

"당황하긴. 우리 내일모레면 서른이다, 이년아."

"자꾸 신소리할래?"

핀잔하는 그녀를 사납게 흘겼다.

애은이 뾰로통한 시선을 전방의 남자들에게 두었다. 그러다 환을 빤히 주시하며 넌지시 속삭였다.

"환하고 자봐."

금세 방어 태세를 갖췄기에 두 번째 사레는 걸리지 않았다. 매캐한 목구멍을 물로 씻겨내며 그녀의 수작질을 무시했다.

"십대의 사랑과 내일모레면 삼십대인 우리 성인의 사랑은 또 다른 거잖아."

애은이 아랑곳없이 말을 이었다.

"소위 어른들이 말하는 궁합, 그건 따로 있는 거야. 자지 않았을 때와 잤을 때로 확연히 구분되는. 자고 나니 싫은 놈, 자고 나니 좋은 남자."

"명세가 너하고 그랬다고?"

"아유, 요 앙큼하게 눈치 빠른 년."

실눈으로 쏘아보자, 애은이 음흉하게 히죽거리며 내 뺨을 꼬집었다. 성가셔서 치워냈다.

"아무튼 환하고 자보라고. 환은 똑같잖아."

"뭐가?"

"저 봐."

애은이 환을 턱짓했다. 무심한 척 초점을 따라갔다.

"환은 조용하면서 강해. 직접적인 것만이 적극적인 게 아니야. 저 몸으로 여실히 보여주잖아."

몸으로?

"저렇게 온몸이 적극적이잖아. 신경이 온통 너에게 쏠린 게 다 보여. 머리부터 발끝까지 너만 보고 있어."

환은 이쪽을 보지 않았다. 내게 눈길도 주지 않았다. 아까의 느낌이 착각이라고 말하는 것처럼. 근데 무슨 나만 본다는 거야. 삐친 사람처럼 입술이 움찔하려 했다. 입술을 살며시 깨물며 환을 더듬었던 초점을 내렸다.

"이것 봐라. 너도 똑같아."

"뭘."

"너도 일부러 안 보는 거잖아. 너희들 되게 웃겨. 몸으로 밀당하는 거니?"

애은이 이죽거렸다.

"피곤하게 밀당하지 말고 그냥 저질러라. 오히려 복잡한 관계가 단순해질 수도 있어. 그러니까 내 말은 환이랑……."

"잤어."

구구한 잔소리가 길어져 막았다. 별일 아니란 듯 담담히. 어마어마한 고백에 애은의 동공이 화들짝 커졌다. 인조 속눈썹이 떨어질세라 심하게 떨렸다.

"진짜?"

"응."

"언제?"

"지난주에."

"지난주? 지난주라면……."

날짜를 헤어리던 그녀가 상체를 내 어깨에 붙였다. 눈동자의 윤기가 끈적거렸다. 궁금해서 미칠 지경인 모양이었다.

"어땠어?"

"아팠어."

"어우야, 원초적인 거 말고. 내 말은 감성적인 거……."

"슬펐어."

눈길을 내리깔았다. 그를 만졌던 손을 망연히 보았다.

"어?"

"만약 우리에게 그런 일이 없었다면……."

환은 그날 울었다.

나를 격렬히 품고 자신의 격한 감정을 쏟아낸 후 내 목덜미에 얼굴을 묻은 채 뜨거운 눈물을 삼켰다. 어금니를 악다물고 소리 없이. 구 년 동안 묵힌 감정을 토해내듯 바들바들 떨면서.

나도 울었다.

그의 목에 매달린 채 뜨거운 빗물 같은 눈물을 흘렸다. 봇물처럼 터진 감정을 주체할 수 없었다. 차고 지붕을 두들기는 빗소리가 있어서 다행이었다. 우리의 울음소리를 감춰주는 빗소리가 거세어서 다행이었다.

"우리는……."

통유리 너머 야외 테라스로 번지는 노을처럼 애은의 눈망울이 불그스름해졌다. 약혼하는 신부를 눈물 쏟게 만들 수는 없었다.

"수백 번은 했겠구나, 하고."

농담조로 덧붙였다.

금방 애은의 눈초리가 쌜쭉해졌다. 피식, 자조적으로 조소하고 내리깔았던 초점을 들었다. 친구들에게 둘러싸인 환을 가만히 보았다.

나는 다음 날 단기 기억상실증에 걸린 사람처럼 아무런 표도 안 낸 그에게 서운한 걸까. 그의 심리를 구구절절 듣고 싶은 걸까.

"조금 이상한데?"

애은이 의문을 가졌다.

"네 말인즉 수백 번 하고 싶을 정도로 좋았다는 건데, 둘의 분위기는 왜 그래? 내외하는 것처럼 서로도 잘 안 보고. 아, 부끄러워서 못 보는 거야?"

"그런 건 아니고……."

"하면?"

"내가 벽 뒤에 숨어 있거든."

환은 내게 오고 있다. 그건 분명하다.

자신의 발걸음처럼 성큼성큼 시원하게 오고 싶은 것 같기도 하다. 그러나 그의 길을 막는 벽이 있다. 그 벽은 내 안에 존재한다. 나도 허물지 못하는 벽. 이 벽은 어떻게 해야 부서질까.

"제이야."

애은이 조심스레 입을 열었다.

"너는 걸리는 게 뭐야? 무엇이 무섭고 두려워서 환에게 못 가는 거야?"

그녀 입에서 '채경'의 존재가 거론될 거라고 짐작했는데 스물아홉 애은은 어른이었다. 섣불리 입에 올리지 않았다. 나는 대답하지 못했다. 단지 채경의 존재 때문은 아니므로.

그냥 나도 모르니까.

내가 무엇에 걸려 있는지.

"어? 제이 아니야?"

"어머! 윤제이! 네가 웬일이니!"

요란한 친구들이 도착했다. 휘황찬란하게 치장한 그녀들이 의외라는 듯 야단법석을 떨었다. 의자에서 일어나는데, 애은이 서둘러 드레스를 펄럭이며 나와 그녀들 사이에 끼어들었다.

"야, 이 예의 없는 년들아. 오늘의 주인공은 나거든? 양심 없이 나보다 더 꾸미고 오냐?"

"패션의 완성은 얼굴이거든?"

"그래. 미완성을 의학으로 완성하느라 무척 애썼다. 그사이 주둥이에 또 넣었네?"

"뭔 소리야, 내 입술 원래 도톰하거든?"

"퍽도 도톰했다, 이년아. 벌침 맞은 거 같네."

밭처럼 얼굴을 갈아엎은 예지와 애은이 견원지간처럼 투덕거렸다. 선영이 기싸움에 열 올리는 두 사람을 떼어놓았다. 그러곤 내 목을 껴안았다.

"제이야, 너 왔구나. 나는 가끔 너 떠올렸는데! 정말 잘 왔어, 제이야."

곱게 화장까지 했으면서 선영이 훌쩍거렸다. 진심인 인사에 가볍게 촐싹거리던 친구들 분위기가 가라앉았다.

그랬다. 나는 구 년 만에 나타난 거였다. 이 오랜 친구들과 구 년 만에 해후한 거였다. 나는 웃으며 선영의 등을 토닥였다.

신부의 약지에 빛나는 반지가 끼워졌다.

애은의 손가락에 약혼반지를 끼운 명세가 고개를 숙였다. 그는 사랑스럽다는 듯 애은의 볼에 입맞춤했다. 평소답지 않은 닭살 행각에 좌중이 비난의 야유를 터뜨렸다. 이것들 봐라, 하듯 좌중을 흘긴 애은이 잡아채듯 명세의 목에 팔을 감았다. 그러곤 과감하게 키스했다.

"으악! 내 눈!"

아직도 철없는 성진이 제 눈을 가리고 오두방정을 떨었다. 남자들이 녀석의 등짝을 가감 없이 갈겼다. 앞좌석을 차지한 어르신 네 분은 깔깔거리며 되게 좋아하셨다. 애은과 명세를 낳은 분들답게 호탕했다.

간략히 약혼식 절차가 끝나자─오롯이 양가 부모님들을 위한 형식일 뿐이라고 식전 애은은 밝혔었다.─ 본격적인 쇼 타임이 시작되었다.

미리 약속한 듯 스피커에서 댄스 음악이 흘러나왔고 애은과 명세가 춤을 추었다. 죽이 잘 맞는 커플 댄스였다. 춤추는 걸 보니 한두 해 춰본 솜씨가 아니었다. 민폐 취객처럼 성진이 단상으로 뛰어들었다. 정체불명의 야한 춤으로 성진은 신랑 신부에게 호되게 두들겨 맞았다.

약혼 파티의 열기가 무르익어 갔다. 왁자지껄한 행복과 즐거운 웃음소리가 떠나지 않았다.

나는 많은 사람들 틈이 버거웠다. 적당한 시기에 맞춰 눈에 띄지 않는 야외 테라스로 나왔다. 불야성을 이루는 도시의 야경이 발아래 있었다. 겨울밤의 찬기를 마시며 난간으로 다가가려 할 때였다.

"철판이지 않니? 우리가 올 줄 뻔히 알았을 텐데 어떻게 여길 나타나?"

"그러니까. 파리에 있다며? 파리에서 온 거야?"

"애은이랑 명세랑 절친이었으니까 왔나 보지. 근데 애은이도 좀 우습다. 연락 끊긴 척하더니 거짓말했던 거잖아."

"환은? 둘이 헤어진 거 아니었어? 분위기 보니까 환이랑 그동안 몰래 만났던 거 같기도 하고. 그래서 그동안 환의 연애 소식이 없었던 건가?"

"환이랑 만나면 안 되지. 도의적으로 그러면 안 되는 거 아니니? 채경이가 누구 때문에 죽었는데."

그들이 말하는 '누구'는 나를 지칭했다.

더는 듣기 싫어 자리를 뜨고 싶었으나 달라붙은 것처럼 발이 떼어지지 않았다. 발이 또 말썽이다.

"야, 말은 똑바로 해. 누가 들으면 제이가 채경이 죽였는지 알겠다."

"그거나 이거나."

"아무리 그래도. 제이 잘못이라고 할 수는 없잖아."

"그건 모르는 거다. 남녀 사이를 어떻게 아니? 채경이가 환한테 질리도록 적극적이었잖아. 한데 제이는 환을 독차지했고. 채경이가 그렇게 극단적인 선택을 한 데는 분명 제이랑 일이 있었던 거야."

"정답이네. 그때 난 못 봤지만 채경이가 유언으로 남겼다며. 제이 때문에 죽는 거라고. 죽은 이유가 있었겠지."

"그때 채경이 잡고 있던 환이 바로 뒤에 제이 있었다며. 근데도 제이는 그냥 구경만 했다던데. 환이 혼자 버티다가 채경일 놓쳤고. 그건 거의 미필적 고의 아니니?"

등 뒤에서 기척이 느껴졌다.

기다란 그림자가 드리워진 순간 커다란 손이 나의 양 귀를 막았다. 굳이 돌아보지 않아도 알았다. 내 뒤로 와서 내 청각을 닫아주는 이가 누구인지.

환이다.

환밖에 없다.

날카로운 칼날처럼 심장을 찢어놓던 말들이 사라지자 순식간에 조용해졌다. 바닷가 모래사장에 서 있듯 고요한 바람 소리가 들렸다.

까만 야경에 두었던 시선을 내렸다. 발밑을 보았다. 내 발 뒤에 있는 환의 구두를 미동 없이 응시했다. 큰 발도 꼼짝 없이 내 뒤에서 버티고 있었다. 내가 움직이지 않는 한 움직이지 않을 발이었다.

"어머."

담배를 끄고 돌아서던 누군가가 짤막한 탄성을 내었다. 환의 고개가 그들 방향으로 비틀려지는 걸 감지했다. 어렴풋이 바람 소리에 섞여들던 말소리들이 완전히 사라졌다. 환이 그들에게 경고의—어쩌면 환멸의— 눈초리를 보낸 모양이다. 환은 화났을 때 무서울 정도로 냉정하다. 그 누구도 함부로 할 수 없다.

그들이 도망치듯 부랴부랴 테라스에서 나갔다.

그제야 내 귀를 막았던 환의 손길이 물러났다. 끊겼던 소음이 몰아닥쳤다. 산만한 도시의 소음과 약혼식장에서 넘어오는 음악을 멍하니 듣는데 환이 손을 잡았다. 그가 나를 돌려세웠다.

"집에 가자."

"응."

더는 파티에 있을 이유가 없었다. 난 수긍의 고갯짓을 했다. 그리고 그의 손을 비껴냈다. 숙였던 턱도 들고서 테라스를 나왔다. 환은 여느 때처럼 묵묵히 뒤를 따랐다. 환을 돌아보지는 않았다. 그를 보기엔 너덜거리는 심장이 봉합되지 않았다.

그 여파는 귀갓길까지 계속되었다.

나는 내면에 더하게 두툼한 벽을 세웠다. 아무런 생각도, 아무런 말도 하고 싶지 않았다. 보조석 시트에 상체를 깊숙하게 묻은 채 잠든 것처럼 눈을 감았다.

자지는 않았다.

운전하는 환의 움직임을 여과 없이 느꼈다. 브레이크를 밟을 때마다 들리는 허벅지. 기어를 잡으며 꿈틀대는 팔뚝. 간간이 실룩거리는 목울대. 나직한 숨을 몰아쉬는 입술.

묻고 싶다.

너는 저런 말들을 얼마만큼 들은 거냐고.

나는 바람 따라 흘러오는 소리조차 감당 안 되어 파리로 도피했는데 너는 얼마나 숱하게 들은 거냐고.

안다.

그 첨예한 이야기들은 말 만들기 좋아하는 아이들 틈에서 생성된 것들임을. 실제 옥상에서 그 상황을 목격하고 겪었던 아이들은 오히려 함구했다. 당시의 일은 모두에게 충격이었기 때문에.

아까 그들은 그 자리에 없던 아이들이었다. 그러니 한 귀로 담지도 말아야 한다. 그런데…… 새삼 들어서 그런가. 자가 치유가 어렵다.

"아! 나는 여기."

사념이 깊었던 터라 그사이 도착했음도 인지 못했다. 자동 차고문의 징징거리는 소음을 듣고서야 화들짝 놀랐다. 저 차고로 들어가면 안 된다. 지난주부터 차고는 나의 접근금지 장소 1순위였다. 특히 환과 함께는 단연코 못 들어간다.

"먼저 들어가."

환이 잠금장치를 풀었다. 이 반응을 예상한 듯 여유로웠다. 후다닥 내리다가 멈칫했다. 설핏 그가 웃은 것 같았다. 돌아서며 넘겨다봤으나 차는 이미 블랙홀 같은 차고로 빨려 들어가고 있다.

"뭐."

실컷 비웃어라.

스스로도 유난이라고 삐죽거리며 대문의 잠금장치를 풀었다. 열린 대문의 손잡이를 잡으려는 찰나였다.

끼익, 하는 지면 깎이는 브레이크 소리와 함께 헤드라이트 불빛이 지목하듯 내게로 쏠렸다. 따가울 정도로 빛이 눈부셨다. 반사적으로 눈을 감으며 동작을 멈추었다.

탁. 정차한 차의 문이 거칠게 닫히는 소리, 또각또각 신경질적인 힐 소리가 이어졌다. 머지않아 길을 내리찍던 힐 소리가 끝났다.

"윤제이."

잇따라 카랑카랑한 목소리가 울렸다. 부서지는 빛을 뚫고 웨이브진 단발머리가 나타났다. 그녀의 얼굴을 대하자마자 심장이 얼었다. 심장의 시계도 박동을 그만두었다.

아…… 오늘 날 잡았구나.

"너 온 게 맞구나. 설마 하고 확인 차 왔는데."

신랄하게 비틀린 입술이 코앞으로 들이밀어졌다. 지끈거리는 편두통과 어지럼증이 동시에 일었다. 두려움에 젖은 맥박도 불끈불끈 뛰었다.

"고개 들어!"

그녀가 앙칼지게 명령했다. 나는 파들거리는 아랫입술을 깨물며 가까스로 명령에 따랐다. 서슬 퍼런 눈동자가 나를 잡아먹을 기세로 쏘아보고 있었다. 시뻘건 핏빛이 물든 것 같은 붉은 입술이 벙긋거렸다.

"너는 이렇게 컸구나. 아주 멀쩡하게 잘 컸네. 내 딸은 죽여놓고 잘 살았나 봐?"

그녀는 채경의 엄마였다.

"너는 그동안 밥 먹고 잠자고 그랬지? 내 딸은 불구덩이 같은 화염에서 활활 타서 뼛가루로 남았는데."

"……."

"어떻게 살았니? 살면서 내 딸 생각은 조금이라도 했니? 채경이 기일은 기억하니? 엊그제였는데 기억은 해?"

손질이 잘 된 뾰족한 손톱이 나의 어깻죽지를 찔렀다. 살을 뚫고 심장이라도 찌르고 싶다는 듯 잔인하게 짓눌렀다.

아팠다. 아린 통증이 극심했으나 움직이지 않았다. 손조차 그러쥘 수 없었다. 부들부들 떨기만 했다.

그때였다. 날선 손길이 그녀의 손목을 낚아챘다.

"그만하세요."

환이었다.

분노 서린 목소리가 낮게 그르렁거렸다. 자신을 제압한 사람이 환인 걸 인지한 그녀가 손을 거침없이 날렸다. 짝— 첨예한 소음과 함께 채경 엄마의 손바닥이 환의 뺨을 갈겼다. 길의 고요가 무참히 짓밟혔다.

"세월 흘렀다고 너희들은 다시 붙었구나. 너희들이 죽인 내 딸은 구천을 떠돌고 있는데 둘은 여직 붙어서 하하 호호 했어!"

환의 손을 뿌리치며 그녀가 악다구니를 썼다.

"내가 경고했지. 둘이 붙어 있지 말라고. 둘이 붙어 있는 꼴 보이면 가만 안 두겠다고!"

"가세요."

"얻다 대고 명령이야!"

"가세요!"

환이 일갈했다.

위압적인 눈빛을 받은 채경 엄마가 움찔했다. 환 대신 내게로 매서운 눈초리가 돌아왔다. 미움 이상의 증오가 날 에워쌌다. 환이 자신의 몸으로 그녀와 나 사이를 바리케이드처럼 차단했다.

"두고 보자."

결국 그녀가 물러났다. 꿋꿋하게 으름장을 놓고서 멀어졌다. 아스팔트 바닥을 짓이기던 힐 소리가 사라졌고 눈부신 헤드라이트 불빛이 떠났다.

"들어가자."

환이 축 늘어진 내 손을 잡았다. 나는 벌건 손자국이 고스란히 남아 있는 환의 얼굴을 올려다봤다. 환의 손을 뿌리치려 격하게 팔을 휘둘렀다.

"놔."

환은 놓지 않았다.

"놔!"

발광하듯 외쳤다. 발광하듯 팔을 휘저었다. 그럴수록 환의 손아귀 힘은 억세졌다. 미치광이처럼 벗어나려고 몸부림쳤다. 그러나 그가 더욱 강하게 당겼다.

"놔!"

환의 품에 갇혔다.

나는 요동치는 감정을 억누를 수 없었다. 진정되지 않았다. 환이 격하게 경련하는 나의 머리통부터 등까지 전부를 감쌌다. 팔을 휘젓고 주먹질을 하여도 굳건한 팔을 풀지 않았다. 몸부림치면 칠수록 바스러지게 안았다. 결국 나는 그의 가슴팍에 묻히듯 늘어졌다.

통곡 같은 흐느낌이 터졌다.

뜨거운 눈물이 덧없이 흘렀다. 입속에 들어오는 눈물이 짰다. 짠 눈물을 삼키며 어린아이처럼 환의 가슴팍에서 소리 내어 울었다.

00
환

숨소리가 새근새근 규칙적으로 이어졌다. 잔뜩 구겨져 있던 미간도 평평해졌다. 이제야 안정적인 수면에 들은 듯하다. 환은 작은 머리통에 얹었던 손을 가만가만 떼고 자신의 팔을 베고 잠든 제이를 지그시 바라봤다.

진이 빠지도록 눈물을 쏟은 후 맥없이 늘어진 제이였다. 환은 쓰러지다시피 한 그녀를 안아서 별채로 왔다. 제이는 깨어 있길 거부하는 것처럼 곧장 잠들었다. 그러나 악몽을 꾸는지 잠결에도 연신 움찔거려서 환은 그녀의 곁에 누웠다. 팔베개 해주고 경련하는 제이를 토닥토닥 얼렀다.

애초에 고단한 상태에서 극심한 스트레스에 시달린 그녀였다.

장례식장에서 줄곧 뜬눈으로 버티더니 장례가 끝난 후에도 밤새 잠 못 이루고 추운 정원을 서성였다.

환이 정원의 제이를 본 건 우연이었다.

그날은 달빛이 유난히 밝았다. 자다 깨어 블라인드를 내리러 창가로 갔다가 정원에 있는 제이를 발견했다. 제이는 달의 기운을 받듯 망연히 하늘을 바라보고 있었다.

슬퍼 보였다. 심란한 사색에 젖은 모습이 안타까웠다. 당장 내려가 안아주고 싶었다. 그러나 환은 그러지 않았다. 그녀의 시간을 방해하지 않았다. 그저 지켜보는 것만으로 제이의 시간을 함께했다. 다음 날에도, 그 다음 날에도.

그리고 제이는 한결 가벼워졌다. 약간 노파심이 일었으나 명세의 약혼식에도 씩씩하게 갔다. 하나 노파심이 들어맞았다.

환은 후회했다.

데려가지 말았어야 했다.

평생 숨어 지낼 수 없으므로 그것 또한 옳은 대처는 아니겠지만 오늘은 아니었다. 지친 그녀에게 더한 통증을 안겨주었다.

"흠……."

제이의 잇새에서 평화로운 숨이 새어 나왔다. 잇따라 그녀가 애벌레처럼 꼬물꼬물 환의 품속으로 파고들었다. 환의 입술에 미소가 걸렸다. 아기 다루듯 제이의 머리카락을 살살 쓰다듬었다.

물결처럼 유연한 손길에 제이의 눈이 스르륵 떠졌다. 그녀가 자신을 들여다보는 환을 보았다. 일순 제이의 입술에 사푼한 미소가 번졌다. 갈등 없이 웃어주던 열아홉 살 제이처럼 맑고 깨끗하게.

네가 내게 웃는다.

환의 갈비뼈 안쪽이 뻐근했다.

도로 제이의 눈꺼풀이 닫혔다. 이내 쌕쌕거리는 숨소리가 커졌다. 꿈결 같은 미소였는데 진짜 꿈결이었던 모양이다.

환은 뻐근한 심호흡을 한 후 가만가만 팔뚝을 빼냈다. 천천히 그녀를 베개에 눕히고 이불도 포근히 덮어주고서 방에서 나왔다.

두 사람뿐인 별채는 적막했다.

저녁 무렵, 환은 어머니로부터 전화 한 통을 받았다. 어머니는 무기력증에 빠진 제이 엄마와 2박3일간 강원도 여행을 떠나는 길이라고 다짜고짜 통보하였다. 지금쯤 어른들은 일탈 같은 밤을 보내고 있을 것이다. 그러길 바란다.

환은 제이의 안전을 위해 잠금장치를 꼼꼼히 확인하고 본채의 제 방으로 이동했다. 그리고 올곧은 자세로 아침을 기다렸다.

어느덧 새벽빛이 창을 투과했다.

그제야 환은 움직였다. 씻고서 정갈한 블랙 슈트를 꺼냈다. 거울 속 자신과 냉담히 마주하며 넥타이, 타이핀, 손목시계와 커프스단추까지 빈틈없이 완벽하게 갖춰 입었다. 그리고 집을 나섰다.

목적지는 신영백화점 사장실이었다.

오전 9시 10분 정각, 환은 사장실에 도착했다. 토요일 오전부터 급습하듯 찾아온 손님을 비서는 난감해했다. 선약 여부부터 체크했다.

"지환이라고 전해주십시오."

"선약이 없으시면……."

"지환입니다."

다소 고압적인 눈빛에 비서가 당황했다. 심상치 않은 기세를 파악하고 사장실로 들어갔다. 얼마 안 되어 사장실 문이 열렸다.

"대표님께서 들어오시랍니다."

환은 성큼성큼 진입했다. 정면 통유리창 너머로 아침 하늘이 보였다. 하늘을 등진 책상의 명패가 초점을 사로잡았다. CEO 조은수.

환은 중앙 지점에서 정중히 묵례했다.

"차는……."

비서가 쭈뼛거렸다.

"필요 없습니다."

차 마시며 담소나 나누려고 찾아온 게 아니다. 조 대표도 나가 보라고 손짓했다. 물러난 비서가 사장실 문을 침착하게 닫았다. 일시의 침묵과 정적이 공간을 채웠다. 조 대표가 중앙 소파를 손짓했다.

"앉아라."

"서 있겠습니다."

환은 꼿꼿한 자세를 유지했다. 자신을 차갑게 직시하는 눈빛이 마땅찮은지 조 대표가 미간을 좁혔다. 그러곤 앞으로 나와 책상에 기대고 섰다.

"네가 올지 알았다. 그때도 그랬지? 내 길을 막고 서서 가당찮게 굴었지."

조은수 대표, 즉 채경의 엄마인 그녀가 일컫는 그때는 구 년 전이었다. 채경의 장례가 치러진 지 사 개월 남짓 지났을 때였다.

**

봄비가 내렸다. 늦은 봄비였다.

시리고 길었던 겨울을 밀어내는 비가 추적추적 도시를 적셨다. 두툼한 우산 지붕을 두들기는 빗방울이 제법 굵었지만 메마른 땅을 비집고 나온 새싹들은 반가워했다. 도시는 봄이 오는데 회색 커튼은 열릴 줄 몰랐다.

제이야.

봄이 왔어.

네가 좋아하는 봄이.

봄이 와서 혹시나 기대했는데 제이의 겨울은 끝나지 않았다. 오늘도 아닌 모양이라고 생각하며 환은 돌아섰다. 몇 발짝 길을 걷는데 등 뒤에서 끼익— 지면 긁는 소리가 들렸다.

얼결에 돌아봤다. 제이의 집 앞에 낯선 차가 섰다. 그리고 운전석에서 흐느적거리듯 사람이 나왔다.

"아."

채경의 엄마였다. 그녀가 실성한 사람 같은 몰골로 제이의 집으로 향하고 있었다. 환은 우산을 버리다시피 던지고 달려갔다.

"안 돼요!"

초인종 누르기 직전의 그녀를 막았다. 초점 없이 퀭한 동공이 올라왔다. 막고 선 사람이 환인 걸 인지한 그녀가 주먹으로 세게 그의 가슴팍을 쳤다.

"……비켜."

"안 돼요."

"비켜! 비키라고, 이 새끼야! 내 딸 죽여놓고 너희들은 편히 사니? 나는 속에서 천불이 나서 밥도 못 먹고 잠도 못 자는데! 너희들은 시퍼렇게 살아가!"

"……제이는 잘못 없어요. 아무 잘못 안 했어요. 제발 이러지 마세요."

짝― 갈퀴 같은 손이 환의 뺨을 갈겼다. 젖은 손의 격한 마찰로 살갗이 얼얼했다.

"잘못을 안 해? 뚫린 입이라고 어디서 그따위 소리를 해! 내 딸은 제이 때문에 죽었는데! 제이 때문에!"

"……아니에요. 제이 때문이 아니에요."

"그럼 너니? 네가 우리 채경이 죽였니?"

"잘못했어요, 제가."

잘못하지 않았는데 환은 무릎을 꿇었다. 조금도 주저하지 않고 차디찬 바닥에 무릎을 꿇었다.

"죄송합니다."

환은 아무 잘못도 안 했다. 제이 또한 마찬가지였다. 인정하지도 인정할 수도 없음에도 환은 용서를 빌었다.

그녀가 시뻘건 눈을 희번덕거리며 구타하듯 주먹질을 해댔다. 절규의 가격을 환은 온전히 제 몸으로 흡수했다. 젖은 머리카락 사이로 빗줄기가 흘러내렸다. 뜨거운 빗줄기가.

$*^*$

"열아홉 살의 저희는……."

환은 입을 열었다.

"어렸습니다. 갑자기 닥친 일들을 감당할 수 없었습니다."

차분히.

"스무 살의 저는 잘못하지 않았음에도 잘못을 빌었습니다. 따님 잃은 분의 마음을 헤아렸기에 저희를 보호하지도, 해명하지도 않았습니다."

"……."

"그러나 이젠 다릅니다."

환은 내리깐 눈꺼풀을 들었다. 증오에 찬 눈동자를 단호히 대응했다. 어젯밤 미친 사람처럼 제이를 쥐어뜯던 그녀는 사뭇 냉정해져 있었다.

"저는 제이를 보호할 겁니다."

"뭐?"

"오해하시는 부분에 대해서는 틀렸습니다. 우리는 가해자가 아닙니다. 그 어떠한 잘못도 하지 않았습니다. 특히, 제이는 더더욱."

책상 둘레를 움켜쥐고 있던 그녀의 손등이 움찔했다. 노기 띤 안색도 퍼렇게 창백해졌다.

"제이가 잘못이 없다고? 다른 건 둘째 치고 그날 우리 채경이 그냥 보고만 있었다며. 바로 앞에 있었으면서 죽든 말든 구경만 했다며! 근데도 제이가 잘못이 없니?"

"구경한 건 아닙니다."

"아니면!"

"제이는 나서지 못한 것뿐입니다. 위급한 상황에 나서지 못했다 해서 비난받아서는 안 됩니다."

환은 이성적으로 대변했다.

모두 그날의 제이를 탓했다. 제이는 그저 그곳에 있었을 뿐인데…… 오히려 채경의 화살받이였을 뿐인데…….

"무서웠을 겁니다, 제이는."

숨도 쉬지 못할 만큼.

"한데 비난의 대상이 되었죠. 잘못이 없음에도 군중심리처럼 우르르 몰려드는 질타를 한 몸에 받았습니다. 조 대표님도 마찬가지였죠. 제이에게 따님 사망의 책임을 떠넘기셨습니다."

"닥쳐."

"채경이도 그랬습니다. 악의적이었습니다. 왜 악의적이었는지는 그 누구보다 조 대표님께서 잘 아시리라 사료됩니다."

"닥치라고!"

얼굴이 벌겋게 상기된 그녀가 책상에서 떨어졌다. 위협하듯 환에게 가까이 붙어서 이를 갈았다. 환은 강직한 자세를 유지했다.

"명백히 말씀드리는 건, 다시는……."

불끈 치미는 감정을 조절하려 환은 마른침을 삼켰다. 목울대가 꿈틀했다.

"제이에게 함부로 하지 마십시오."

"네놈이 감히……."

"절대!"

환은 일갈했다. 어금니를 갈며 탁한 목소리를 가다듬어 분한 울분을 거듭 절제했다.

"손대지 마십시오."

"손대면?"

"어떻게 나올까요, 제가?"

"날 협박하는 거니?"

조 대표가 조소했다.

"너희 화장품 매장 모두 뺄까?"

이 백화점 1층에는 환의 기업 화장품 매장이 두 개 있었다. 수

입 화장품 매장까지 합치면 세 개다. 그 매장들을 철수시키겠다는 협박이었다. 환은 동요하지 않았다.

"그러십시오."

"뭐?"

그 매장 중 두 개는 백화점 화장품 매출 1, 2위를 다투고 있다. 그녀로서도 리스크가 큰 선택일 테지만 아집이 강한 사람이라 강행할 것이다. 예측했던 바다.

"하시는 대로 하겠습니다."

환은 예의 바르게 묵례하고 돌아섰다. 표출 안 되는 분노로 부들거리며 조 대표가 주먹을 쥐었다.

"지 실장, 멈춰."

그러곤 공적으로 명령했다.

환은 멈추지 않았다. 공적인 자리가 아닌 사적인 자리고 사적인 일임에도 공적인 일을 개입시킨 건 그녀다. 대응할 가치가 없다.

"지환!"

격앙된 고함이 들렸다.

비서실에서 대기하던 두 명의 비서가 소스라치게 기겁했다. 환은 그들을 유유히 지나쳐 복도로 나왔다. 한시도 지체 없이 큰 걸음을 내디뎠다.

귀가한 환은 목을 죈 넥타이부터 풀었다. 전신을 압박하던 슈트도 벗고 묵은 먼지를 털듯 샤워를 다시 했다. 구불구불한 몸의 근육을 더듬는 물줄기를 하수구로 흘려보내며 치미는 분노를 제어했다.

채경은 친구였다.

명세와 애은과는 의미가 다른 친구.

유치원 시절부터 함께하였으나 같이 어울리지는 않았다. 성향이 달랐다. 깐깐한 성격은 둘째 치고 채경은 매사 욕심과 시기가 많았다. 유별나게 제이의 것을 탐내기도 해서 제이는 그녀를 거북해했다.

환은 제이 외의 다른 이는 상관없었지만—명세든 애은이든—제이가 불편해하니 본능적으로 채경을 피했다. 그런데 언제나 자신의 주위에서 채경이 에돌았다. 돌아보면 있고, 시선을 느끼면 채경이었다. 그 시선에 애정이 담겨 있음을 인지한 건 초등학교 고학년 무렵이었던 거 같다. 그러나 의식하지 않았다. 관심도 두지 않았다.

그리고 중학교 2학년 때,

"좋아해."

채경이 고백했다.

"계속 좋아했어."

"난 제이를 좋아해."

환은 대번 거절했다. 0초의 망설임도 없이 단칼에 잘랐다. 주저하거나 되짚을 필요도 없었다. 자신이 기억하는 한도 내에서는 무조건 제이였기에.

"나도 좀 봐주면 안 돼?"
"싫어."

채경은 지치지 않았다. 환이 버젓이 제이와 다녀도 제멋대로였다. 고등학생이 되었을 때는 전교생이 다 알 만큼 제 감정을 숨김없이 표출했다.

"넌 제이가 왜 그렇게 좋아?"
"제이니까."
"그 말은 내겐 기회조차 없다는 뜻이잖아. 제이가 죽고 내가 제이가 되지 않는 한!"

못된 소리도 함부로 하며.

그 후로 환은 채경을 대놓고 무시했다. 반면 제이는 신기할 정도로 개의치 않았다. 제이에게는 어차피 환은 제 거라는 오만이 있었다. 사랑스러운 오만.

환은 그 사랑스러움을 보호하고 싶었기에 채경에게 일말의 여지도 주지 않았다. 더없이 냉정하게 굴었다. 그러나 소용없었다.

재력이라면 둘째가라면 서러운 채경의 집안이었다. 상류층 자제들 사이에서도 월등했다. 그런 채경을 따르는 무리도 상당수였다. 그들 틈에서 황당한 루머가 유포된 건 고3 여름방학이 끝날 즈음이었다.

"여름방학 때 환과 채경이 사귀었다더라. 환도 제이에게 질렸던 모양이다. 그런데 제이가 난리 발광해서 둘이 헤어졌고 환이 제이에게 돌아갔다더라."

유치하다며 콧방귀 뀐 건 제이였다.

웬만한 아이들도 근거 없는 소문이라고 믿지 않았다. 외려 허언증이라며 채경을 멸시했다. 그런데 그 일이 일어났다. 채경이 죽었다. 질투와 시기에 빠진 그녀가 독언 같은 유언을 남긴 채.

그 죽음은 루머에 근거를 심어주었다. 그래서 죽었나 보다, 라는.

터무니없게도.

"왜?"

별채 현관문을 연 제이가 짐짓 퉁명스레 굴었다.

환은 스물아홉 제이를 또렷이 내려다봤다.

그때 해결했어야 했다. 유치하다고 간과했던 그 루머를 산산이 부셔놓았어야 했다. 단순한 일이라도 상황 따라 걷잡을 수 없는 파장을 일으킬 수 있다는 걸 환은 뒤늦게 절감했다. 가까스로 숨이 붙어 있는 제이를 본 후에야.

"나와. 옷 따뜻하게 입고."

"왜?"

항의하듯 벙긋거리는 그녀를 두고 환은 돌아섰다. 불만 섞인 숨소리가 들렸으나 느긋이 차고로 갔다. 그 밤 이후 차고 출입을 극도로 꺼리는 제이기에 차부터 빼야 했다.

"어딜 가는데?"

몇 분 후 제이가 짜증내며 차에 탔다. 투덜거리면서도 두툼한 외투도 챙겨 입은 제이다.

환은 말없이 상체를 비틀었다. 흠칫하는 그녀의 안전벨트를 꼼꼼히 매주었다. 제이가 차렷하듯 양팔을 옆구리에 붙인 채 뻣뻣이 견뎠다.

"긴장 풀어. 안 잡아먹어."

얄궂은 투로 그녀의 정수리를 누르며 떨어졌다. 제이가 눈으로 환을 좇았다. 딴사람 보는 듯했다.

"간다."

운전을 시작하는 환을 제이가 연거푸 힐끔거렸다. 이 녀석 왜 이러지? 뭘 잘못 먹었나? 내가 아는 환이 맞나? 등의 물음들로 머리 굴리는 소리가 고스란히 들렸다.

환은 피식 웃음이 났다.

제이야.

늦었지만 이제는 내가 지킨다.

또다시 네가 상처 입은 채 허덕이지 않도록. 또다시 네가 현실에서 숨어버리지 않도록.

나는 그 어떠한 일이 있어도 네 곁에 있을 거다.

07
휴식

동의 없이 출발한 차는 외곽도로를 탔다.

겨울이라서 그런지 주말 도로는 한산했다. 막힘없이 수월하게 달렸고 정오 무렵 목적지에 도착했다. 숲길을 오르다가 나타난 평지에서였다.

평지의 모양새는 동산의 주차장이었고 눈 쌓인 공간은 텅텅 비어 있었다. 며칠 전 내린 눈을 건드린 흔적도 없었고 숲의 사위 전체가 고요하고 깨끗했다.

"여기가 어디야?"

"빈 산."

"응?"

애매모호한 대답이라 갸웃하는데 환이 안전벨트를 풀고 나갔다. 트렁크로 간 그가 잠시 부스럭거리더니 보조석으로 왔다. 그리고 멀뚱거리는 내 발 아래 등산화를 놓았다.

"신어."

"산이라도 타겠다는 거야?"

황당했다.

옷 따뜻하게 입고 나오라 했을 때 왠지 모르게 찝찝했으나 평소 엉뚱한 짓은 하지 않는 환이기에 중요한 용무가 있겠거니 했다. 수도권을 벗어나 숲길 오르막에 들어섰을 때조차 그러려니 했다. 그런데 등산화라니. 이건 사기 같다.

"신겨줄까?"

"됐어! 내가 신을 거야!"

환이 불쑥 주저하는 나의 발목을 잡았다. 나는 손 닿으면 발목이 부러지기라도 하는 사람처럼 질겁하며 발을 뒤로 뺐다. 환이 웃었다. 약간 느글거리는 눈빛으로 내려다보며.

"신어."

미소 띤 입술이 물러났다.

트렁크로 간 그도 신발을 등산화로 갈아 신는 듯했다. 뒤편을 슬그머니 훔쳐보고 보조석 바닥 매트에 놓인 등산화를 게슴츠레 주시했다.

아까부터 왜 저래.

여느 때의 환이 아니다. 어제의 환과도 전혀 다르다. 어려서도 능청 같은 건 별로 없던 환이었다. 그런데 아까부터 자꾸 요상하게 픽픽거린다. 안광에 기름칠까지 하고서.

"진짜 산 타게?"

텅 빈 눈밭 같은 땅을 등산화로 밟았다.

철저히 준비한 건지 등산화는 내 발에 꼭 맞았다. 발 사이즈는 원래부터 알던 환이니—그사이 발이 자라지도 않았고— 그다지 감동스럽지는 않았다.

"이쪽으로 와."

가뿐히 주억거린 환이 샛길을 턱짓했다. 내리 왜? 라는 의문이 들어서 미적거렸다. 환이 손을 내밀었다.

"잡아줘?"

"됐어!"

나는 지레 화들짝하여 투덕투덕 눈을 밟았다. 뒤통수에서 여릿한 웃음소리가 들렸다.

진짜 왜 저럴까. 뭘 잘못 먹었나.

켜켜이 쌓여 있는 눈이 발목까지 올라왔지만 막상 걷다 보니 겨울 산행이라 할 수 없었다. 나무 계단이 놓인 길은 안전한 난간이 있었고, 계단마다 미끄러움 방지 매트가 덧대어 있었다. 푹신한 계단을 차근차근 디뎠다. 내가 낸 발자국을 환이 뒤따라 밟았다.

"천천히 가."

급한 성질에 빨리 걷고 있자니 환이 잔소리했다. 무심결에 걸음이 느려졌다. 그러다 깨달았다. 내가 얼결에 조종당하고 있다는 사실을. 따져 봤자 손해일 듯해 감내하면서 꿋꿋이 걸었다.

"왜 여길 올라가는 거야? 이유 있어?"

"응."

"무슨 이유?"

"극기 훈련."

"뭐?"

기도 안 차는 답. 성질나서 가시눈으로 뒤돌아보니 그가 다시 손을 내밀었다. 다정하게 입술을 늘린 채.

"잡아줄까?"

뒤의 배경이 온통 하얘서인지 눈의 착각인지 환의 표정이 주변만큼이나 환했다.

"됐다니까!"

버럭 신경질을 부리고 가던 길을 열심히 갔다.

속없이 술렁거리는 심장에 괜히 짜증이 났다. 느글느글한 환도 적응 안 되었다. 더한 문제는 영 어울리지 않을 것 같던 그의 능청이 왜 저리 스윗(Sweet)한 느낌인지. 정신 빠진 거지.

"와."

어느새 계단이 끝났다. 매끄러운 언덕 같은 광활한 평지와 백색의 공간이 우리를 맞이했다. 잇새에서 저절로 감탄사가 나왔다. 투덜거릴 때는 언제고 나는 크게 심호흡하여 마음껏 산뜻한 산소를 흡입했다. 연거푸 들숨 날숨을 반복하는 내게 머문 환의 시선이 의식되었다.

넌지시 보았다.

"커피."

그가 백팩에서 꺼낸 보온병을 건넸다. 이어서 근방의 소나무 밑동에 휴대용 매트를 깔았다. 준비성 좋은 남자 덕분에 전망 좋은 자리에서 따뜻한 커피를 마셨다.

"여긴 어떻게 알았어?"

묻는 내게 환이 간략히 설명했다.

연수원 건립 예정인 부지다. 교육 연수가 목적이 아닌 직원 휴식을 위한 공간이다. 게스트하우스 개념의 휴식처와 더불어 캠핑, 가든 파티, 야외 결혼식 등으로 다양하게 활용하도록 넓은 정원도 조성될 거다. 직원이라면 누구나 자유롭게 이용할 수 있는 곳이다. 자신이 제안한 일이다. 팍팍한 회사 생활로 지친 직원들이 가족과 함께 좋은 시간을 가질 수 있는 공간을 마련해 주고 싶었다. 그러면서,

"담당자 제외하고 직원들에겐 비밀이야. 임원들의 선물 같은 거거든."

흐뭇한 미소를 지었다.

"직원들은 되게 좋겠다."

임원들이 아닌 그가 준비한 선물일 것이다. 그의 제안 깊숙한 곳에는 어린 환이 있었다. 바쁜 부모의 등만 해바라기처럼 바라보던 어린 환이.

"합격?"

"응. 합격. 백점 만점 중 천점."

"점수가 짠데."

"후한 거야."

나는 욕심 많은 환을 핀잔했다. 그러곤 농담조로 은근한 욕심을 드러냈다.

"나도 취직해도 되나? 백으로 넣어줘."

"졸업부터 하고 와."

영민한 환은 이미 내 의중을 꿰뚫고 있었다. 자신의 도움을 받을 바엔 졸업을 포기하겠다는 나의 결정을. 하여간 허를 찌르는 데는 선수다. 그는 변함없이 내 머리 꼭대기에 있다.

나는 샐쭉하게 아랫입술을 삐죽이고 전방의 전경을 눈으로 매만졌다. 픽, 길어지는 그의 입술이 감지되었다. 환도 내 눈길을 좇아 정면을 보았다. 우리는 대화 없이 커피를 마셨다.

커피가 맛있다.

온통 깨끗한 세상이었다. 쾌청한 하늘 아래 하얀 능선의 원만한 굴곡, 나뭇가지마다 걸린 앙증맞은 눈꽃, 찬기를 머금은 숲 향기의 청량감. 그 누구의 방해도 없고 그 어떠한 소음도 없다. 이 평화로움은 정말 감동이다. 혼탁한 뇌도 정화되는 기분.

"날 왜 여기 데려왔어?"

그가 이곳을 보여준 까닭이 있을 것 같다.

"그냥."

나직이 중얼거린 환이 넘기듯 부언했다.

"휴식."

보온병을 입으로 가져가다가 나는 멈칫했다. 무의식중에 그 단어를 곱씹었다.

휴식.

돌이켜 보니 귀국한 이래 하루도 편한 날이 없었다. 체내의 기력이 죄다 소실될 만큼 버거운 나날이었다. 어젯밤은 극한에 달했다.

어젯밤 지쳐서 기절하듯 잠들었지만 내 머리카락을 쓸어주는 환의 손길은 잠결에 느꼈었다. 떨쳐 낼 여력이 없었을 뿐더러 솔직히 거부하고 싶지도 않았다. 싫지 않았다. 꿈결 같은 손길은 너덜너덜한 속을 잠재웠다.

그러나 깨었을 때는 도리어 괴로웠다. 질긴 껌처럼 어젯밤의 기억이 뇌에 달라붙고 또 붙었다. 할 수만 있다면 사고 회로를 모조리 뜯어버리고 싶었다.

이런 내게 휴식을 준다.

환은.

"올라오느라 죽을 뻔했는데 무슨 휴식이야."

심장이 두근거렸다. 들키지 않으려 공연히 퉁명스레 혼잣말하며 빈 보온병 뚜껑을 이리저리 찾았다.

"줘."

"어."

환이 제 손에 든 뚜껑을 내보였다. 덤벙거리는 나의 습성을 알기에 미리 챙긴 모양이었다. 환에게 순순히 보온병을 넘겼다. 그가 꼼꼼히 뚜껑을 닫고 가방에 넣었다. 뜬금없이 야무진 그가 얄미웠다.

"환아."

"응?"

가방에서 손을 떼며 환이 눈동자를 올렸다. 나는 기회를 놓치지 않고 손에 쥔 눈을 그의 얼굴에 흩뿌렸다. 기습 공격에 환의 눈이 저절로 찡그러졌다. 소소한 복수임에도 까르르 웃음이 터졌다. 속이 다 시원하다.

환의 눈매가 가늘어졌다. 금세 스르륵 녹아버린 눈으로 인해 촉촉해진 얼굴이 못내 못마땅한 듯했다. 환이 침착하게 상체를 반대로 틀었다. 몇 초 후 커다란 손이 뭉치의 눈덩이를 걷어 올렸다.

설마…… 하며 그 뭉치를 좇는 나의 정수리에 가차 없이 눈덩이가 내려앉았다. 막을 새도 없이 눈덩이가 정수리부터 얼굴로 와르르 무너졌다.

"야!"

눈 폭탄 맞은 강아지처럼 부르르 몸을 떤 나는 성질나서 눈을 마구잡이로 집어 던졌다.

일어난 환이 날렵하게 눈을 피했다. 빈손도 아니었다. 한 움큼 쥔 눈을 들고 성큼 다가와 첫 번째처럼 또 눈덩이를 투하했다.

"너!"

속수무책으로 당한 나는 되는 대로 공격했다.

아주 오래전 기억처럼 우리는 발목까지 차는 눈밭을 뛰어다니며 눈싸움을 했다. 새하얀 눈가루가 사방으로 흩날렸다. 햇볕에 반사된 눈이 마치 설탕 가루 같았다.

"너 진짜!"

공격에 소질 없는 나는 공격하면 할수록 손해였다. 씩씩거리며 열렬한 나와 달리 환은 여유만만하게 빈틈을 노렸다. 그는 뭐든 대충 하는 법이 없다. 나보다 1.2배는 크면서 치사하다. 작은 놈이 억울한 건가.

"악!"

"제이야!"

거대한 눈 폭탄을 피해 도망치던 발이 꼬였다. 짧은 비명을 지르며 넘어지는 내게 환이 팔을 뻗었다. 내 몸이 아슬아슬하게 그의 손에서 어긋났다. 난 꽈당 눈밭에 코를 박고 엎어졌다.

"괜찮아?"

환이 내 옆에 무릎을 구부렸다.

아픈 것보다 쪽팔리다. 눈에 파묻힌 고개를 들지 않고 턱만 까닥거렸다. 환이 눈밭과 밀착하고 있는 나의 어깨를 잡아서 돌려 눕혔다. 난 흐리멍덩하게 눈을 떴다.

"누가 보면 우리 꼴값 떤다고 할 거야."

"우리밖에 없어."

픽, 웃으며 그가 내 얼굴에 덕지덕지 붙은 눈을 털어냈다. 다정한 손길을 느끼며 다정한 미소가 그려진 얼굴을 빤히 올려다보았다. 구름 한 점 없이 푸르른 하늘을 배경으로 둔 환의 얼굴을. 내 기억 속에 존재하던 환과 다르지 않은 환을.

"환아."

"응?"

조용히 불렀다.

아래로 내리깔렸던 그의 눈꺼풀이 들렸다. 정성스럽게 눈을 닦아주던 손길도 멈추었다. 눈과 눈이 마주쳤다. 나는 양손으로 그의 뺨을 감쌌다. 이끌리듯 내려온 입술에 속삭이듯 입을 맞추었다.

입술을 떼려는데, 그의 입술이 쫓아왔다.

뜨거운 숨결이 잇닿는 동시에 그의 입술이 내 입술을 사푼히 맛보았다. 입술의 부드러운 선을 따라 쓰다듬듯 움직이는 감촉이 더할 나위 없이 감미로웠다.

천천히, 그러나 힘주어 그의 입술이 내 입술을 벌렸다. 입술을 저항 없이 열었다. 그러자 환이 턱을 비스듬히 기울이면서 본격적으로 혀를 밀어 넣었다. 샅샅이 살피듯 치아부터 잇몸, 혀 아랫부분까지 대담하게 파고들었다. 적극적인 키스를 선뜻 받아들였다. 불끈불끈하게 뛰는 그의 심장을 느끼며.

그의 손이 차가운 눈 속을 뚫고 내 뒷목을 잡았다. 다른 손은 격하게 허리를 안았다. 그리고 턴하듯 몸을 굴려 나를 자신의 위에 놓았다. 차가운 눈밭에 누워 있는 나를 위한 배려였다.

머리카락에 파묻혀 있던 하얀 눈이 후드득 쏟아지면서 꽃비처럼 흩뿌려졌지만 우리는 상관하지 않았다. 키스를 멈추지 않았다. 마치 허기를 채우듯 깊고 짙은 키스를 나눴다.

뜨거웠다.

우리의 주위를 감싼 하얀 눈이 녹아내릴 것처럼.

서서히 진한 키스가 끝났다. 혀끝을 간질이던 혀가 물러나며 입술에 섬세한 입맞춤을 했다. 그마저도 아쉽다는 듯 아랫입술로, 윗입술로 입술의 항해가 잠시 동안 끊이지 않았다.

낭만적이고 달콤한 키스를 끝으로 그의 입술이 떠났다. 환이 고개를 움직였다. 내 눈을 보려 했다. 나는 반대로 고개를 숙였다. 그의 목덜미에 이마를 묻었다.

뜨거운 키스의 여운이 가시지 않는다. 빠르게 뛰는 그의 맥박이 전해진다.

"……환아."

접착된 가슴팍의 거친 반동도 여실히 전이된다. 가파르게 뛰는 내 심장과 크게 뛰는 그의 심장 박동이 합체가 되어 누구의 심장인지 분간되지 않는다.

"우리……."

우리.

자연스럽게 내 입에서 나왔던 우리와 자연스럽게 그의 입에서 나왔던 우리를 곱씹어본다. 그리고 지금 이 순간 내 입에 담는 우리를.

"그만하자, 이제."

일순 환의 심장 박동이 멈췄다.

"그만해, 우리."

또르르, 굵은 눈물이 눈가를 소리 없이 이탈했다. 뜨거운 눈물이 그의 패딩 재킷 칼라로 흘러들어 갔다. 멈춰 버린 환의 심장을 느끼며 나는 저릿한 목구멍을 조였다. 새어 나오려는 울음을 참기 위해 조이고 조였다.

환의 심장은 뛰지 않았다.

심장이 정지한 듯.

한참 동안.

암흑 같은 침묵이 이어졌다.

환은 운전에만 몰두했다. 내 몸에서 떨어진 순간부터 쭉 침묵을 일관했다. 눈빛도 주지 않았다. 충격을 받은 듯했으나 표 내지는 않았다. 슬픈 표정도 화난 표정도 아니었다. 무표정했다. 몸속의 뜨거운 피가 차디차게 식은 사람처럼 감정이 없었다.

난 잤다.

귀갓길 내내 시트에 몸을 묻고 곤한 잠을 잤다. 단순한 등반이었기에 몸이 고된 건 아니었다. 탈 난 것처럼 속이 안 좋았다. 감정에 체했다.

"들어가."

깨었을 때는 대문 앞에 차가 정차해 있었다. 턱을 괴고 상념에 젖어 있던 환이 무덤덤하게 말했다. 요양 병원에 도착했던 날처럼 잠든 나를 깨우지 않고 기다린 것이었다.

나는 이쪽은 보지 않는 그에게 인사도 못하고 내렸다.

무겁게 터덜거리며 별채로 들어가 불도 켜지 않고 소파에 누웠다. 그사이 해가 저물었다. 정원의 가로등이 눈을 뜨면서 거실에 희뿌연 빛이 스며들어 왔다. 바닥에 뾰족한 모양의 빛줄기가 만들어졌다.

태아처럼 웅크린 채 초점 없이 뾰족한 빛줄기를 응시했다. 차츰 거실 바닥의 검은색이 진해졌고 빛줄기가 선명해졌다. 에펠탑 모양 비슷하게 되어가는 듯했다. 빛줄기가 살아서 자라는 느낌이었다.

빛도 자라는데…….

맨홀에 갇힌 것처럼 내내 현실을 닫고 살았기에 구 년이라는 시간은 내게 무용했다. 아마도 그 시간 동안 나의 의식은 과거와 현실의 혼돈 속에 머물러 있었던 것 같다.

어제서야 절감했다.

내게 현실은 곧 과거였음을…….

비단 채경의 엄마 때문은 아니었다. 그녀와 나 사이를 가로막은 환의 어깨를 보며 통감하긴 했으나 그게 전부는 아니었다.

맥 풀린 날 안고 별채로 데려와 내가 잠들 때까지 보듬는 환을 느끼며 절실히 인정했다. 과거에 사로잡혀 있는 나로 인해 그의 현실도 짓밟힌다는 사실을. 나로 인해 그가 망가진다는 진리를.

그래서 그러기로 했다.

환을 보내기로.

내 인생에서.

"하아."

체한 게 가시지 않는다. 단단히 체한 모양이다.

빛은 끝내 에펠탑이 되지 못했다. 허연 산 모양만 갖추었다. 환이 보여준 하얀 산은 둥그스름하니 능선이 원만했는데 이 산은 뾰족뾰족한 가시가 돋아있다. 저 뾰족한 가시로 심장을 뚫으면 속의 체기가 가실까.

피로가 몰려왔다. 눈을 감았다.

선잠에서 깨었다. 시계를 확인하니 밤 11시가 넘어서고 있었다. 소파에 웅크린 자세 그대로라 눈만 감았다가 뜬 줄 알았는데 시간이 꽤 흘렀다.

불을 켜지 않은 채 캄캄한 주방으로 갔다. 메마른 속에 수분을 채웠다. 내장이 텅 빈 기분이었다. 연거푸 세 번이나 물을 마셔도 채워지지 않았다.

빈 컵을 식탁에 놓으며 거실 창 너머의 정원을 물끄러미 살폈다. 밤이 깊어진 탓에 가로등 빛의 조도는 어스레하게 낮아져 있었다. 거실 바닥에 그려졌던 뾰족한 산도 소멸되었다.

언제까지 이러고 있을 수 없다.

엄마가 오면 할 일이 많다. 살 길을 찾아야 한다.

먼저 둘이 살 집부터 구하자. 여유 자금이 얼마나 있을지 모르겠지만 작은 집 전세를 알아보자. 전세가 안 되면 월세라도 얻어야겠지. 그리고 당장 취직은 어려울 테니 아르바이트를 시작하자. 어떤 일이 좋을까. 어떤 일을 해야 할까. 내가 일을 고를 처지도 아니지, 참.

쓸쓸한 결론을 내고 주방에서 나오려 했다.

그때.

삐삐―

현관 도어록이 눌리는 소리가 들렸다.

엄마가 일찍 온 건가? 의아해하며 눈길을 돌렸다. 일순 심장이 철렁했다. 현관문을 거칠게 벌컥 연 사람은 환이었다.

08
우리의 시간은 역류한다

허락 없이 별채로 들어오는 법이 없던 환이었다. 간단한 노크라도 했었다. 그런데 그가 돌진하는 기세로 들어섰다.

현관 센서 조명이 켜졌다. 붉은 조명 아래의 환이 컴컴한 주방에 오도카니 서 있는 나를 발견했다. 저벅. 그의 오른발이 앞섰다. 나도 모르게 주춤 뒷걸음질했다. 엉덩이가 식탁에 걸렸다.

환이 곧장 왔다.

숨 막히는 긴장감을 뚫고 한 치도 주저하지 않고 간격을 줄였다. 그에게서 초식동물 잡아먹는 육식동물의 공격성이 엿보였다. 본능이 도망치라 했다. 그러나 몸이 얼은 듯 꼼짝하지 않았다. 심장이 미친 듯이 요동쳤다.

그가 내 앞에 섰다.

서서히 꺼져 가는 빛이 환의 얼굴을 비추었다. 파르르 일렁이는 검은 동공. 거친 숨을 내뱉는 입술. 실룩거리는 목울대. 환은 잔뜩 화나 있었다. 돌아버릴 지경 같은 표정이었다.

"그만해?"

탁한 저음이 나온 순간, 현관 조명이 꺼졌다.

실내는 암흑이 되었다. 시야가 캄캄해졌으나 그도 나도 움직이지 않았다. 좁은 틈 사이로 숨소리만 느꼈다. 느리게 반동하는 가슴팍도 감지되었다. 대립하듯 선 채 거뭇한 서로를 보았다. 눈이 아닌 몸으로.

"생각하고 생각했어. 되짚고 또 되짚었어. 우리가 이대로 그만 해야 하는지. 우리가 그만두는 게 맞는 건지."

나의 '그만'은 환을 화나게 만들었다.

"그런데 난 이해가 안 돼."

산에서부터 들끓는 감정을 억제하며 되짚고 되짚다가 결국 분노를 일깨웠나 보다. 의문으로 인한 분노. 납득 안 되는 결론.

"우리가 왜 그만해?"

왜…….

우리가 왜…….

"윤제이."

환의 입술이 가까이 내려왔다. 닿을 듯 말 듯 아슬아슬하게 내려온 입술이 물었다.

"내가 그만 못 두겠다면 넌 어쩔 거야?"

그만한다 했으면서 내 몸은 알고 있었다. 그만할 수 없음을. 그도 알고 있었다. 내가 그만할 수 없음을.

그럼에도 난 부정했다.

"난 아니야."

턱을 틀며.

"안 할 거야."

그의 입술을 가까스로 비켜내며.

환이 내 마음대로의 움직임을 허락하지 않았다. 그가 나의 턱을 잡았다. 외면하고 피하려는 나의 턱을 잡아 강압적으로 제 쪽으로 돌렸다.

"안 해?"

그사이 눈이 암흑을 익혔다.

까맣게 일렁이는 환의 눈동자가 어렴풋이 보였다. 세찬 여울은 어둠을 뚫을 정도로 강렬했다. 내 턱을 잡은 엄지가 입술에 닿았다. 그의 손끝이 탐색하듯 느리고 느리게 내 입술을 훑었다. 숨이 멎었다. 오소소한 소름이 척추를 타고 발뒤꿈치까지 번졌다.

"정말 안 해?"

뜨거운 숨도 내 입술을 훑었다. 뜨겁고 뜨거운 숨결이 유혹하듯.

입술을 벌리면 그와 입술이 닿는다. 입술과 입술이 잇닿을 수 있다. 한심하게도 뇌가 이 순간 환과 키스하는 영상을 그렸다.

마른 입술은 환과 키스하고 싶다는 충동질을 해댔다.

"가."

나는 '정말 안 한다'는 대답을 못했다.

환의 가슴팍을 밀어내고 빠져나왔다. 마주 보기 싫다는 듯 냉정히 등은 돌렸으나 몸은 냉정하지 못했다. 그의 기운, 그의 숨소리, 그의 열기를 온몸이 저릿저릿하도록 느끼고 느꼈다.

이성이 말했다.

정신 차리라고.

감정이 말했다.

몸이 하라는 대로 하라고.

교차되는 두 감정 사이에서 갈등하며 주먹을 웅그려 쥐었다. 바들바들 떨릴 정도로 바락 쥐고서 인내했다. 터질 정도로 팽창한 감정은 이성이 통제할 수 없었다.

성큼.

등 뒤로 기척이 왔다.

부들거리는 주먹을 환의 큰 손이 건드렸다. 가만히 그의 손이 나의 주먹을 감싸 위로 올렸다. 그리고 보듬듯 손가락으로 찬찬히 주먹을 풀었다. 섣불리 손대면 부서지는 눈뭉치를 다듬듯 정성스레 손가락을 펼쳤다.

어둠은 감각을 일깨웠다.

세심한 손길의 움직임을 읽는 촉각만으로도 그 속에 담긴 감정이 전달되었다. 오롯한 감정은 곧장 심장으로 직진했다.

그러지 마라.

그러지 마.

울컥. 뜨거운 울기가 치밀었다. 하마터면 울음이 터질 뻔했다. 파르르 전율하는 아랫입술을 아프도록 깨물었다.

나는 이렇게 매번 그에게 들킨다.

환의 눈에는 내 껍질이 투명한가 보다. 매순간 내 속을 속속들이 다 읽는다. 내가 가라 해도 그 속뜻은 정말 가라는 의미가 아님을 내가 아니라 해도 아닌 게 아님을 환은 안다.

환이 날 돌려세웠다.

커다란 손이 허공을 올라와 나의 뒷목을 움켜쥐었다. 그리고 자신의 가슴팍으로 당겼다. 서로의 심장 소리가 들릴 만큼 바짝 붙었다. 섣불리 안지는 않았다. 안고 싶음에도 그만두자고 한 나이기에 자신을 제어하는 것처럼.

그리고…….

"제이야."

말했다.

"난 못 해."

가라앉듯.

"안 하는 게 아니라 못 하는 거야."

절실히.

목덜미를 쥔 악력은 강했다. 그가 고개를 더하게 깊숙이 숙였다. 귓불에 입술이 스쳤다.

"잘못된 것을 바로잡아야 네가 내 곁에 있을 수 있다면…… 시간을 역류해서라도 바로잡을 거야."

환의 숨은 완강했다. 완강한 숨이 귓속 깊숙이까지 파고들었다.

"그러니까 도망가지 마."

그 숨이 나를 달랬다.

"더는."

강경하게.

못돼먹은 나 때문에 제 심장이 찢기고 찢겼을 텐데 그는 내 손을 놓지 않는다.

목덜미를 잡은 환의 손이 느른히 떨어졌다. 그의 몸도 느른히 물러났다. 떨어지는 순간과 달리 그가 거침없이 돌아서서 현관으로 갔다. 동작을 감지한 현관 센서가 켜졌다. 붉은 빛을 통과하며 환이 단 한 차례도 돌아보지 않고 별채를 떠났다. 지금 못 가면 발길이 붙잡히는 것처럼.

띠릭.

현관 잠금장치가 단단히 맞물렸다. 비로소 나는 막힌 숨을 몰아쉬었다. 간신히 산소는 흡입했으나 주위 공기는 탁했다. 탈출하듯 거실 미닫이창을 열었다. 일시에 서늘한 바람이 침범했다.

내림받는 사람처럼 눈을 감고 검은 하늘로 이마를 높이 들었다. 시린 겨울바람으로 뜨끈뜨끈 달궈진 체온이 가라앉길 간절히 기다렸다. 살갗은 서서히 차디차게 식었다. 가열된 체온은 굳셌다. 도무지 식질 않았다. 텅 비어 있던 내장이 열기로 꾹꾹 채워진 느낌이었다.

얼마나 오래 시간이 흘렀을까.

영겁처럼 길고 긴 시간이 흐른 것 같았다. 드디어 열기가 식고 몸에 한기가 들었다. 눈을 뜨고 정원에게 등을 돌렸다. 미닫이창도 닫았다. 걸음을 뗄 때마다 덧없이 공허가 파고들었다.

너의 말처럼 시간이 역류해서 그때로 돌아가면 우리는 어떨까. 나는 도망치지 않을 수 있을까.

아니야.

이런 가정은 의미 없어.

어차피 시간은 역류하지 않을 거잖아.

"아……."

왜 하필 오늘.

"제이야!"

윤정 이모가 롱코트를 우아하게 펄럭거리며 손짓했다. 정원 가장자리에서 미적거리며 나는 퀭한 눈꺼풀을 끔벅거렸다. 느지막이 저녁에나 오신다면서. 여행 다녀오셨는데 피곤하지도 않나.

"얼른 와!"

재촉의 손짓을 감히 거역할 수 없어 정원 중앙으로 갔다. 의욕 없는 발걸음으로 터덜터덜 다가가니 이모가 스스럼없이 어깨동무를 했다.

"어때? 제법 분위기 나지?"

강요 섞인 미소가 왔다. 억지로 입매를 늘리며 끄덕거렸다. 새하얀 테이블보를 깔던 환이 힐끔 일별했다. 눈이 마주쳤다. 데인 듯 후딱 딴 곳을 보았다.

어색하다.

어색해서 미치겠다.

어젯밤 환이 별채를 떠난 후 나는 새벽녘까지 다짐했었다.

될 수 있는 한 마주치지 말자. 당분간은 선택의 여지가 없으니 생활 반경도 최소로 줄이자. 유야무야 지내면 된다. 혹여 부딪치더라도 냉정을 유지하자. 그까짓 무념무상 어렵지 않다.

그토록 결의하고 결의했는데 열다섯 시간이 채워지기도 전에 환과 마주했다. 어른들의 포로로 붙잡혀.

"어머나! 이게 가능하네? 밤 되면 분위기 예술이겠다."

"거봐. 내 말 듣길 잘했지?"

본채에서 음식을 갖고 나오며 엄마가 감탄했다. 의기양양한 이모의 어깨에 쌍둥이 산이 솟았다. 나는 굼뜨게 움직여 엄마의 쟁반을 받아 테이블에다 음식을 깔았다. 빠져나갈 궁리를 하며. 딱히 방도는 없었으나.

2박3일간의 여행을 예정보다 일찍 끝낸 부모님들이었다. 이유인즉 끝내주는 아이템을 찾아서.

여행 중 우연찮게 글램핑 캠핑장을 발견했고, 윤정 이모가 '우리 집 정원에서 애들과 하자'라는 의견을 내었다. 만장일치로 합심한 사안은 추진력 뛰어난 지 회장님 덕분에 일사천리로 진행되었다. 텐트부터 시작하여 캠핑 도구, 캠핑용 먹을거리까지 완벽하게 구비해서 기세 등등 귀가한 후 우리를 호출했다.

그리고 현재 시각 오후 4시. 정원은 캠핑장으로 탈바꿈하고 있었다.

"이 안에 있으니까 따뜻하고 좋다. 날도 좋아서 오늘이 딱 적기였네. 다른 날이면 추웠을 거야."

"그렇대도."

몽골족 게르 형태의 대형 텐트 주변을 휘둘러본 엄마가 연신 감격했다. 이모의 콧대가 드높아졌다. 생색은 그녀가 내고 있었으나 실상 일은 환과 지 회장님의 몫이었다. 매사 군소리 없는 환과 애처가인 그의 아빠는 그저 캠핑 분위기 내는 데 여념 없었다. 이모는 우아하게 코트자락을 펄럭일 뿐 한 치도 도움이 안 되었다.

"힘드니까 우리는 앉자."

겨울날 땀 흘리며 일하는 남자들은 나 몰라라 하며 이모가 양심 없이 캠핑 의자를 차지했다. 그녀가 희어멀쑥한 나와 저녁거리를 챙기는 엄마도 끌어다 앉혔다.

"원래 이런 데 오면 여자들은 손가락도 까닥 안 하는 거랬어. 그치? 제이야."

"너는 원래 까닥 안 하잖아."

"결재할 때는 까닥해."

엄마의 핀잔을 이모가 가책 없이 대처했다.

재력가의 딸로 곱게 자라며 경영자 코스를 밟았던 그녀는 기업 경영 실력이 뛰어났다. 매년 한국을 대표하는 여성 기업가에 포함되는 그녀였다. 그러나 살림&육아는 젬병이었다. 그나마 영민한 아들을 뒀길 망정이지 나 같은 망나니 딸을 낳았으면 골치 좀 썩었을 거다.

"건배."

이모가 자신의 커피 잔을 내 잔에 부딪쳤다. 나는 싱긋 웃음으로 화답했다. 눈은 엄마들을 보고 있으나 신경세포는 온통 뒤통수에서 단합 중이었다. 뒷등 너머의 누가 신경 쓰여서 어지러울 지경이다.

"우리 아예 맥주 마실까?"

"벌써? 식전이잖아."

"맥주는 입가심이지. 아! 그러고 보니 제이랑 맥주를 한 번도 못 마셔봤지?"

"아, 그러네. 우리 딸하고 술 마신 적이 없었네."

호들갑스러운 이모의 발견에 엄마도 갑자기 흥분했다. 엄마가 서둘러 아이스박스에서─겨울이라 필요 없을 법한 물건인데 캠핑 분위기 낸다고 굳이 준비하신 귀여운 어른들이다.─ 캔 맥주를 꺼내왔다.

"제이야, 술은 좀 마시니?"

"아니요."

"파리에서 학교 친구들이랑 파티나 클럽 같은 데 안 가봤어?"

연속 질문을 나는 에둘러 미소로 때웠다.

파리는 사람이 무서워 도피한 곳이다. 유신 언니와 효정 외의 다른 사람과의 접촉은 가급적이면 피했다. 오죽하면 효정은 그런 나를 수녀 같다고 딱하게 여겼다.

"우리 제이 말수 엄청 줄었네. 비싸게 굴지 말고 이모한테 파리 생활 좀 보고해 주라. 예전 같으면 아침, 점심, 저녁으로 먹은 것까지 줄줄 수다 떨었을 텐데."

"제가 그 정도로 수다쟁이였어요?"

"그 정도는 아니고…… 엄청."

볼멘소리를 내자, 이모가 키득거렸다.

도란거리는 사이 엄마가 맥주 한 캔을 뚝딱 해치우고 두 번째 캔을 땄다. 의외의 속도다. 마냥 순박한 줄 알았던 엄마의 새로운 면모였다. 여행을 다녀와서인지 엄마의 안색은 한결 편해져 있었다. 환의 부모님께 감사한 마음이 들었다.

"환아, 너도 맥주 하나 하지?"

"이따가요."

엄마가 환에게 맥주를 들어 보였다. 엄마들의 요구로 텐트 안쪽에 올망졸망한 조명 전구를 달던 환이 사양의 미소를 보냈다.

"내버려 둬. 저 녀석은 술 안 해."

"하긴. 환이 술 마시는 걸 못 봤네. 남자애들 군대 갈 나이 때쯤 한창 술 마시고 어울리잖아. 환인 그때도 안 그랬어. 크면 좀 달라질 줄 알았더니, 여전하지?"

"고기 먹는 스님이야."

나는 엄마들의 대화를 귀동냥으로 들으며 맥주를 홀짝였다. 수녀에 스님이라. 우리는 참으로 재미없게 살았구나 싶어서 쓴웃음이 났다. 이모의 고개가 살며시 내게로 왔다. 그녀가 내 귀에 은밀하게,

"여자도 안 만났어."

속닥였다.

하마터면 입속의 맥주를 뿜을 뻔했다. 당황하여 잔기침을 해대는 나의 반응에 그녀가 킬킬거렸다. 엄마가 '뭐?' 하며 궁금해했다. 이모의 엉큼한 눈웃음이 답을 대신했다.

"어때? 내 솜씨 쓸 만하지?"

바비큐 그릴에 불이 붙었다. 몸소 숯을 피운 지 회장님이 우쭐거리며 자찬했다. 윤정 이모와 엄마가 감탄사를 연발하며 호응했다.

어느덧 뉘엿뉘엿 노을빛이 무르익었다.

따뜻한 기운이 도는 불그스름한 석양에 성질 급한 정원 가로등이 눈을 떴다. 텐트의 메인 조명과 올망졸망한 전구들에도 빛이 들어왔다. 바비큐 그릴에서는 고기가 구워졌고 휴대용 오디오에서는 잔잔한 음악이 흘러나왔다.

"애쓰셨습니다, 회장님."

"제가 한 게 뭐 있나요. 우리 아들이 다 했지."

"회장님 역할이 더 크셨습니다."

어른들이 건배를 했다.

분위기에 취하고 낭만에 취한다며.

환도 어쩔 수 없이 맥주를 들고 건배에 합류했다. 건배를 끝낸 지 회장님이 맥주 캔을 하나 들고 테이블을 빙 둘러갔다. 테이블 주위에는 여섯 개의 의자가 놓여 있었고 다섯 명이 자리를 차지하고 있었다.

"이건 우리 윤영석 씨 거."

그가 빈 의자 앞 테이블에 맥주를 놓고서 캔 뚜껑을 땄다.

모두의 시선이 빈자리에 머물렀다. 엄마의 흰자위는 불긋해졌으나 입술에는 미소가 배어나왔다. 윤정 이모가 엄마의 어깨를 두들기더니 내 등도 부드럽게 쓸었다. 슬픈 기운이 어렸으나 서글프지는 않았다. 난 다정한 그녀에게 미소를 보냈다. 환의 깊은 시선이 뺨에 닿았다.

"너희들하고 밥 먹는 게 얼마만이냐? 십 년 가까이 되었지?"

"세월 참 빨라. 얘들이 내년이면 서른이야. 여보, 놀랍지 않아? 우리 애들이 서른이라니."

"벌써 서른이야?"

지 회장님이 기함했다. 자식들의 나이를 자각하니 새로운 모양이었다. 엄마가 환과 나를 번갈아 보며 흐뭇해했다.

"그래도 난 둘이 나란히 있는 걸 보니까 아직은 교복 입고 있던 열아홉 살들 같아."

"맞아. 열아홉 살 같네."

맞장구치던 윤정 이모의 동공이 돌연 짓궂게 반짝였다. 왜인지 꺼림칙한 기미였다. 슬그머니 일어나려는데,

"너희들 교복 입고 올래?"

그녀가 터무니없는 요구를 했다.

"둘 다 체형들이 거의 안 변해서 맞겠는데. 내가 환이 교복은 버리지 않고 챙겨놨거든. 제이 교복 갖고 있지?"

"나도 있어! 그래, 제이야. 교복 입어라."

엄마가 손뼉 치며 반색했다.

"엄마, 아니야."

"아니요."

나와 환은 이구동성으로 정색하며 거부했다.

우리가 극도로 거부했음에도 어른들의 강요는 끈질겼다. 지 회장님은 직접적인 강요는 안 했으나 자못 고압적인 눈빛을 묵묵히 쏘았다. 더없이 부담스러웠다.

"싫어. 왜 그래요, 진짜!"

난 끝내 열아홉 살처럼 어른들에게 짜증을 부렸다. 그러자 엄마가 아련히 아빠의 빈자리를 보았다.

"아빠도 오랜만에 너 교복 입은 모습 보면 좋아하실 텐데……."

"다녀올게요."

환이 의자에서 벌떡 일어났다. 그러곤 내 팔뚝을 잡았다. 너마저 왜 그래. 애걸하듯 올려다보았으나 환이 담담히 턱을 당겼다.

일어나.

10분 후.

스물아홉의 환과 나는 열아홉 살을 끝으로 벗어 던졌던 교복을 입은 채 어른들 앞에 섰다. 낯부끄러워서 서로 쳐다보지도 못하는 우리와 달리 어른들은 박장대소하며 즐거워했다. 나는 체념했다. 효도가 별거 있나, 싶었다.

"사진 찍자, 사진."

이모가 휴대폰 카메라를 켰다.

어색하게 떨어져 있는 우리에게 엄마가 붙어서 서라며 손짓했다. 나는 억지로 게걸음을 했다. 욕심 많은 어른들은 그걸로 만족 못했다. 한 발만 더 선심 쓰려고 발을 떼는데 환이 덥석 내 어깨를 감싸서 당겼다. 내 몸이 환의 몸에 자석처럼 철썩 붙었다.

"하나, 둘, 셋."

어른들의 합창에 맞춰 이모의 손가락이 움직였다.

찰칵—

버튼 음과 함께 나도 모르게 손가락을 들었다. 습관적인 V를 하며 활짝 웃었다. 환의 입술에도 미소가 걸렸다.

09
너는 내 세상이다

불꽃이 톡톡 쏘았다. 가는 막대에 달린 불꽃을 돌리며 어른들이 어린아이처럼 까르르거렸다. 풍성한 억새에 불붙이고 돌리는 쥐불놀이 같기도 했다.

"기막혀."

나는 교복 입은 상태로 텐트 밖에서 불꽃놀이 하느라 신난−오늘 작정한− 어른들을 심드렁히 응시했다. 빙빙 돌리고 하트를 만들고 난리도 아니었다. 질린다고 도리질하며 캠핑 의자에 드러눕듯이 깊숙이 등을 묻었다.

그러곤 넌지시 옆자리를 훔쳐봤다.

환은 어른들이 만드는 불꽃 모양을 묵묵히 바라보고 있었다.

교복 입은 옆모습이 진짜 열아홉 살의 환 같았다. 내 기억에 가장 선명한 환. 기분이 묘했다. 묘한 두근거림. 묘한 떨림.

"저리도 좋을까?"

부러 외면하여도 의식은 오롯이 너에게.

"유치하게."

엄마들은 껴안은 자세로 불꽃으로 커다란 하트를 만들었고, 지 회장님이 열렬히 사진을 찍었다. 이러다 단체 사진이라도 찍자고 하는 건 아닐는지 심히 불안했다.

"좋으실 거야."

환이 피식 웃었다.

"출장이든 여행이든 매번 호텔만 이용하셨으니 이런 자유로운 분위기는 처음이잖아. 그리고……."

그의 초점이 테이블 한쪽으로 이동했다. 빈자리에 덩그러니 남겨진 캔 맥주를 조용히 주시하며 덧붙였다.

"힘드셨고."

환은 진짜 어른이 되었다. 어른들이 감내하는 몫까지 헤아리고 있다. 철없는 건 오히려 나다. 환의 시선을 좇던 눈길을 내렸다.

"너도."

툭, 숙인 뒤통수에 환이 손바닥을 대었다. 그로서는 습관적인 행동일 텐데 나는 울컥했다. 그의 자연스러운 터치는 속을 들끓게 만드는 요인 중 하나기에.

"들어갈래."

그의 손을 비껴내려고 일어났다. 뒤편에 벗어놓았던 점퍼를 서둘러 챙겼다. 환이 등받이에 기댄 채 목을 길게 빼며 넘겨다봤다.

"못 갈 텐데?"

"왜?"

자못 얄궂은 말이었다. 나는 불퉁스럽게 반문했다. 환이 대꾸 없이 으스대듯 어깨를 으쓱했다. 내 발로 내가 가겠다는데 왜? 여기가 창살 없는 감옥이야?

영문을 알 수 없어 새침하게 삐죽이는데, 비닐 창문 너머에서 불꽃놀이를 끝낸 어른들이 해사하게 손을 흔들었다.

"우리 들어간다. 너희는 싹 다 치우고 와!"

반항할 새도 없이 한껏 들뜬 어른들은 깔깔거리며 본채로 사라졌다. 당신들끼리 2차 하러 가는 거다. 예상한 건지 환이 의연히 일어나 고기 구울 때 사용한 면장갑을 꼈다.

"으……."

나는 게슴츠레하게 지저분한 테이블을 훑었다. 먹을 때는 참좋았다. 그런데 치울 때는 매번 인간은 왜 먹어야 하는가, 에 대한 고찰이 인다.

"……나도 들어가면 안 돼? 힘들었는데."

이럴 땐 치고 빠지는 전술이 필요하다. 나는 환을 은근히 우러렀다.

바비큐 그릴을 정리하던 환이 돌아보았다. 그윽한 애정이 담긴 눈매가 길게 늘어났다. 다정한 눈웃음을 친 그가,

"치워."

얄짤없이 말했다.

"어."

크게 기대한 건 아니다. 구 년 만이라 좀 달라졌을 줄 알았다. 난 즉시 단념하고 테이블을 치웠다. 쓰레기봉투를 가져와 쓰레기를 담다가 어른들의 안주였던 캔을 집으려 했다. 어느 틈에 곁에 온 건지 환의 손이 내 손을 밀어냈다. 그가 날카로운 뚜껑이 열린 캔 등을 쓸어 담았다.

인정사정없이 굴면서 위험한 물건은 손대지 못하도록 하는 환이다. 괜히 가슴골이 찌릿하여 아랫입술을 잘근거렸다. 그리고 대놓고 쉽고 편한 것들만 해치웠다. 뒤늦게 듬성듬성 남겨진 쓰레기들을 본 환이 어이없다는 듯 헛웃음 쳤다.

"다 했다!"

드디어 정리가 끝났다. 대부분 환이 치운 거나 마찬가지지만 난 만세 하듯 기지개를 켜며 고달팠다는 티를 실컷 내었다. 탁. 환이 말끔해진 테이블에 맥주 두 개를 놓았다.

"맥주 마시게?"

"노동의 대가."

의아해하는 내게 그가 가벼이 웃으며 캔 뚜껑을 따서 넘겼다. 고기 먹는 스님이라며.

나는 환과 나란히 의자에 앉았다. 그의 말처럼 노동의 대가로 마시는 맥주의 맛은 기가 막혔다. 시원하게 목구멍을 훑는 맥주를 음미하는 입술이 저절로 호선으로 휘었다. 내가 만족스러워하자, 환의 입술도 길어졌다.

환이 일어났다. 텐트 밖으로 나간 그가 비닐 창문에 드리워진 천막을 걷어냈다. 연이어 안의 메인 조명도 껐다. 텐트 내부를 두른 올망졸망한 전구의 빛만 남았다. 검게 물든 하늘 아래 아기자기한 빛들이 어우러졌다.

한결 낭만적이다. 로맨틱한 밤 같다.

"술 안 마신다며?"

의도치 않게 로맨틱한 분위기가 조성되어 일부러 일상적인 질문을 던졌다. 의자로 돌아온 환이 맥주를 들었다.

"가끔 맥주 정도는 마셔."

"명세하고?"

"그런 편이지."

"성진이나 다른 녀석들은 잘 안 만나?"

"시끄러워서."

환이 가벼이 웃었다.

시끄럽기로 1인자인 성진인지라 난 순순히 동조했다. 그러다 인지했다. 환과 만난 후 그의 일상에 대해 듣는 건 처음임을. 예전에는 서로에 대해 모르는 게 하나도 없었는데. 흩어지는 쓴웃음을 얼른 지웠다.

우리는 모처럼 사소하고 잡다한 일상 얘기를 공유했다. 명세와 애은의 연애사, 사고뭉치 성진의 사건사고, 몽트뢰유 프리마켓 호구인 효정과 학교 친구인 푸른 눈의 마크 등. 환은 유독 마크에게 관심을 가졌다. 그러다,

"게이?"

눈을 번뜩했다.

"응. 마크에겐 마크의 금발 머리를 좋아하는 되게 근사한 애인이 있어. 유명 모델인."

"아……."

환이 끄덕거리며 수긍했다.

왜인지 안도하는 기색이었다. 어렴풋이 기분이 좋은 것 같기도? 갸웃하며 되물으려는 찰나, 환의 휴대폰이 울렸다. 딩동, 하는 소음과 함께 사진 메시지가 도착했다. 사진을 확인한 그의 입술자락이 올라갔다.

"왜?"

궁금하여 기울이는 내게 그가 휴대폰을 건넸다. 아까 어른들이 찍은 환과 나의 교복 컷이었다.

"앗!"

낯부끄러운 탄성이 반동처럼 나왔다. 환이 여릿하게 쿡쿡거렸다. 재미있지도 않고만. 슬쩍 흘기고 사진을 자세히 살폈다.

질색하던 게 거짓말처럼 사진 속 나는 환하게 웃고 있었다. 환도 웃고 있었다. 내가 알던 다정한 미소를 머금고 있었다. 내 어

깨를 잡은 환의 큰 손에 초점이 쏠렸다. 자연스럽게 환 쪽으로 기울어진 내 고개도.

우리는 늘 이렇게 사진을 찍었었다. 똑 붙어서. 그때는 오히려 내가 더 환에게 붙었었다. 엿처럼.

시간은 역류하지 않는다고 씁쓸해한 지 24시간도 채 되지 않아 우리의 시간은 역류했다. 열아홉 살로 돌아가 열아홉 살처럼 사진을 찍었다.

사진 밑에는 윤정 이모의 메시지가 적혀 있었다. 메시지를 읽었다.

〈너희는 같이 있을 때가 제일 예뻐.〉

불현듯 눈시울이 따끔했다. 시큰한 전류도 가슴골을 훑었다. 그랬어요? 라고 반문하지 않았다. 우리는 같이 있었을 때가 제일 예뻤음을 나도 잘 아니까.

"제이야."

환이 불렀다.

시큰한 눈시울에 힘주고 고개를 들었다. 그는 맥주에 둔 초점을 움직이지 않았다. 시선을 느끼면서도 부러 피하듯.

"미안해."

뭐가.

라고 묻지 못했다.

무턱대고 미안하다는데도 무엇이 미안한지 짐작했던 것 같다. 그저 멍하니 흐려진 눈으로 끔벅끔벅 환을 보았다. 슬로모션처럼 그의 잇새가 느리게 열렸다.

"그날, 그때."

아린 울림이 한숨과 섞여서 나왔다. 깊은 강물의 흐름처럼 가라앉듯.

"……나는 널 본 게 아니야. 돌아보았는데 네가 있었을 뿐이야."

환은 그 순간을 말하고 있었다. 가까스로 채경을 부여잡고 있으면서 애타게 도움의 눈길을 돌렸던 그때. 움직이지 않는 나와 눈이 마주쳤던 그때.

"많이 무서웠을 텐데 나마저 네게 더한 자책을 심어준 거 같아서 미안했어. 나로 인해 네가 더 힘들었던 것 같아서."

파리하게 질린 네가 파리하게 질린 내게 도움을 청했었다. 그럼에도 나는 움직이지 못했다. 잠시 원망도 했다. 왜 하필 나를 보냐고 넘겨씌우는 원망.

정작 내게 남겨진 건 원망이 아니라 만약이었다.

만약에 내가 한 발만 나섰더라면…… 만약에 내가 환과 함께 채경을 잡았더라면…….

채경인 죽지 않았을까.

"미안해."

그 가정이 내내 머릿속에 맴돌았다. 버퍼링에 걸려 오류가 난 것처럼 되풀이되었다. 만약에. 만약에. 만약에.

"내가 미안해."

네가 잘못한 건 없는데 너는 왜 내게 사과를 할까. 그 일이 얼마나 무거운 짐이었기에 고해하듯 내게 말할까. 내가 아직 그때의 그곳에서 벗어나지 못해서일까.

참담하게 맥주만 주시하던 환이 눈길을 돌렸다. 까맣게 물들은 눈동자가 나를 봤다.

엇갈리듯 이번엔 내 눈이 제자리로 왔다. 눈꺼풀을 내리고 사진 속 열아홉 살 같은 우리를 보았다.

"너도……."

나는 건조한 입술을 떼었다.

목이 칼칼하지도 않은데 쉰 목소리가 나왔다. 헛기침을 하듯 막힌 숨을 가다듬고 마저 말했다.

"힘들었지?"

"……."

침묵이 왔다.

그와 함께 내게 스미던 환의 시선이 물러나는 게 느껴졌다. 우리는 우리를 보지 못했다. 파리했던 너와 파리했던 내가 마주 보았던 그날과 상반되게.

"힘들었어."

짧지도 길지도 않은 정적을 그가 나직하게 깨뜨렸다.

사뭇 담담한 어조였는데 후벼 파지는 것처럼 심장이 아팠다. 저릿한 통증으로 아랫입술도 떨렸다. 아프도록 이로 깨물고 목구멍으로 치미는 쓰린 기류를 꾹꾹 눌렀다. 짓누르듯 목구멍에 힘주었다.

그래.

너도 힘들었을 텐데.

그게 당연한 건데.

이기적인 나는 나만 보았고 나만 보듬었다. 너를 위로하지 못했다. 단 한순간도.

빗물이 흐르는 투명한 유리창처럼 망막이 어른거렸다. 물기로 촉촉히 젖은 망막을 들었다. 환이 나를 보고 있었다. 그가 덧붙였다.

"널 보지 못해서."

죽음을 목격하던 순간보다 죽음으로 이어진 파장을 견딜 때보다 너를 보지 못해 더 힘들었다고. 그 어느 것보다 너를 보지 못함이 더 힘겨웠다고. 우리의 사랑이 강제로 종료되어서 더 고통스러웠다고. 그의 눈이 절절히 말하고 있었다.

"하."

그리고 그가 견딜 수 없다는 듯 묵직한 숨을 토해냈다. 동시에 환의 손이 덥석 나의 뒷목을 잡아 제게로 당겼다. 그의 품에 얼굴이 묻혔다.

"제이야."

환이 말했다.

"내게 있어 너는……."

바람 따라 흘러들어 온 이야기를 주워 삼키듯 그가 흐르듯 읊조렸다. 내 심장으로 번지는 환의 심장 소리를 들으며 위에서 울리는 그의 목소리에 집중했다.

"하늘이고 빛이고 숨이야."

그가 내게 집중하듯.

"너는 내 세상이야."

나도 오롯이 그에게.

"나는…… 그렇다고."

더는 환이 말을 잇지 않았다. 감정이 북받쳐 더는 말이 나오지 않는 듯했다.

나는 그가 못한 말을 들었다.

그러니까 그만이란 말은 하지 마라.

강요가 아닌 부탁이다. 간절한 애원이다. 세상에 없는 나는 있을 수 없듯이 내 세상인 네가 없으면 나의 세상도 없다. 네가 그만이라고 하면 세상을 잃은 나는 살 수 없다. 너 없이는 살 수가 없다.

울 뻔했다.

입술의 울음을 창살 같은 이로 막고 있지 않았다면 나는 아마도 어린아이처럼 엉엉 소리 내어 울었을 거다. 서럽고 서러운 울음을 폭발하듯이 터트렸을 거다.

그러나 울지 않았다. 그의 가슴팍을 조심히 밀어냈다. 주춤하듯 그가 물러나서야 일어났다.

환은 잡지 않았다. 뒷등으로 다가오는 그의 눈초리를 느끼며 걸었다. 한 발 한 발 그를 의식하며 시선의 느낌이 사라질 때까지 느릿느릿.

즐기듯 시선을 붙잡듯.

캄캄한 별채의 현관문을 열다가 나는 돌아섰다. 모퉁이로 걸어가 벽에 기대었다. 고개를 돌려 정원 중앙을 넘겨다보았다.

환은 거기 있었다. 그 자리에 붙박은 것처럼 그대로 있었다. 까만 눈동자를 까만 하늘에 두고서 망연히.

제자리에 멈춰서 환을 훔쳐보았다. 환이 나를 보았듯 나도 환을 보았다. 발이 무심결에 그에게 향했다. 자석에 당겨지듯. 두어 발 움직였을 때 시선을 느낀 건지 환이 이쪽으로 고개를 돌렸다.

비겁한 나는 도로 벽 뒤에 숨었다. 터질 것 같은 심장의 두근거리는 박동을 담고서 두근거리는 울림을 진정시키지 못한 채 숨죽여 기다렸다.

가까이 다가오는 기척은 없었다.

다시 고개만 살짝 틀었다. 환의 고개는 정면으로 돌아가 있었다. 나를 못 본 모양이다.

내심 그가 나의 존재를 간파하고 이쪽으로 성큼성큼 와주면 좋겠다, 라는 바람이 들었다.

나는 너를 완강히 밀어내지도 못하면서. 나는 너를 냉정히 내칠 수도 없으면서. 나는 너를 용기 있게 붙잡지도 못하면서.

근데 환아.

나에게 있어서도 그랬다.

너는 내 세상이었다.

나도 그랬다.

환아.

**

퍼드덕.

까치 한 마리가 펄펄한 날갯짓을 하며 철조망을 넘어왔다. 갑작스러운 불청객의 등장에 공원 모래밭에서 놀던 아이들이 까무러친 비명을 지르며 점프하듯 겅중겅중 뛰어다녔다. 그러든 말든 까치가 우아하게 콘크리트 바닥 주변의 흙먼지를 쪼았다. 나도 그러든 말든 벤치 등받이에 괸 턱을 빼지 않았다.

"오, 까치."

걸어오던 애은이 껄렁하게 중얼거렸다.

목까지 채운 코트 주머니에 양손을 꽂아놓고 사선으로 맨 크로스백을 건들거리는 품새가 결단코 결혼을 앞둔 예비 신부답지 않았다.

"까치는 좋은 징조지?"

좋은 징조라.

나와는 무관한 일이라 귓등으로 흘렸다.

"일찍 왔네? 안 나올 줄 알았는데."

껄렁한 애은이 옆자리에 털썩 앉았다. 벤치에 거꾸로 앉아 모래밭 아이들을 구경하던 나는 자세를 바로 했다. 구부린 채였던 다리도 반듯이 내렸다.

"그런 식으로 연락했는데 어떻게 안 나와?"

그러곤 꾸짖듯 애은을 흘겼다.

"그러게 휴대폰을 사든가, 임대를 하든가. 아니면 감수하든가."

애은이 당당하게 콧대를 세웠다.

휴대폰 없는 나와 애은이 연결된 과정은 참으로 복잡 다양했다.

먼저 애은이 환에게 연락했고 환이 별채로 전화했다. 그때 나는 샤워 중이어서 전화를 받지 못했다. 환이 다시 나의 엄마에게 전화했다. 때마침 엄마는 동네 마트에서 장을 보고 있었다. 당신의 선택은 환의 엄마인 윤정 이모였다. 이모는 회의 중이었다. 비서가 받았다. 비서가 메모를 전달했고, 이모는 그에 답을 했다. 비서가 본채의 가사도우미 아줌마에게 연락하였고, 아줌마가 별채의 내게 찾아와서 비로소 애은의 긴급 용무가 전달되었다.

긴급하게 전화해 달라던 애은의 용무는 별게 아니었다. 단순히 만나자는 요구에 불과했다. 이 단순 용무로 인해 발생하였던 길고 긴 해프닝은 마트 다녀온 엄마로부터 전해 들었다.

휴대폰이 없음으로 해서 소식 전하는 일이 얼마나 어려운 것인지 실감하는 순간이었다. 현대에서도 이 정도인데 조선 같은 과거에서는 어떻게 만나고 사랑하고 그랬을까.

물레방앗간이 있어서 가능했나.

"쟤들은 춥지도 않나. 젊어서 저런가. 나는 뼈가 시린데 쟤들은 팔팔하네."

공원 모래밭에서 노는 젊은(?) 아이들은 기껏 열두세 살쯤으로 보이는 초등학생들이었다. 그런데 애은이 황혼의 할머니처럼 어깨를 구부정하게 움츠리며 넋두리했다.

"너도 너다. 동네 공원에서 보자니. 이 추운 날에."

"그냥 막힌 공간이 갑갑해서."

겨울 공기는 개운하다. 살갗을 얼얼하게 만드는 찬기는 따뜻한 온기로 느물거리는 몸을 긴장하도록 만든다. 입속으로 넘어오는 찬바람도 쾌적한 맛이 난다.

"여행은? 하와이 간다며?"

약혼 기념 여행으로 하와이를 다녀온다고 했던 애은이었다. 추운 게 싫어서 더운 나라에 간다고 했었다. 애은은 나와 반대다. 난 더운 것보다는 추운 게 낫다. 여름보다는 겨울이 좋다.

"취소했어."

"왜?"

"파혼했거든."

애은이 심드렁히 중얼거렸다.

심각하지 않은 눈치인 걸 보니 장난이다. 며칠 전 약혼한 예비 신부 입에서 나오는 농담치곤 강도가 황당할 정도로 세지만. 구 년 만이긴 하나 애은의 수법은 그다지 발전하지 않았다. 난 속지 않았다.

"축하해."

"나쁜 년."

파혼 축하 인사를 건네는 친구가 얄밉다는 듯 애은이 째려봤다. 오만하게 턱을 꼿꼿이 드니 그녀가 손끝으로 툭 쳤다. 알싸하니 아팠다.

"야."

"춥다. 난 추운 거 정말 싫어. 이동하자."

제 팔을 꽁꽁 묶으며 애은이 일어났다.

나는 종종걸음으로 공원을 나서는 그녀를 느긋이 따라갔다. 춥고 걷기 싫은 애은을 위해 공원 입구 맞은편에 위치한 카페로 들어갔다. 나는 아이스커피. 애은은 생과일주스.

"이 한겨울에 아이스커피가 뭐니. 보기만 해도 이 시려."

"뜨거운 거 싫어."

"네 몸에 열이 굉장히 많이 쌓인 모양이다. 그런 열은 수시로 분출해 줘야 하는데."

애은이 오묘하게 입술을 말았다. 능글거리는 안광의 번뜩임이 무엇을 연상하는지는 뻔했다. 순수한 내 입에 담고 싶지도 않았다.

나는 물기가 맺힌 잔을 들었다. 클래식 선율과 엉킨 발라드 리듬이 쌉싸래한 커피 향을 중화시켰다. 입속에서 감도는 진한 쓴

맛을 목구멍으로 밀어 넣었다.

"너야말로 웬 생과일주스?"

애은의 생과일주스는 연분홍색이었다. 딸기와 바나나가 섞인 주스의 색이 고왔다. 인디핑크의 귀여운 색이 애은의 크림색 니트원피스와 잘 어울렸다.

"난 완전 소중한 몸이거든."

"누가 그래?"

"명세가."

얼토당토않은 닭살에 턱 빠진 사람처럼 커피를 줄줄 흘릴 뻔했다. 오글거리는 자랑을 해놓고는 애은이 뻗대듯 으쓱거렸다.

예전의 애은은 이런 캐릭터가 절대 아니었다. 괄괄한 편이었고 애교는 눈 씻고 찾아봐도 없었다. 그런 친구가 양손 모으며 헤죽거렸다. 적응이 안 되어 실눈으로 쳐다봤다. 실눈으로 봐도 느끼했다.

"파혼했다며."

"진심으로 축하한 거니, 너는?"

"응."

"여전히 나쁜 년."

샐그러지게 쏘는 애은에게 나는 짐짓 얄미운 미소를 날렸다. 기막히다는 듯 코웃음 친 그녀가 핸드백에서 수첩을 꺼내어 건네었다. 표지에 불룩한 배의 임산부가 그려진 산모수첩이었다. 산모수첩 이름표에는 이애은 산모님, 이라고 적혀 있었다.

"아……."

"안 놀래?"

뜨뜻미지근한 반응에 애은이 되레 실망했다.

내가 어머나, 혹은 웬일이니 등의 자지러진 탄성을 질렀어야 흡족했을 애은이었다. 난 약 올리듯 빙그레 웃었다.

"여행 취소했다고 할 때부터 눈치챘었어."

"하여간 밉상."

나의 축하해 소리가 임신을 축하한다는 소리임을 애은이 때늦게 간파했다. 그녀가 얄궂은 내게 이죽거리며 주스를 빨대로 쪽쪽 빨았다. 그러면서 맥주 마시고 싶다, 라고 투정부렸다. 맥주 마니아지만 주스를 마시는 그녀. 아기를 품은 그녀의 발그스름한 볼이 어여뻤다.

"언제 알았어?"

"약혼식 다음 날. 의사 샘이 내가 자궁이 약한 편이래. 초기에는 조심하라고."

"너 약혼식 날 격렬히 흔들었잖아."

"내 말이. 그래서 명세가 극도로 예민하게 굴어서 여행 취소한 거야. 비행기 타는 게 어때서? 비행기가 날아가지 내가 날아가나?"

"조심해서 나쁠 건 없어. 여행은 나중에 가도 되잖아. 명세는 좋아해?"

"상상외로."

애은이 눈썹을 실룩이며 웃었다.

되게 좋아하나 보다. 흐뭇하게 끄덕이고 얼음이 녹아가는 아이스커피와 눈을 맞췄다. 나는 왜 그녀의 임신과 나의 경우를 대입하는 걸까. 내 처지와 상이한 그녀가 부러운가. 이런 부러움은 왜일까. 도망치는 건 나면서.

"결혼식은? 서둘러야겠네?"

"응. 배 나오기 전에 해야 되니까 다음 달쯤. 약혼식은 거창하게 했으니까 웨딩은 스몰로 하려고."

"그래."

기분 좋은 소식이라 나는 환하게 끄덕거렸다. 그러면서 덧붙였다.

"네가 결혼을 하고 아기 엄마가 된다니……. 되게 신기해."

"맞아. 나도 신기해."

애은이 맞장구쳤다.

"우리 엄청 까불었던 거 기억나? 나야 태생적으로 선머슴이라 쳐도 너도 이미지 안 맞게 되게 나부댔어. 남자애들이 네 실체 알고 나면 깬다 했잖아."

"많이 깼지, 내가."

나는 순순히 인정했다.

애은과 나는 팀이었다. 애은은 남자애들도 함부로 건들지 못할 정도로 억척스럽게 짓궂었다. 그녀와 죽이 잘 맞는 나는 열렬히 호응하며 함께했다. 교복 치마 밑에 체육복 바지는 기본 장착

이었고 학교 담장은 거뜬히 넘나들었다.

한 번은 수업을 땡땡이치고 담장 너머의 떡볶이 집에서 집합한 적 있는데 가는 날이 장날이라고 주임한테 된통 걸렸다. 난 당장 잡혔고 애은은 튀었다. 문제는 애은이 그대로 집으로 퇴근한 거였다.

다음 날 애은은 전교생이 마음껏 관람할 수 있는 하교시간에 맞춰 떡볶이를 들고 운동장을 스무 바퀴 돌았다. 국물 한 방울 흘릴 때마다 한 바퀴씩 늘었다. 떡볶이 국물 안 흘리려고 팔꿈치를 구부린 채 뒤뚱뒤뚱 걷듯 뛰는 애은의 모습은 마치 팔 짧은 티라노사우루스 같았다. 난 진심으로 잡힌 걸 안도했다. 그 다음부터 우린 자수하듯이 바로 투항했다.

"환이 고생 많이 했지."

"인정."

애은과 함께 교무실에 억류된 나를 되찾으러 오는 역할은 늘 환이 했다. 전교 1등인 그가 내 부모님보다 파워가 훨씬 셌다. 난 기회주의자이기에 환을 적절히 이용했다. 더불어 환은 잔소리가 없었다. 엄마라면 등짝 후려 맞을 각오를 해야 했지만 환은 으레 무던히 넘겼다. 뭐든 그러려니, 한 환이다. 사실 그냥 나에게 익숙한 거였다.

"그 선배 기억나? 너한테 첫눈에 반했다고 고백했던 3학년 선배."

"아, 태민 선배."

고등학교에 입학한 지 얼마 안 되었을 때였다. 살랑거리는 봄 향기를 맡으며 교정을 거닐다가 3학년 선배 무리와 부딪쳤다. 며 칠 후 그 무리 중 한 명인 태민 선배가 내게 고백했다. 첫눈에 반 했다며 식당에서 대놓고. 환이 보는 앞에서.

"지환이랑 사귀어?"
"아뇨. 친구인데요."

그때까지는 환과 사귀는 사이는 아니었다. 친구보다 위, 연인 보다 아래 정도의 사이. 그럼에도 우리는 우리가 좋은 사이.

"나랑 사귀자."
"그래도 저는 환이 좋아해요."

난 단박에 거절했다.

숟가락질을 잠시 멈추었던 환이 다시 밥을 먹기 시작했다. 여 느 때처럼 평온하고 느긋하게.

태민 선배는 대차게 거절을 당했음에도 꾸준히 구애했다. 꽃 미남 미모로 인기도 많았고 끈기도 있었다. 심히 아까운 인재였 다.

대망의 날은 몇 주 후였다.

애은이 어디선가 애니메이션 영화 '센과 치히로의 행방불명'에서 나왔던 캐릭터 '가오나시' 가면을 구해왔고, 교복 재킷까지 거꾸로 입고서 어슬렁어슬렁 다녔다. 주변 친구들이 박장대소한 반면 명세는 꺼지라고 욕했고 환은 외면했다.

나는 또 그게 왜 그렇게 재미있어 보였는지.

채신머리없이 애은의 가면을 뺏어 쓰고서 환에게 달려들었다. 환이 질색했다. 깔깔거리며 뱅글뱅글 돌다가 가면을 벗는데 충격받은 낯빛의 태민 선배가 코앞에 있었다. 혈색 없이 창백해진 그가 못내 딱하다는 표정으로 환의 어깨를 두들기고 갔다.

며칠 후 태민 선배의 입을 통해 나온 나에 대한 평가가 '깬다'였다는 후문이 돌았다. 그래도 나는 굴하지 않았다. 날 나대로 받아주는 환이 있었기에.

"그때 대박 웃겼는데. 여자 신입생 중에서 으뜸으로 주목받던 네 실체가 만천하에 밝혀졌었지."

그 어느 날의 기억보다 즐거웠던 추억이었다. 나는 동조하며 쿡쿡 눈웃음쳤다. 같이 킬킬거리던 애은이 별안간 새삼스럽다는 듯 빤히 보았다.

"그렇게 웃으니까 여전히 예쁘다, 너는."

애은의 안광에 안쓰러움이 스며들었다. 그녀의 눈 속에서 어른거리는 나는 스물아홉 제이가 아니라 열아홉 제이였다.

"제이야."

애은이 씁쓸해지는 눈빛을 아래로 깔았다. 차마 나를 볼 수 없다는 듯.

"네가 네 삶을 버릴 정도로 칩거할 때……."

나는 눈웃음을 거뒀다. 쓰디쓴 추억이 즐거운 추억을 덮었다.

"친구들이 유난이라고 말이 많았어. 우리 모두 힘든 건 마찬가지 아니냐고. 다들 이겨냈는데 너는 불쌍한 척하고 싶은 거라고."

안다. 그랬다.

"그런데 아니잖아. 사람마다 받아들이는 강도는 다른 거니까. 작은 일이라도 견디기 힘들 때가 있는 반면 큰일에 오히려 의연해지기도 하고. 그걸 알면서도 당시에는 나도 솔직히 이해 못했어."

답을 바라듯 그녀가 나를 진득하게 보았다. 침묵하고 싶었지만 입을 열었다. 애은의 고뇌를 어느 정도는 덜어주고 싶었다.

"그때의 나는……."

나중에 아주 나중에 내가 나에게 주었던 스스로의 변명을 처음으로 입 밖으로 낸다.

"내성이 없었던 것 같아. 어려서부터 세상이 하도 재미있고 좋아서 그런 일을 감당할 정도의 내성이 내 안에 생기지 않았던 것 같아. 그래서 이겨내지 못했던 것 같아."

지금은 나는 내성이 생겼을까.

"네 말이 맞는 것 같다. 내성이 없어서……."

애은이 끄덕였다. 하아, 그녀의 잇새에서 쓰디쓴 한숨이 나왔다.

"정말 너는 예쁘고 밝고 그랬어. 어떤 일이든 긍정적이라 상처도 입지 않았고. 그래서 나는 네가 잘 버틸 줄 알았거든. 밝은 너는, 씩씩한 너는 당연히 이겨낼 거다, 괜찮을 거다, 라고."

착한 애은의 눈이 말하고 있었다.

"이제와 되씹어보면 잘못되어도 한참 잘못된 거야. 당연히, 라는 건 없는 거고…… 너는, 이라는 예외를 둬서도 안 되는 건데……."

내게 미안하다고.

"너도, 라고 생각했어야 했는데…… 내가 힘들었으면 너도 힘들었을 텐데. 아니, 훨씬 더 힘들었을 텐데……."

그녀가 연이어 자책했다.

"나는 왜 이렇게 뿌리 깊게 나밖에 모를까?"

"우린 다 그래."

그녀가 미안해할 일은 없다. 친구들의 말처럼 우린 그냥 다 그때 힘들었다.

"나를 나보다 사랑하는 사람은 없으니까."

"맞아."

대수롭지 않다는 듯 넘기는 나의 대답을 애은이 수긍했다. 하지만 3초 만에 도리질하며 정정했다.

"아니다. 너의 경우는 달라."

내 경우는 왜 다를까. 영문을 알 수 없어 나는 눈썹을 올렸다.

"나는 왜?"

"환이."

애은이 확언했다.

"환은 자신보다 널 더 사랑하잖아."

추호의 의심 없는 부연이었지만 난 부정하지 않았다. 자만은 아니었다. 욕심 많은 내면이 그녀의 말이 실제이길 바랐기 때문이었다.

"그러고 보니, 환과는?"

왜 항상 애은의 화제는 나와 환과의 관계인지.

이번엔 침묵했다.

환과는 일요일 이후 마주치지 않았다. 고의적으로 피하는 내 앞에 환은 억지로 나타나지 않았다. 일이 바쁜지 귀가도 늦었다. 신경 안 쓴다면서 그의 귀가 시간은 체크하는 모순덩어리인 나였다. 이러니까 하루라도 빨리 독립(?)해야 한다.

"둘은 아직도 그래?"

알 만하다는 듯 애은이 쯧쯧 혀를 찼다.

"그러니까 내가…… 아니다. 이미 갔다고 했지."

그녀가 잔소리하려다 관뒀다. 대신 뚝뚝하게 모른 체하는 나를 못마땅한 눈초리로 쏘았다.

"예전에는 네가 더 적극적이었던 알지? 우리가 있든 없든 대놓고 애정 표현하고 엉겨 붙고."

이마저 인정하다. 내가 다 그랬다.

휴게 정원에서의 첫 키스도 환이 한 거나 마찬가지지만 입술붙이기로 불 지핀 건 나였다. 먼저 사귀자고 한 것도 나다. 주위에서 하도 사귀는 거 맞느냐고 해대서 차라리 정식으로 사귀자 했다.

"환을 네가 완전 독점했지."

"당연한 거 아냐. 환은 내 거였으니까."

사귀자는 말에 환은 1초의 주저도 없이 단답형으로 답했다. 응, 이라고 시원시원하게. 그런 환이 나는 미치도록 좋았다. 환도 내게 그랬다. 죽도록 좋다고.

"허참."

근거 없는 자신감에 애은이 콧방귀 뀌었다. 그러더니 단도직입적으로 물었다.

"현재는 네 거 아니야?"

내 거야.

라고 대답하기도.

내 거 아니지.

라고 대답하기도 애매하다.

우리의 애정 라인은 지금 어느 지점일까. 가는 중일까. 끝나는 중일까. 다시 시작하는 중일까. 혼란스럽다.

"너 환과 이렇게 모호하게 있다가 모호하게 파리로 돌아갈래? 삼 주 방학이라며? 파리 돌아가려면 며칠 안 남았잖아."

애은이 정곡을 찔렀다.

"아……."

나는 새삼 날짜를 되짚었다. 그사이 이 주가 지났다. 귀국한

지 오늘까지 세면 딱 보름이다. 짧다면 짧을 수 있는 15일인데 많은 일들이 있었다. 아빠의 존엄사가 있었고 애은과 명세가 새로운 미래를 약속했다. 환과는⋯⋯.

"파리로 언제 가는데?"

"글쎄."

"비행기 예약 안 했어?"

"응. 괜히 바빠서."

"며칠 후면 방학 끝나는데 서둘러야 하지 않아? 아니면 좀 더 있을 수 있어?"

안 갈지도 몰라.

애은의 의문을 나는 어정쩡한 미소로 때웠다.

날짜 흘러가는 걸 세거나 의식하지 않은 건 파리로 돌아가는 것에 대해 80퍼센트가량 단념했기 때문이었다. 사실 대략 80퍼센트지 거의 100퍼센트에 가까웠다. 여건도 안 되는데 욕심 부릴 수 없다.

"환과는 나도 모르겠다. 네 인생이 걸린 일이니 네가 알아서 해라. 네가 내 말 듣는 애도 아니고. 너희는 너희 말만 듣잖아. 질리지도 않은가 봐."

애은이 고개를 절레절레 저으며 포기했다.

"아무튼 너 가면 서운해서 어떡하니. 참! 너 나하고 연락 끊지 마. 또 끊기만 해봐, 뒈질 줄 알아!"

"태교하세요, 어머님."

"네. 아무렴요."

엄숙하게 읊조리니, 애은이 고분고분 주억거렸다. 그녀가 냉큼 다리를 모으며 생과일주스를 조신하게 마셨다.

그녀와 나는 우아한 사모님들처럼 손바닥으로 입을 가리고 호호호 웃었다. 킥킥거린 애은이 휴대폰을 챙기며 일어났다.

"화장실 다녀올게. 임신해서 이런가. 화장실을 너무 자주 가. 불편해 죽겠어."

앓는 소리와 함께 애은이 화장실로 갔다. 나는 카페를 채운 음악에 집중하려 애쓰며 유리창 너머로 눈길을 돌렸다.

거리는 쌀쌀한 기온 탓에 한가로웠다. 놀던 아이들도 귀가했는지 건너편 공원도 조용했다. 푸름을 잃은 하늘빛은 흐지부지하게 퇴색되고 있었다. 또 눈이나 비가 올 듯했다. 올해는 걸핏하면 눈이 내리는 것 같다. 색색별의 세상을 온통 흰색으로 물들이고 싶은 듯.

"각자 가."

"같이 가. 산모님, 배고프시다."

카페에서 나온 애은은 나를 무작정 상가들이 밀집한 먹자골목으로 이끌었다. 극구 사절하는 내게 임산부 버프를 이용하면서 어차피 저녁밥 먹어야 되지 않느냐, 이 나이에 이 시간에 귀가해서 엄마한테 밥 챙겨 달라고 하면 욕 처먹는다, 라고 성화였다. 청산유수 같은 언변술에 진 나는 마지못해 애은을 따랐다.

"여기 분위기 좋지?"

밥 먹자 하더니 애은이 들어간 곳은 식당이 아니었다. 술과 안주거리를 파는 레스토랑 형식의 술집이었다. 임산부가 배고프다면서 온 장소가 술집이다. 술이 얼마나 고프면 대리만족이라도 하려고 여길 왔나, 싶은 찰나.

"자기야!"

느닷없이 구석자리에서 낯익은 남자가 양손을 번쩍 들었다. 나의 걸음이 정지했다. 과장되게 양손을 흔들어대는 남자는 명세였다. 내 눈이 향한 곳은 헤벌쭉거리는 명세가 아니었다. 명세와 마주 보고 앉아 있는 남자.

환이었다.

환은 명세와 가끔 맥주를 한잔한다고 했다. 나는 그 현장을 오늘 목격했다. 환도 몰랐던 눈치였다. 우리는 우리도 모르는 사이 술자리에 동석하게 되었다. 예비부부 사기단의 의도적인 계략으로.

"자기야!"

애은이 손가락으로 닭살 하트를 만들며 명세의 테이블로 이동했다. 그녀는 혼자 가지 않았다. 본드 붙인 것처럼 발바닥이 끈덕거리는 나를 질질 끌고 갔다.

"어머나. 자기 여기 왜 있어? 자기 여기 있는지 나는 꿈에도 몰랐네?"

이게.

유들유들하게 로봇 연기하는 애은을 흘겼다. 임산부만 아니면 저 앙큼한 목덜미를 움켜쥐고 흔들고 싶다. 환이 보고 있고, 애 아빠도 있어서 실행에 옮길 수 없는 게 심히 원통하다.

"제이, 안녕."

"어. 축하해."

"들었어?"

축하 인사를 받은 명세의 뺨이 발긋해졌다. 어울리지 않게 부끄러움 타는 명세였다. 애은이 머뭇대는 나를 환의 옆자리로 밀어 앉혔다. 그러곤 본인은 자신의 약혼자에게 찰떡처럼 붙었다.

내심 벗어나고 싶었지만 난 인내했다. 쓸데없이 환에게 모멸감을 심어줄 수 있기에. 그는 나에게 그런 대우를 받아서는 안 되었다.

문제는 나였다.

간격이 있음에도 오른쪽 얼굴부터 엉덩이라인까지 마비된 듯 경직되었다. 입안에 고이는 침도 삼키지 못했다. 행여 그에게 들릴까 봐.

"배고프지, 자기야. 뭐 먹을래?"

"나는 자기가 시켜주는 건 뭐든 좋아."

"일단은 메뉴판 순서대로 쭉 시킬까? 2인분이니까 많이 먹어야 하잖아. 잘 먹어야 우리 아기가 건강하게 크지."

앞쪽에서 코맹맹이 소리들이 모기처럼 앵앵거렸다. 만나면 주야장천 싸우던 인간들이 환골탈태한 듯 닭살을 떠니 속이 메슥거렸다. 환은 익숙한 듯 묵묵히 맥주를 마셨다.

"우리 아기는 아직 좁쌀이라 먹는 데 의의 없을걸?"

"먹다 보면 완두콩 되겠지."

"그만하지. 더 하면 태교에 지장 있을 수 있다."

나는 더는 참지 못했다. 물컵을 쥔 손을 바들거리며 어금니를
갈았다.

엿같이 붙어 있던 인간들이 그제야 떨어져서 바른 자세를 취
했다. 명세가 얌전히 벨을 눌렀고, 애은은 조신하게 메뉴를 골랐
다.

환의 입술 끝자락이 슬쩍 올라가는 게 느껴졌다. 나의 감각은
이 순간마저도 환을 세세하게 의식한다.

애은과 명세의 단골이라는 레스토랑 겸 술집의 요리는 비주얼
과 맛, 양 등 무엇 하나 빠지지 않고 흡족했다. 그러나 나는 별로
맛보지 못했다. 겨우 두어 젓가락 했는데 산실되듯 삽시간에 요
리 접시가 비워졌다. 원래 대식가였던 애은은 좁쌀만 하다는 아
기를 핑계 삼아 쉴 새 없이 요리를 해치웠다. 본인만 맥주를 못
마시는 현실에 대한 한풀이처럼 보이기도 했다.

"결혼식은 올 수 있어?"

"제이는 못 오지. 다음 주면 출국하는데 다음 달인 결혼식에
어떻게 와. 제이한테 부담 주지 마."

우리 넷은 시시콜콜한 살아온 얘기, 주변 사람들 얘기, 직장

얘기 등은 하지 않았다. 어제도 보고 그제도 본 사람들처럼 자연스럽게 일상을 나눴다. 이래서 우리는 우리의 넷이 편했다. 한결같이 편하던 넷이었다.

"갈 수 있어. 무조건 가야 하고."

"정말? 무리 아니야?"

"아니야."

시원스러운 나의 대답에 애은이 박수치며 좋아했다. 환의 진득한 눈동자가 내게 왔다. 내 속내를 읽은 양 까만 동공의 음영이 짙었다. 그러나 잠자코 있었다.

"나는 우리가 먼저 결혼하는 거 이상해. 당연지사 너희 둘이 먼저 할 줄 알았는데. 성진이랑 내기도 했었는데. 결국 무의미해졌지만……."

명세가 환과 나를 번갈아 보며 말했다. 꼬치 살코기를 뜯던 애은이 동공을 부라렸다.

"내기라니? 어떤 내기?"

"성진이 녀석이 둘은 스무 살에 사고 쳐서 결혼할 거라고 장담하잖아. 너무 확신해서 내기 걸었었지. 오십 만원 빵."

"스무 살에 사고 쳐서?"

애은이 깔깔 웃음을 터뜨렸다. 환과 나의 눈매는 동시에 가늘어졌다. 욕처럼 들리는 건 지레 찔려서일까.

"자긴 뭐에 걸었는데?"

"스물한 살에 사고 쳐서 결혼한다에."

애은의 웃음소리가 쩌렁쩌렁 울렸다. 뒤 테이블 사람들이 넘겨다봤지만 목젖이 보이도록 웃어젖혔다. 우리에게 한방 먹인 기분인지 으스대며 명세가 애은에게 손바닥을 내보였다. 애은이 하이파이브를 했다.

나는 딱히 부정할 말이 없었다. 옆의 환을 힐끗 봤다. 환의 눈도 내게 왔다. 그도 나와 비슷한 심정인 듯했다. 눈이 마주치자마자 피식, 우리는 같이 웃었다. 어처구니없어서. 인정의 웃음이기도 했다. 우린 틈만 나면 붙어서 끈적거렸기에.

"스무 살도, 스물한 살도 지났으니 서른 살, 서른한 살을 목표로 하며!"

우리의 반응이 유하자, 명세가 맥주를 높이 들며 엉뚱한 건배사를 읊었다. 그러더니,

"두고 봐라. 내 말이 성지순례가 될 거다!"

라고 호언장담했다.

"시끄러."

"닥쳐."

환과 나는 함께 으르댔다.

위협적인 압박을 받은 명세가 상처받았다는 듯 아랫입술을 삐죽거렸고 애은이 그의 엉덩이를 토닥이며 위로했다. 꼴값이라고 이죽거리며 난 맥주를 들었다. 환도 맥주잔을 들었다.

오른손잡이인 나와 왼손잡이인 그의 팔이 스쳤다. 맨살도 아닌 옷감이 스친 건데 낯선 듯 익숙한 느낌에 나도 모르게 움찔했

다. 저절로 척추를 반듯이 세우며 팔꿈치를 옆구리에다 붙였다. 옆구리도 긴장했다.

처음도 아니면서 처음처럼.

당황한 나와 달리 환의 입매는 가뿐히 늘어났다. 그의 팔뚝은 여유롭게 접힌 그대로였다. 공연히 억울했다. 나는 심술궂게 눈동자를 부릅뜨고 맥주를 벌컥거렸다.

불현듯 뇌리에,

"새 사람 만나는 것 같은 설렘도 들고. 신선한 설렘이라고 하나. 막 간질간질한 느낌."

약혼식장에서 애은이 했던 말이 떠올랐다.

뇌에 집게발이 생긴 모양이다. 수시로 그런 말들만 콕콕 끄집어내는 걸 보면.

내심 잘근거리면서도 심장이 진짜 간질간질했다. 옆자리에서 풍겨오는 남자의 은은한 체향이 하릴없이 또렷했기에. 한편으로는 마음이 평온했다. 사람들 틈 속에 있을 때면 심리를 불안하게 만들던 공기의 저항이 일절 없었다. 오랜만에 느끼는 평화였다.

이후 시간은 편했다.

넷이 한창 몰려다니던 시절처럼 즐거웠다. 불편한 상념도 힘겨운 시름도 없이 해맑게 투덕거리며 해사하게 웃었다. 알게 모르게 아지랑이 같은 소소한 긴장감은 환과 나 사이에서 지속적으로 꿈틀대고 있었으나 우리는 자연스러운 척했다.

"너희는 어디 갈 거야?"

술집에서 나온 우리 넷은 동성끼리 짝을 지어 걸었다. 나와 애은이 앞서가고 명세와 환이 뒤따랐다. 남자들은 남자들끼리의 대화를 이어갔다. 명세는 구두 명인의 손자로 가업을 잇기 위해 전문 경영인 과정을 밟고 있었는데 그 부분에 대한 고민이 많은 듯했다. 먼저 발을 들인 환의 조언을 구했다.

"어딜 가다니. 집에 가야지."

그래서 우리 여자들은 따로 속 편한 얘기를 할 수 있었다. 안 들어도 될 애은 커플의 은밀한 목적지도 듣게 되고.

"우린 호텔 갈 건데."

"너 의사가 조심하라고 했다며."

"조심할 거야. 그냥 잘 거야. 꼭 끌어안고만."

몰라도 될 애은 커플의 밤도 알게 되고. 푼수처럼 스스럼없는 애은이라 내버려 두었다. 잔소리하면 더할 그녀이므로 인내만이 옳은 대처였다.

"너는?"

"나는 왜 물어? 집에 간다니까?"

"에이."

애은이 눈매를 가늘게 줄이며 팔꿈치로 쳤다. 불시의 가격에 쌜쭉하게 흘기니, 그녀가 엉큼한 요물처럼 속닥였다.

"원래 한 번이 어렵지 두 번 세 번은 또 쉽다, 그게."

"닥쳐라."

한 번은 어렵고 두 번 세 번은 쉬운 그게 뭔지 바로 알아듣는 나도 좀 그렇다. 아무튼 이것의 머릿속에는 대체 뭐가 들은 건지. 뱃속에는 좁쌀이 들었다만. 아! 그래서 좁쌀이 생긴 거구나. 좁쌀이 생긴 진리를 해득하며 난 너른 마음으로 용인했다.

"너희는 역시 같이 있어야 되겠더라."

돌연 애은이 혼잣말처럼 중얼거렸다.

"응?"

"둘이 나란히 있는 걸 보면서 나 뼈저리게 느꼈잖아. 너희 둘은 같이 있어야 제일 빛난다는걸. 시너지 효과처럼."

그녀의 말에 쿡 웃음이 났다. 좋아서 웃음이 나는 것과는 다른 쓸쓸함이 담긴 웃음이.

"왜? 유치해?"

의미를 간파 못한 애은이 킥 웃었다.

"비슷한 말을 며칠 전에도 들어서."

그때도 제일, 이라고 했다. 제일은 여럿 중에서 첫째라는 뜻을 가지고 있다. 첫째는 가장 먼저라는 뜻이니 앞에 아무것도 없다. 무조건 먼저라는 거다.

"기분이 묘해."

"뭐가?"

"주변 사람들이 우리를 자꾸 엮어주려는 거 같아. 억지로라도 분위기를 만들고. 어른들도 그렇고 너희도 그렇고. 왜 그러는지 잘 모르겠어."

"너는 괜한 참견이라고 생각할지도 모르지만, 다들 비슷한 마음이라서 그래."

얼핏 애은의 눈자위가 쓸쓸해졌다. 나는 그녀의 눈 밑에 드리워진 그늘을 말없이 들여다보았다.

"네가 환을 구제해 주길 바라는 마음."

일순 심장이 따끔했다.

"너밖에 구제해 줄 수 없으니까. 아무도 접근 못 하는 굴속에 사는 환을."

아무도 접근 못 하는 굴속. 그랬나, 환이?

"너 그거 모르지?"

애은이 안쓰러운 눈초리를 뒤로 잠시 넘겼다. 그녀의 시선 끝 지점에는 환이 있었다. 열변을 토하는 명세의 말을 들으며 여릿한 미소를 머금은 환이.

"환이 오늘 참 많이 웃었다."

찔린 듯 속눈썹도 파드득 떨었다.

"환이 그동안 거의 안 웃었거든. 명세가 헛소리 잘하잖아. 그래도 안 웃었어. 말도 잘 안 했어. 매번 듣고만 있는 편이었지. 속이 텅 빈 사람처럼."

속눈썹을 떨게 만든 전율이 가슴골로 내려갔다. 싸하게 내려가는 전율의 통증을 참을 수 없었다.

"그런 환이 웃어. 웃더라. 말도 잘하고 웃기도 잘하고. 환이 저렇게 웃는 거 구 년 만이야."

환이 그동안 어떤 모습이었을지 머릿속에서 선명히 그려졌다. 겉으로는 아무렇지도 않은 듯 본연의 삶을 살았지만 마음은 텅텅 비어서 시간이 이끄는 대로 흘러간. 사니까 사는 것뿐. 우리는 따로 똑같이 살았던 모양이다.

"너 때문이야."

우뚝, 발길이 멈추었다.

"네가 있어서."

더는 나아가지 못했다. 눈시울이 시큰한 건 전율 때문일까. 심장에서 일어나는 울림 때문일까.

"제이야."

애은도 걸음을 멈추었다.

"너도 그러지?"

나의 동요를 읽은 그녀가 애잔하게 마주 보았다. 들키고 싶지 않은 마음을 들켰다.

아닌 척해도 나도 모르게 눈길이 가고 나도 모르게 입술이 웃고 나도 모르게 설레고 떨리고…… 나도 그랬다.

"자기야, 우리는 건너야 하는데?"

남자들과의 간격이 줄었다. 명세가 자연스럽게 애은의 코트 목깃을 여몄다. 뜻밖의 자상함이었다. 속내를 감추기 위해 난 과장되게 놀라는 척했다. 애은도 '이 정도쯤이야' 하듯 어깨를 으쓱하며 호응했다.

"제이 파리 가기 전에 우리 꼭 한 번 더 모이자. 응? 꼭."

"최명세, 임산부 보필 잘해라."

"명심하겠습니다!"

"야, 말 돌리지 말고 너 우리 꼭 보고 가는 거로 약속해. 약속."

애은이 기어이 나의 새끼손가락을 걸고 약속을 받아냈다. 그런 후에도 아쉬운지 횡단보도를 건너면서 연신 손을 흔들었다. 그녀에게 어서 가라고 손날을 휘적거렸다.

"둘은 다른 약속 있나 봐."

길 건너자마자 택시를 잡아타는 두 사람을 주시하는 환에게 난 괜히 오지랖 가득한 구실을 대었다. 그들의 활발한 성생활을 의리로 지켜주려고.

"맥주 마신 건 괜찮아?"

"응. 조금 마신걸."

환이 느긋이 옆으로 왔다. 무난히 대답을 하면서도 내면은 또다시 긴장감에 휩싸였다. 온몸의 감각이 그에게 쏠렸다. 내가 느리게 걸어서인지 그도 맞춰서 걸어주고 있었다. 내가 한 발, 그도 한 발.

퇴근하고 왔을 환은 깔끔한 슈트 차림이었다. 슈트 차림의 그와는 처음인 것 같다. 긴 길을 같이 걷는 게. 교복 입은 우리가 매일 다녔던 길을.

익숙한 듯 낯선 그와 나란히 걷고 있자니 생소한 느낌이 살아났다. 또다시 묘한 기분이 아지랑이처럼 스멀스멀 자라났다. 스치듯 스치지 않는 그와 내 팔의 틈 사이로.

"너는?"

"나도."

환이 피식 웃었다.

시각이 어렴풋이 그의 입매에 감도는 미소를 감지했고, 청각이 웃음소리를 각인했다. 난 보도블록에 깔린 노란 선을 좇았다. 부러 노란 선의 길을 추적했다. 그에게 쏠려 있는 뇌에다 다른 일거리를 만들어줘야 했다.

"춥지 않아?"

"응."

시각장애인을 위한 길이 뜨문뜨문 나 있었다. 그마저도 골목길에 접어들면서는 완전히 사라졌다. 좌우 어디에도 다른 길로 연결되는 노란 선은 없었다. 유일하게 의지하던 노란 빛이 갑자기 사라지면 얼마나 당황스러울까. 캄캄한 시야가 더더욱 암담해질 것 같다. 무책임한 배려다.

나도 마찬가지 아닐까.

나와 이렇듯 나란히 보폭 맞춰주는 남자에게 무책임한 배려를 하고 있지 않은가. 구 년을 굴 속에서 살았다는 이 남자를 구제하지 못할 거면 차라리 냉정히…….

"파리에는 안 갈 생각이야?"

불쑥 씁쓸한 상념이 깨졌다. 나직한 질문이 귓속으로 명료하게 파고들었다. 냉정은 무슨. 낮은 말소리인데도 신경을 곤두세우면서.

"응."

"왜?"

"사람이 형편대로 살아야지."

"네 형편이 어때서?"

무던히 말하자 그도 무던히 물었다.

어느덧 대문에 다다랐다. 대문 앞에 서서 난 짐짓 태연하게 입을 열었다. 날카로운 투가 되지 않으려 부단히 애썼다.

"어쨌든 더는 너한테 신세 안 질래."

"신세?"

"응."

신세라는 단어가 마땅찮은지 그의 미간이 살짝 좁혀졌다. 천천히 깊은 숨을 가라앉힌 그가 입을 열었다.

"이제 3학기 남았잖아. 졸업하는 게 나을 텐데? 현실적이든 실리적이든. 나중에 어머니를 책임지기 위해서라도 졸업하는 게 나아."

일리 있는 조언이었다.

사회적으로 졸업과 중퇴의 차이는 명확하기에 3학기 남아 있는 상태인 지금은 무리해서라도 졸업하는 게 현명하다. 엄마를 책임지는 방법 중 하나는 취업이다. 그러므로 취업도 졸업 후가 훨씬 수월할 거다.

하지만 나라는 존재가 환에게 짐이나 부담인 건 원치 않았다. 그는 부담도 짐도 아니라고 하겠지만.

"갚아."

"응?"

"부담이라면 갚으라고. 졸업하고 취업한 후에 차근차근."

독심술이라도 쓴 양 그가 제안했다.

나는 진짜 단순한 인간인 게, 귀가 솔깃했다. 갚는다는 건 빌리는 거니까. 받는다는 개념과는 확연히 다르다. 갚으면 된다. 갚으면 끝, 이다.

"무이자로?"

얼떨결에 물었다.

진중하게 내려다보던 그가 헛웃음을 흘렸다. 본인인 나도 내가 좀 어이없긴 했다. 취소하려고 입을 벙긋하는데,

"무이자는 어렵지."

환이 정색했다.

"어려워? 이자를 얼마나 받아먹으려고?"

치사하게 나한테 이자를! 반사적으로 발끈하는 나의 반응에 환이 천연덕스럽게 눈썹을 올렸다.

"월 5 정도?"

월 5면 연 60퍼센트?

"야, 사채보다 더 심하잖아! 이 날강도야!"

성질이 확 올라왔다. 나는 부들거리며 강력히 항의했다. 일순 환의 잇새에서 호탕한 웃음소리가 터졌다. 적막한 골목의 평화를 그의 웃음소리가 시원하게 깨뜨렸다.

나는 멈칫했다.

초승달처럼 휜 눈동자가 내려왔다. 환이 손을 들었다. 얄궂은 눈동자를 찡그리며 내 정수리를 꾹꾹 눌렀다. 그의 얼굴에 활짝 핀 웃음기는 사라지지 않았다.

"환이 웃어."

"너 때문이야."

"네가 있어서."

그는 웃는데 나는 왈칵했다.

환은 원래 이렇게 웃던 남자였다. 누구보다 멋진 웃음소리를 갖고 있으며 누구보다 근사한 미소를 그렸다. 그런 환이 지난 구년 동안 웃음을 잃고 살았다고 한다. 나로 인해.

달궈진 눈동자에 힘주며 후다닥 몸을 돌렸다. 성질나서 화끈하게 달아올랐던 얼굴이 다른 의미로 화끈거렸다.

"삐졌어?"

환이 얼른 따라왔다.

그에게 잡히지 않으려고 서둘러 대문을 열고 계단을 투덕투덕 올라갔다.

"장난이야. 당연히 무이자지."

얄궂게 굴었던 게 거짓말처럼 환은 금세 저자세가 되어준다. 내가 삐진 줄 알고 달콤한 어투로 살살 달랜다.

"제이야."

정원을 가로지르는 나의 팔목을 그가 잡았다. 그리고 부드럽게 돌려세웠다. 강압적인 힘이 전혀 없음에도 나는 멈추고 돌아섰다. 아린 눈동자를 들었다.

"너 왜 그래?"

환이 물기 서린 나의 눈동자를 인지했다. 그가 당황했다. 자신의 손바닥으로 내 어깨를 잡고서 허리를 수그렸다. 부러 눈높이를 맞추었다.

"제이야."

터럭만큼도 흔들림 없이 진지한 그를 마주 보았다. 나를 하염없이 걱정해 주는 진심 어린 눈을 들여다보았다.

"……너한테……."

쉰 목소리가 나왔다.

"미안해서."

나는 이제야 너에게 사과한다. 미안한 게 많았음에도 미안한 줄 모르고 살아서 미안했고 미안한 게 많은 걸 알게 되어서도 미안하다 못해서 미안했다.

"미안해."

속절없이 눈물이 흘러내렸다. 북받치는 감정을 부여잡을 수 없었다.

"……미안해, 환아."

환의 손이 왔다. 조심히 매만지듯 그의 엄지가 내 눈가를 적신 눈물을 닦아내었다. 가만가만한 손끝에 방울진 눈물이 뚝 떨어졌다.

"괜찮아."

제 손가락이 젖는 것도 아랑곳없이 그가 그윽하게 나를 보았다. 안쓰러움과 애틋함이 그의 안광에 교차했다. 그의 입술이 다정히 늘어났다.

"나는 괜찮아."

그는 늘 괜찮다고 한다. 내게는 늘.

"무이자라도 큰 손실은 없어."

부드럽게 다독이던 환이 농담했다.

쿡. 울다가 웃으면 안 된다는데 웃음이 났다. 울다 말고 웃어버려 눈물도 쏙 들어갔다. 한껏 멋쩍어 고개를 숙였다.

환이 슈트 안주머니에서 손수건을 꺼내었다. 손수건을 본 후 달라고 손을 드는데 주지 않았다. 직접 내 얼굴에 남은 물기를 닦아주었다. 나는 아기처럼 정성스러운 손길을 받았다. 오직 내게 향한 손길을.

흐트러진 내 머리카락도 단정히 가다듬어 준 후 환이 조심스레 내 손을 잡았다. 나는 뿌리치지 않았다. 그러자 그가 더더욱 굳게 쥐었다. 그리고 별채로 천천히 이끌었다.

"손수건도 갖고 다녀? 신사네."

큰 손에 손을 가득 잡힌 채 걸으며 물었다. 침잠한 공기를 없애려 우스갯소리를 섞어서.

"며칠 전부터 챙기기 시작한 거야."

"왜?"

"……필요할까 싶어서."

걸으며 그가 대답했다.

덤덤한 목소리에는 이유가 담겨 있었다. 네가 자주 울어서 챙긴 거다, 라는.

원래 나는 잘 울지 않는 사람이었는데 요즘은 울보가 된 것 같다. 마음속에 수도꼭지가 생겼는지 잘도 콸콸 나온다. 이런 나를 온전히 알아주고 받아주는 환이다.

"푹 자."

그의 배려를 받으며 별채에 도착했다. 길 잃은 미아 데려다놓듯 환이 먼저 잠금장치도 해제하고 현관 안쪽까지 날 밀어 넣었다. 쭈뼛거리며 현관으로 들어가서 멀뚱히 그를 넘겨다봤다. 기다렸다는 듯 환이 빙그레한 미소를 머금으며 말했다.

"내일 저녁에 맛있는 밥 먹자."

그리고 덧붙였다.

"둘이."

한국에 와서 환과 둘이 밖에서 밥 먹은 적이 없었다. 고작 본채 아줌마가 차려준 아침밥 몇 번이 전부. 그런데 환이 밥을 먹자고 한다. 마치 첫 데이트 신청을 받은 기분이 들었다.

내리깔았던 눈길을 올렸다. 날 올곧이 바라보는 눈길을 피하지 않았다.

"응."

내 대답에 그의 미소가 더욱더 환해졌다. 고대하던 데이트 신청이 성공한 소년처럼. 그 미소에 나는 또 왜 안도가 되는지. 첫 데이트를 꿈꾸는 소녀처럼.

"왔어? 애은이 무슨 급한 일이래?"

잘 자라는 인사를 끝으로 환이 별채를 떠났다. 문 닫히는 소리를 듣고 엄마가 안방에서 나왔다. 애은이 이 방정맞은 주둥이가 급한 일이라고 한 바람에 엄마는 여태 걱정한 모양이었다.

"임신했대."

"아하. 혹시 안 좋은 일인가 싶었는데 축하할 일이네. 결혼식 서둘러야겠네?"

"응. 다음 달쯤."

"그래. 가는 사람이 있으면 오는 사람이 있는 거지. 사람 인생이 그런 거지."

해탈한 사람처럼 엄마가 미소 지었다. 생(生)으로 삶을 시작할 아기의 소식에 사(死)로 삶을 정리한 아빠가 그리워지는 건 어쩔 수 없었다. 어차피 평생 가져갈 그리움이었다. 나는 엄마에게 살뜰한 미소를 보냈다.

아침이 되었다.

오늘따라 기분이 새로웠다. 산뜻한 물에 푹 담갔다가 빼낸 것처럼 머리는 개운했고 불안정함으로 팽팽하던 근육은 이완되어 온몸이 느슨했다. 뻐근하게 조이던 마음은 열린 것처럼 풀어졌고 솜털처럼 전신에 박혀 있던 긴장감도 사라졌다. 여유마저 있었다.

몇 년 만이지.

이런 편안한 느낌.

"왜 자꾸 시계를 봐?"

"응?"

밥을 푸던 숟가락질이 멈추었다. 식탁 맞은편의 엄마를 보다가 무심코 벽걸이 시계를 일별했다. 엄마가 코웃음 치듯 픽픽거리며 계란말이를 집어 내 밥 위에 놓았다.

"거봐, 또 보잖아. 기다리는 약속이라도 있어?"

"아니."

내가 그랬나?

의식하지 못한 사이 시계를 보았던 모양이다. 시계면 시간이다. 내가 왜 시간을 확인하려 했던가. 가물가물한 기억을 더듬으며 아침 식사를 마치고 일어나는 엄마의 뒷등을 좇았다.

"약속 없어?"

식탁 위에 있던 반찬 그릇을 챙기며 엄마가 물었다. 없다고 입을 열려다가 '아……' 했다.

오늘 우리는 데이트가 있다.

데이트라 하지는 않았으나 데이트가 맞았다. 우린 정식으로 데이트한 적이 없었다. 늘 같이 있었고 늘 함께였기에 굳이 그런 데 의의를 두지 않았다. 그래서 정식 데이트는 해보지 못했다. 그러니 오늘 저녁의 만남은 첫 데이트인 거다.

첫 데이트.

"이따……."

다시 시계를 보았다.

시곗바늘이 오전 9시를 향해 달리고 있었다. 저녁밥이라 했으니 환이 퇴근한 뒤여야 했다. 적어도 열 시간가량이 남았다. 고로 저녁이 되려면 아직 멀었다. 오늘따라 시간이 더디게 가는 것 같다.

"저녁에."

내가 아침 내내 시간을 확인했음을 비로소 인식했다. 기막힌 웃음이 바람 빠진 것처럼 새어 나왔다.

들떴나?

"저녁이면 점심에는 시간 있겠네? 점심 먹고 엄마랑 어디 좀 가자. 갈 수 있지?"

"어딜?"

오묘한 눈빛이 불길했지만 순순히 끄덕였다. 심신이 고달팠을 엄마가 원하는 일이라면 능력이 되는 한 이뤄주고 싶었다.

"백화점은 왜?"

엄마의 용건은 백화점이었다. 뜬금없는 장소인 데다 사람들이 몰리는 곳이라 내키지 않았지만 엄마에게는 내색하지 않았다. 더구나 사람들을 마주할 때의 느낌이 평소와 사뭇 달랐다. 확실히 나는 오늘 좀 다르다. 가볍다. 편하다.

"우리 딸 옷 사주려고."

엄마 또한 흥겨워 보였다. 여느 엄마들처럼 딸과 쇼핑하러 온 평범한 엄마의 모습 그대로였다.

"나 옷 필요 없는데? 그리고 우리 돈도……."

"그 정도는 엄마가 있어. 넌 그런 것까지 일일이 관여하지 마. 그리고 너 곧 파리 가야 하잖아. 가기 전에 엄마가 좋은 옷 사주고 싶어서 그래."

구시렁거리는 소리를 엄마가 단호히 막았다.

나는 파리로 돌아가지 않을 거라는 결정을 엄마에게 아직 밝히지 못했다. 어젯밤 환의 무이자 언급은 농담으로 넘겼다. 그는 진담이겠지만, 그 부분은 엄연히 내가 책임져야 할 몫이었다.

"엄마, 있잖아."

"제이야, 엄마 화장실 가야겠다."

망설이던 말을 꺼내려는데, 엄마가 아랫배를 누르며 사방을 훑었다. 손가락으로 화장실 이정표를 가리켰다. 엄마가 이정표를 따라 종종걸음으로 사라졌다.

학교 그만둘 거라고 하면 화내겠지?

멀거니 엄마의 뒷등을 보다가 날숨을 내쉬었다. 뒈지게 몇 대 맞고 말지, 뭐.

짐짓 다부지게 결의하며 무료한 관심을 주위 매장에 두었다. 고객들로 부산스러운 매장들 사이에 익숙한 로고의 화장품 매장이 있었다. 자동반사적으로 입술이 길어졌다. 호감 어린 미소를 날리는데 매장 풍경이 다른 매장과 달랐다.

"응?"

유니폼 입은 여직원들이 벌서는 것처럼 일직선으로 서 있었고 고고한 차림새의 중년 여성이 그들에게 삿대질하듯 손날을 휘적거렸다. 뒷모습만으로도 날카로운 심기가 감지되었다. 항의 건인 듯했다. 불편한 장면은 보고 싶지 않아서 눈길을 거두려는 찰나.

그녀가 돌아보았다. 그녀와 나의 시선이 부딪쳤다.

"아."

나도 모르게 탄식 같은 소리가 나왔다.

그녀의 미간도 신경질적으로 찌그러졌다. 눈알을 부라린 그녀가 주저 없이 내게로 왔다. 공기마저 얼어붙게 하는 서느런 포스에 난 꼼짝하지 못했다. 대리석 바닥을 짓누르는 힐 소리가 또각또각 가까워졌다.

"윤제이."

또각, 소리가 멈추었다.

"네가 여기 왜 있니? 너 스스로 온 거야?"

채경 엄마가 눈을 악랄하게 치떴다. 당황하여 어쩔 줄 몰라 하는 반응을 그녀가 알아챘다.

"너는 몰랐구나. 너 때문에 우리 채경이 죽고, 너 때문에 채경이 죽은 일로 우리 부부 이혼하면서 내가 이 백화점 인수했는데."

그녀가 부러 '채경의 죽음'을 강조했다. 이혼한 일까지 들먹이면서 나를 내리찍었다.

비열하다.

발작 증세처럼 손끝이 파르르 울었다. 무뎌졌던 감각들이 또다시 눈을 뜨기 시작했다.

"너는 쇼핑이나 다닐 정도로 한가롭구나. 파리에서도 그랬겠지. 유유자적 잘 살고 잘 먹고 잘 자고. 우리 채경이 죽인 가책도 없이 곱게 꾸미고."

살갗으로 퍼지는 한기는 심장을 뚫었다. 뼈마디 마디가 저릿저릿했다. 다채로웠던 배경의 색채도 무채색으로 죽어갔다. 망막의 물결이 출렁거렸고 위장의 신물이 역류했다.

어지럽다. 메스껍다.

"네 엄마도 그렇다. 인간의 기본 도리조차 네게 안 가르쳤나 보구나. 하긴 모전여전이라 하니 별반 다르겠느냐마는……."

비틀린 입이 엄마까지 담았다.

둔탁한 가격을 당한 듯 머리가 띵하니 울렸다.

나로 인해 고통의 시간을 감내했던 엄마였다. 나로 인해 당신을 모조리 헌신했던 엄마였다. 엄마는 이런 소리를 들어서는 안 되었다. 나는 엄마가 이런 소리를 듣도록 만들어서는 안 되었다.

"……아니……."

가까스로 입속에 맴도는 메스꺼움을 삼켰다. 울렁거리는 시야를 부릅뜨고, 맥없이 떨리는 손을 바락 말았다. 목구멍을 조이며 입을 열었다.

"……아니에요."

"뭐?"

"……저는 ……채경이 죽이지 않았어요."

십 년 만에.

십 년 전에 했어야 할 항변을 한다.

"그러니까 저한테…… 이러지 마세요."

열아홉의 나는 한순간 모든 것이 고장 났다. 뇌가 굳은 것처럼 신경세포가 말라비틀어진 것처럼 사고도, 온몸의 오감도 어그러졌었다. 두려웠다. 살고 싶지 않을 정도로 두려웠다.

"전…… 잘못한 적 없어요."

스물아홉의 나는 살고 싶다. 외면하였던 것들도 보고 싶고, 회피하였던 것들도 마주하고 싶다. 다시 느끼고 싶고, 다시 웃고 싶다. 다시…….

사랑하고 싶다.

"저는 채경이 죽음과 상관없어요."

일순.

짝―

유리의 성 같은 백화점 매장으로 첨예한 파열음이 퍼졌다. 본업의 자리에서 일하던 여직원들도 즐거이 쇼핑을 하던 고객들도 소리를 좇았다. 웅성거리던 공간이 쥐죽은 듯 정적에 휩싸였다. 백화점 스피커에서 흘러나오는 클래식 선율만 생생해졌다.

"네가 감히……."

그때였다.

"당신! 내 딸한테 뭔 짓이야!"

증오 어린 눈빛을 쏟아내는 그녀와 뺨이 벌게진 내 사이로 엄마가 달려들었다. 분노한 엄마의 손바닥이 허공을 갈랐다. 짝. 매서운 소리와 함께 채경 엄마의 뺨도 돌아갔다.

"왜 함부로 내 딸한테 손을 대! 당신이 뭔데!"

"당신 딸이 내 딸을 죽였잖아!"

채경 엄마가 엄마를 격렬히 밀쳤다. 우악스러운 힘의 반동으로 연약한 엄마가 쓰러지듯 휘청했다. 엄마! 나는 얼른 잡으려 했다. 그러나 엄마가 되레 보호하듯 나를 뒤로 물리고서 그녀의 옷깃을 거머쥐었다.

"누가 당신 딸을 죽여! 누가!"

엄마가 울분을 토했다.

"왜 당신 멋대로 그런 헛소리를 지껄여! 그때도 이 어린 거한테 그따위 소리를 했다는 걸 듣고 내가 당장 쫓아가려다가 참았어. 내가 얼마나 이 악물고 참았는데!"

서슬 퍼런 엄마의 동공이 시뻘게졌다.

"딸 잃은 엄마 심정을 아니까! 당신 속이 얼마나 찢겼을지 아니까! 그렇게 참고 참았는데!"

"이거 못 놔!"

"한데…… 한데 아직도 이래! 우리 죄 없는 제이를 왜 잡아! 당신 때문에 우리 제이가 어떻게 되었는데! 그 일로 우리 제이가 어떻게 살았는데!"

물불 안 가리고 덤벼드는 엄마에게 밀린 채경 엄마가 주춤했다. 격앙된 싸움판을 구경꾼들이 둘러쌌다. 그들이 사방에서 휴대폰 카메라를 들이댔다. 그녀가 구경꾼들의 이목을 경계했다.

"보안! 보안! 이 미친 여자 당장 끌어내!"

그리고 더는 손을 올리지 않았다. 약한 피해자처럼 엄마가 흔드는 대로 흔들리면서 도움을 요청했다. 달려온 보안 직원이 엄마의 어깨를 잡으려 했다.

그때 인파를 뚫고 한 남자가 나타났다. 그가 직원의 팔목을 강압적으로 움켜쥐었다.

"놔."

나직한 일갈. 아는 목소리.

나는 부연 초점을 들었다. 환이었다. 환이 대항하려는 직원의 팔을 억세게 틀어쥐며 위협적으로 내려다보고 있었다. 엄마도 환을 보았다.

"……환아."

일순 엄마의 맥이 풀렸다. 채경 엄마의 목깃을 묶었던 손을 놓으며 비틀거렸다. 엄마…… 말이 목구멍을 눌렀으나 목소리가 나오지 않았다. 음성을 잃은 사람처럼 나는 벙긋거리며 엄마를 부축했다.

"지 실장! 네놈이……."

"……내 딸도 죽으려 했어……."

채경 엄마의 분노와 엄마의 힘겨운 웅얼거림이 겹쳤다. 환에게 일갈하려던 채경 엄마의 입술이 굳었다.

"뭐?"

충격받은 동공이 엄마를 쏘아봤다. 자신의 귀로 들은 말을 차마 믿을 수 없는 듯했다. 경악한 그녀의 속눈썹이 파르르 전율했다.

"내 딸도……."

혼탁하게 흐려진 엄마의 눈동자에 그렁그렁한 눈물이 차올랐다.

"내 딸도 죽으려고 했다고! 그때!"

절규 같은 엄마의 외침은 내 귀에도 또렷이 박혔다. 나는 끊어내듯 고개를 돌렸다. 눈을 닫았다.

00
환

짝—

장례식장에 들어섰을 때 환의 귀청을 때린 것은 시린 소음이었
다. 한탄과 오열이 전부였던 공간에 차디찬 여백이 들어찼다. 이
목은 빈소의 중심으로 향해 있었다. 환은 입구를 가로막고 있는
무리를 뚫고 앞으로 나아갔다.

그 순간 보았다.

"네가 여길 왜 와!"

상복 입은 채경의 엄마에게 멱살이 잡혀 있는 제이를. 제이의
뺨은 벌겋게 물들어 있었다.

"우리 채경이 죽여놓고 뻔뻔하게 여길 나타나! 우리 채경이 살

려내! 우리 채경이 너 때문에 죽었으니까 네가 살려내. 못 살리면 너도 죽어. 너도 죽어!"

환은 달려갔다.

"너도 죽어버려!"

마른 지푸라기처럼 흔들리는 제이에게 달려갔다.

"죽어버려!"

제이의 몸을 뒤흔들던 채경의 엄마가 까무룩 혼절했다. 사람들이 그녀에게 몰려갔다. 그들은 얼빠진 채 굳어 있는 제이를 함부로 건드리면서 채경 엄마만 부축하며 챙겼다.

환은 창백한 제이를 잡았다.

그제야 제이가 움직였다. 느른히 올라오는 눈동자가 공허하니 흐릿했다. 숨도 간당간당한 제이를 데리고 나왔다.

제이는 울지 않았다. 채경이 죽었을 때도 억울하게 뺨을 맞았을 때도 눈물 한 방울 흘리지 않았다. 말도 안 했다. 목소리를 잃은 사람처럼 삼 일 내내 한 마디도 하지 않았다. 그래서 환은 불안했다. 속이 잔뜩 썩어서 문드러졌을 텐데 아무런 표출도 안 하는 제이가 크게 아플까 봐 걱정되었다.

그 불안이 현실로 온 것은 그날 저녁이었다.

"제이는요?"

장례식장에서 제이를 집으로 데려다놓고 환은 채경의 발인에 참석했다. 저녁 시간이 가까워져서야 제이에게 갔을 때 그녀의 방문은 굳게 닫혀 있었다.

"여태 자. 환아, 마트 다녀오게 제이하고 좀 있어. 죽이라도 해서 먹여야지. 도무지 아무것도 안 먹네."

"네."

제이 엄마가 부랴부랴 집을 나서고 환은 방문 앞에서 서성였다. 조바심은 났지만 행여 잠든 제이를 깨울까 싶어 조심했다. 간신히 잠들었을 테니.

문득 싸한 공기를 느낀 건 몇 분 후였다. 서느런 기류에 살갗도 오소소 올라왔다. 불길한 직감으로 제이의 방문을 열었다.

그때.

환은 제이가 죽은 줄 알았다.

희고 고운 침대에서 붉은 꽃물 같은 피를 흘리며 잠들어 있는 하얀 제이를 봤을 때, 제이가 자신 곁을 영원히 떠난 줄 알았다.

신발을 신을 새도 없었다.

환은 양말만 신은 채 제이를 안고 뛰었다. 시리고 시린 거리를 죽을힘을 다해 뛰었다. 급하게 묶은 수건이 점점 빨갛게 물들어 갔다. 핏기 없는 제이의 얼굴은 점점 투명해졌다.

환은 제이가 이대로 공기처럼 투명하게 사라질 것 같았다. 할 수만 있다면 시계를 멈추고 싶었다. 제이의 시간이 멈추길 바랐다.

죽지 마, 제이야.

네가 죽으면 나는 어떡하라고.

제발 죽지 마.

제이야.

나의 제이야.

병원에 도착하자마자 제이는 응급수술을 받았다. 제이의 수술 동의서에 보호자로 사인하는 손가락에 감각이 없었다. 전신도 마찬가지였다. 마비된 듯 전신이 감각을 잃었다.

수술이 끝났을 때, 의사는 그랬다. 찰나였다고. 무사히 수술은 끝났지만 몇 분만 늦었다면 위험했다고.

비로소 환은 숨을 쉬었다.

수술실 앞 복도에 무릎 꿇고서 복받친 오열을 했다. 마비되었던 감각도 그때서야 돌아왔다. 자신의 양말이 찢어지고 발바닥이 찢겨서 피가 배어나오는 건 그때서야 알았다. 찢긴 발바닥에서 통증이 올라왔다. 그런 통증은 아무것도 아니었다. 심장에서 이는 통증에 비하면.

그리고…….

깨어난 제이는 입을 닫았다.

의사는 정신적 충격으로 인한 외상후스트레스장애와 공황장애 등 복합적인 불안장애가 심각한 상태이며 본인 스스로도 컨트롤 안 되는 상황이라 또다시 자살을 시도할 수 있으니 각별히 주의하라고 했다. 불안 심리를 자극하지 말라고.

평소 가벼운 고민조차 안 하던 제이였다. 힘든 거나 어려운 일은 질색했고, 철없이 제멋대로 재미있는 것 낭만적인 것만 찾았다. 세상을 마냥 좋아했고 하루를 마냥 신나 했었다.

그런 제이의 세상이 바뀌었다. 공포의 대상이 되었다.

퇴원 후 제이는 세상과 통하는 문을 닫았다. 세상과 완전히 단절하고 그 어떠한 것과도 공존하지 않으려 했다. 아무하고도 말하지 않았고 아무도 보지 않았다. 환도 보려 하지 않았다.

달리며 빌었던 소원 때문일까. 제이의 시계는 그렇게 멈췄다.

환은 괜찮았다.

살았으니까.

살아 있으면 된 거다, 했다.

**

똑똑.

노크 소리가 현실을 일깨웠다.

뿌옇게 흐려졌던 활자가 명료한 모양새를 되찾았다. 간결한 활자에서 눈을 떼니 실장실 안으로 박 대리가 들어섰다. 서두르는 기색이었다.

"실장님. 신영백화점 조 대표님께서 매장 직원들을 집합시켰다는 보고가 올라왔습니다."

"조 대표님이 직접이요?"

"네."

며칠 전 신영백화점 내 매장에서 민원 사고가 발생했다. 2분의 1가량 사용한 화장품 교환 건이었다. 직원은 방침에 따라 친절히 교환 거부를 표했지만 고객의 항의는 도가 지나쳤다. 본사는 적절히 대응을 한 직원의 손을 들어주었다. 한데 시비는 신영백화점 측에서 일었다. 백화점 이미지를 거론하며 매장 직원들을 공개적으로 벌을 세우는 등의 처벌이 있었던 것이다. 오늘은 조 대표까지 나섰다. 일전의 환과 충돌에 대한 악의적인 표출이었다.

"어떻게 할까요?"

"제가 가겠습니다."

환은 서류 바인더를 챙긴 후 신속하게 코트를 걸쳤다. 빠른 걸음으로 실장실을 나서는 그를 앞지른 박 대리가 엘리베이터 버튼을 누른 후 대기했다.

"철저히 기록하고 녹취하세요."

"알겠습니다."

시간을 아끼려 환은 엘리베이터에서 서류를 다시 열었다.

서류는 신영백화점과의 계약서였다. 계약서의 몇몇 조항은 형광펜으로 칠해져 있었고, 장마다 표식이 되어 있었다. 환이 법무 변호사와 논의한 사항이었다. 지역 백화점인 신영백화점과의 초기 계약은 이전 대표와 했었다. 조 대표가 백화점을 인수한 시점은 이 년 전이었다. 이제 그 계약을 파기할 시기가 왔다.

"이거 못 놔!"

삼십여 분 후 환은 박 대리와 함께 신영백화점에 도착했다. 외부 주차장에서 1층 정문으로 들어서는데 에스컬레이터 부근에서 앙칼진 고성이 들렸다. 몰려 있는 구경꾼들 중앙에서 터진 목소리의 주인공은 조 대표였다.

그리고…….

"한데…… 한데 아직도 이래! 우리 죄 없는 제이를 왜 잡아!"

연이어 들린 음성에 환은 경악했다.

어머니?

뛰다시피 그쪽으로 갔다. 서둘러 구경꾼들을 헤치니, 얼굴이 붉으락푸르락해진 조 대표와 조 대표의 목깃을 쥔 제이 엄마의 모습이 보였다. 그리고 핏기 없이 창백한 얼굴의 제이.

심장이 철렁했다.

한 발 내디디려는 순간, 보안 직원이 나타났다. 직원이 제이 엄마에게 손대려 했다. 환은 분노했다. 반동하듯 튀어나가 직원의 손목부터 낚아챘다.

그 누구도 이 사람들에게 손대게 둘 수 없다. 직원의 잘못은 아니지만 할 수만 있다면 그의 손목도 분질러 버리고 싶었다.

"손끝도 대지 마."

위압적인 경고에 직원이 곤혹스러워했다. 환은 그를 휴대폰 카메라로 동영상을 찍는 구경꾼들 쪽으로 밀어냈다.

"당신은 저들이나 처리해."

박 대리도 구경꾼들을 뚫고 들어왔다. 그가 알아서 사람들의 휴대폰을 손바닥으로 가리며 '찍지 마시라', '동영상을 불법 유포하면 고소 조치가 들어갈 수 있다'고 엄포를 놓았다. 몇몇의 보안 직원들이 합류하여 구경꾼들을 흩어지도록 만들었다.

그때.

"……내 딸도 죽으려 했어……."

쓰러지듯 제이의 품에 기댄 제이 엄마가 희미하게 웅얼거렸다. 환에게 손찌검하려던 조 대표의 팔이 허공에서 얼었다. 제 귀를 의심하는 양 그녀의 동공이 팽창했다.

"뭐?"

"내 딸도…… 내 딸도 죽으려고 했다고! 그때!"

갈라진 목소리가 메아리처럼 울렸다. 진저리치듯 가슴 깊이 묻었던 말을 토해낸 제이 엄마가 풀썩 꺾였다. 고개를 돌려 버린 제이가 눈을 감았다. 자신을 끊어버렸던 그때처럼.

일순 환은 무서웠다.

제이의 시계가 다시 멈춰 버릴 듯해서. 그녀가 다시 세상과의 문을 닫아버릴 듯해서.

환은 성큼 움직여 보호벽을 치듯 조 대표 시야를 제 등으로 막고 섰다. 그리고 제이를 잡았다. 오롯이 제이를 내려다보며 그녀의 팔을 잡았다.

"제이야."

닫지 마.

"제이야."

제발.

간절한 바람을 들은 양 제이의 눈꺼풀이 느른히 떠졌다. 수분 잃은 식물처럼 처져 있던 제이의 속눈썹이 파르르 올라왔다. 부옇게 아른거리는 눈동자가 불안에 떠는 환의 눈을 가만히 보았다.

"……엄마……."

제이의 입술이 열렸다.

"……챙겨서 집에 갈래."

또박또박하지는 않으나 제이가 말했다.

환은 안도했다. 제이가 말을 한 것만으로도 감사했다. 뜨겁게 치미는 울기를 내리누르며 대견한 제이의 정수리에 손을 대었다.

"가 있어. 금방 갈게."

"응."

제이가 기력 잃고 늘어진 엄마를 부축하고 돌아섰다. 비척비척 걸어가는 그녀의 뒷등을 좇다가 환은 박 대리에게 눈짓했다. 박 대리가 서둘러 두 사람을 따라갔다.

"무슨 소리니?"

등 뒤에서 조 대표가 물었다.

환은 제이가 안전히 백화점 정문을 통과할 때까지 눈을 붙박아뒀다. 박 대리가 호위하듯 두 여자를 잘 보호하고 있었다.

"죽으려 했다는 말이 무슨 말이냐고!"

"이 비열한 일례를 언론에 유포하고 싶어서 이러십니까?"

이윽고 제이가 백화점을 떠났다. 환은 차갑게 빈정거리며 돌아섰다. 나직하게 직설하자, 비로소 조 대표가 사태를 파악했다. 흩어지면서 구경꾼들이 이쪽을 흘끔거렸고, 매장 직원들은 일하는 척하면서 곁눈질했다.

"수습해."

흥분을 가다듬은 그녀가 보안 직원에게 지시한 후 환에게도 명령했다.

"넌 내 방으로 와."

그리고 달아나듯 빠른 걸음으로 자리를 떴다.

환은 미동 없이 제자리에서 기다렸다. 얼마 후 박 대리가 정문으로 돌아왔다. 그가 손짓과 입모양으로 '택시 잡아드렸다'고 말했다. 끄덕, 고갯짓하고 그제야 사장실로 이동했다.

"말해. 그 여자가 뭔 소리를 한 건지."

조 대표는 앉지도 못하고 선 채로 분을 삭이고 있었다. 사장실로 들어서는 환에게 집기라도 던지고 싶은 눈빛이었다.

"말 그대로입니다."

"제이가 죽으려 했다는 게? 자살 시도라도 했단 말이야? 저렇게 멀쩡한데……."

"대표님 눈엔 멀쩡해 보입니까?"

환은 비웃었다.

"겉이 멀쩡하면 멀쩡한 겁니까? 대표님을 제대로 보지도 못하고, 숨도 제대로 못 쉬는 모습이 정상 같습니까?"

어떻게 사람이, 어른이라는 사람이 이토록 이기적인 건지. 제 자식이 아프면 남의 자식도 아픈 법인데.

"대표님께서 장례식장에서 제이에게 죽으라고 날뛰었던 그날. 그날 밤 몇 분만 늦게 발견됐더라면 제이는…… 채경이 곁으로 갔을 겁니다."

엊그제의 일처럼 그날의 기억이 생생하게 되살아났다. 새하얗
게 죽어가던 제이의 얼굴이 선명히 떠올랐다. 환은 까맣게 꺼지
려는 눈동자에 힘을 실었다.

"난…… 그런 소식은 전혀 듣지 못했어. 여태 단 한 번도……."

"숨겼으니까요."

제이 부모님은 폭탄처럼 위태위태한 딸을 보호하기 위해 쉬쉬
하였고 최대한 조심했다. 오직 제이를 잃을 수 없다는 일념으로
살았다. 제이의 상태를 아는 모두가 다 그랬다.

"제이가 위험했으니까. 건드리면 터질 것처럼 불안정한 상태였
으니까. 그 와중에 제이 부모님은 딸을 잃은 대표님을 배려했습
니다. 그 참혹한 고통을 이해하니까."

풀썩. 그녀가 소파에 주저앉았다.

"……내가 죽으라고 했다고…… 그날 죽으려 했다는 게 말이
돼? 나 때문에? 내 그 말 때문에?"

"객관적으로 따지면 100퍼센트 대표님 책임이라 할 수는 없겠
죠. 채경의 독언이, 채경의 자살이, 말의 무책임이 합쳐져 제이
를 해친 거죠."

말.

사람들 입에서 입으로 전해지는 말들이 얼마나 잔인하고 무서
운 일인지 당시 절감했었다. 목격한 아이들로 인해 흘러나온 이
야기는 무념한 아이들로 인해 제멋대로 살이 붙고 붙어서 거대한

형상처럼 커졌고 기정사실이 되었다. 왜곡된 진실은 제이에게 잔인한 상흔을 남겼다. 그 상황에서 조 대표의 일갈은 제이에게 결론을 내리도록 만들었다. 그렇게 제이는 자신을 버리려 했다.

"……더는 듣고 싶지 않아. 나가."

비겁하게도 조 대표가 회피하려 했다.

"그럴 수 없습니다."

환은 일축했다.

그녀가 더는 듣고 싶지 않은 만큼 환 또한 더는 그녀의 독선을 도외시할 수 없었다.

"제이에게 사과하십시오."

"내가 사과를 왜 해!"

"일전에 경고 드렸을 텐데요. 제이에게 함부로 하지 말라고."

살기 띤 노기를 환은 냉담히 대응했다.

"사과하지 않으실 경우, 조 대표님의 이혼 사유를 언론에 유포하겠습니다. 루머처럼."

부러 루머라 빗대면서.

만약 그녀의 이혼 사유가 루머처럼 퍼진다 해도 어차피 진실은 드러나게 되어 있다. 루머로 드러나는 진실. 진실을 묻어버린 루머. 그 아이러니를 그녀도 깨우치게 될까.

"네놈이……."

"오늘 대표님께서 제이를 보고도 못 본 척하셨다면 거론하지 않았을 문제입니다. 그러니 사과하십시오. 사과하신다면 그 문제는 함구하겠습니다. 시간을 드릴 테니 신중히 고려해 보십시오."

"감히 또 협박이구나."

"편하신 대로 판단하십시오."

"사과를 안 한다면 네 뜻대로 하겠다?"

"그렇습니다."

환의 강경한 대답에 조 대표의 입술 자락에 비소가 맺혔다. 그러면서 무심결에 혀로 입술을 축였다. 초조하다는 뜻이었다.

"네가 나를 만만히 보는구나. 그래, 네 뜻대로 해라. 나는 내 뜻대로 하마. 당장 내 백화점에서 너희 매장부터 빼. 나는 너의 기업 로고도 보기 싫어."

"그러겠습니다."

그녀의 으름장에 환은 눈썹조차 꿈틀 안 했다.

"오늘부로 신영백화점 내 매장은 전부 철수합니다. 저희는 매뉴얼대로 공개적인 절차를 걸쳐 공식적으로 철수할 겁니다."

그리고 평온히 그녀 앞쪽 테이블에 서류 바인더를 놓았다. 예기치 않은 반격에 오히려 조 대표가 당황했다. 세찬 파동이 이는 눈동자가 바인더를 직시했다.

"신영백화점과 조 대표님께서는 수차례 계약 조항을 위반하였고, 위반에 대한 입증 자료는 이 안에 모두 들어 있습니다. 항목별로 체크해 놓았으니 세밀히 살펴보시기 바랍니다."

환은 그동안 신영백화점의 계약 위반 사항을 치밀히 수집했다. 작은 불씨 하나도 허투루 넘기지 않았다. 이번 민원 건도 마찬가지였다. 백화점 측에서 매장 직원들을 함부로 처벌하는 것은 명백한 부당행위였다.

"또한 긴급 철수로 인한 매출 손해 및 이미지 손실에 따른 법적 조치에 들어갈 예정입니다."

이 역습은 오래전부터 대비해 온 거다.

이 년 전 조 대표가 신영백화점을 인수했다는 소식을 접한 후부터.

무엇보다 조 대표와 기업끼리 얽혀 있는 관계는 끊어야 했다. 한국으로 돌아올 제이가 그녀와 그 어떠한 라인으로도 연결되어서는 안 되었기에.

환은 우선 신영백화점 매장 철수부터 준비했다.

신영백화점 이용 고객들의 동선을 파악하여 인근에 플래그십 스토어를 개장하고, 현존하는 화장품 매장과 차별화를 두며 고객 전용 뷰티 클래스 등을 갖춰 문화 예술 등까지 공존하는 독보적인 공간을 조성하겠다는 안건을 냈다.

매장 철수에 대해 반발하던 임원들은 이 도전적인 안건을 혁신적 전략으로 승인했다. 그 덕분에 지난 이 년 동안 비밀리에 추진된 스토어 오픈은 삼 개월 남짓 남았다. 조 대표의 허를 찌르는 전략이었다.

"맞대응하시면 기꺼이 받아들이겠습니다."

"네가……."

제 독선이 자신에게 독화살로 되돌아왔음을 절감한 그녀가 말을 잇지 못했다.

"그럼 이만."

환은 망설이지 않고 돌아섰다. 창백한 조 대표를 두고 사장실을 떠났다.

공기 중에 이슬 같은 물기가 떠다녔다.

비 내리기 직전의 습함을 감지하며 환은 정원을 가로질렀다. 별채로 향하는 모퉁이를 도는데 담벼락 아래 놓인 벤치에 제이가 있었다. 복슬복슬한 털이 풍성한 후드코트를 입고서 먼 하늘을 보고 있었다. 기척을 느낀 그녀가 고개를 움직였다.

"왔어?"

제이가 먼저 말했다.

"춥지 않아?"

"시원해."

환의 물음에도 선뜻 대꾸했다. 오만 생각들을 묻어둔 채 온 길이었다. 환은 비로소 한시름 놓으며 제이 곁에 앉았다.

"어머니는?"

"주무셔. 집에 오자마자 잠들었어. 평소 안 하던 흥분을 해서 그런가 봐."

"너는?"

"괜찮아, 나는."

조심스러운 질문에도 그녀가 대수롭지 않다는 듯 눈썹을 들썩

였다. 그러더니,

"그분은?"

외려 물었다.

"그냥저냥."

잘 해결되었다 등의 말은 거짓이었다. 환은 담백하게 둘러대었다. 대략 이해된다는 듯 제이가 두어 차례 고개를 끄덕거렸다. 신기할 정도로 초연한 태도였다. 안도하며 넘겨도 되는 건지, 심각하게 걱정해야 하는 건지 혼란스러웠다.

"내가 그사이 좀 컸나 봐."

그의 의중을 꿴 제이가 농담조로 말했다.

"사뭇 기분이 달라. 과거의 나는 그 일을 떠올리는 나조차도 무서웠거든. 그래서 나부터 버렸어. 나를 닫아두면 모두 닫는 거니까."

고요했다. 세찬 폭풍우가 지나간 것처럼.

"그런데 아까는 달랐어. 그날의 공포가 다시 살아나는 기분이긴 했는데 어느 순간 내가 나한테 욕심을 내더라고. 나도 나를 붙잡고 싶더라고."

꽁꽁 감춰두었던 속내를 허심탄회하게 털어놓은 그녀가 가벼이 웃었다.

"십 년이 길긴 긴가 봐."

열아홉에 만났던 세상과 스물아홉에 마주한 세상이 다름을 제이가 일깨웠다. 고달플 때도 있지만 그런 걸 포용하며 사는 게

삶이라는 걸 깨달았다. 열아홉의 세상에 갇혀 살던 제이가 드디어 스물아홉의 세상으로 들어왔다.

"쓰러질 듯 비척거리는 엄마를 잡고 집으로 오는 길에도 마음이 조금 그랬어. 엄마가 되게 작더라. 엄마가 나보다 작은 거 있지? 여태 못 느꼈었어, 나는."

제이의 눈길이 내리깔렸다.

"그렇게 작은데도 엄마는 아까 그분께 달려들었잖아. 오직 당신 딸을 보호하려고 그 작은 손으로 멱살도 잡고. 생전 처음일 거야. 우리 엄마가 사람 멱살 잡은 건……."

그녀가 무릎에 놓인 자신의 손을 빤히 응시했다. 엄마의 작은 손을 그리는지.

"……미안했어. 엄마한테."

환도 제이의 손을 바라보았다. 차가운 공기에 노출이 되어 있는 손은 붉은 기가 돌았다. 환은 자신의 손을 내렸다. 제이의 손을 잡아 자신의 코트 주머니에 넣었다. 제이의 눈동자도 당겨지듯 올라왔다.

"철들었네."

웃어주었다.

웃음이 전이된 듯 제이가 웃었다. 여러 감정이 배어 있었으나 환은 구태여 묻지 않았다. 물을 필요도 없었다.

"오늘 데이트 못 했다."

제이가 벤치 등받이에 깊숙이 기대었다. 더는 오늘의 일을 되새기고 싶지 않은지 화제를 전환했다.

"데이트?"

"밥 먹자며. 맛있는 밥."

"아……."

어젯밤 두 사람은 오늘 저녁에 맛있는 밥을 먹기로 했었다. 제이는 그걸 데이트라 말하는 거였다. 환은 새삼 자각했다. 데이트. 우리의 데이트인 거구나.

"내일은 꼭 하자."

"응."

다짐 같은 환의 말에 제이가 크게 턱짓했다.

"꼭."

초승달처럼 눈매를 가늘게 휘며 제이가 강조했다. 이번에는 제이의 눈웃음이 환에게 전이되었다. 환의 눈도 가늘게 늘어났다.

환은 알았다.

자신의 손에 담긴 손을 빼내지 않는 제이를 느끼며. 손으로 전해지는 제이의 체온을 느끼며.

제이의 시계가 움직이고 있음을. 제이의 시계가 멈추지 않을 것임을.

10
같이 있다는 건

"괜찮아?"

"괜찮아?"

환이 본채로 떠난 뒤 별채로 들어서는데, 잠에서 깬 엄마가 거실로 나왔다. 눈이 마주치자마자 물었다. 엄마도 물었다. 토시 하나 틀리지 않는 이구동성에 엄마와 나는 실없이 웃었다.

"엄마 너한테 할 말 있어."

엄마는 오후의 일을 꺼내지 않았다. 나도 마찬가지였다. 흘러가는 일은 흘러가는 대로 내버려 두는 것도 괜찮다 싶었다. 나도 내성이 생겼나 보다.

"사실 쇼핑 다녀와서 말해주려고 했던 건데……."

나를 소파에 앉혀놓은 엄마가 서랍장에서 서류 몇 장을 가져왔다. 서류는 보험증서의 복사본이었다. 피보험자는 아빠의 이름으로 되어 있었다.

"이게 뭐야? 아빠 보험이야?"

"아빠의 예전 보험들은 채권자들이 요구해서 해약금으로 넘겼거든. 그래서 아예 없는 줄 알았는데 사망 신고하면서 금융 정보 조회하니 이런 게 나온 거야."

"사망보험금만 있는 거네."

"응. 월 만 원도 안 내던 거라 아빠도 잊어버리고 엄마한테 말 안 했었나 봐. 채권자들도 사망보험금만 남아 있는 소멸성 보험이니 무시했던 거고."

사망보험금에 명시되어 있는 금액을 보며 떠난 아빠의 마지막 선물인가 싶었다. 이 정도면 작은 전셋집은 얻겠다. 수도권 외곽으로 가야겠지만.

"암튼 이걸로 너 남은 학기 마치면 되겠어."

"무슨 소리야. 집 얻어야지."

"너 환이 유학비 주는 거 알았다며. 그거 안 받으려고 학교 안 갈 속셈이지? 네 심정 엄마가 이해하니까 이걸로 학비 하자."

내 입을 봉할 생각인지 엄마가 빠르게 말을 이었다.

"엄마는 너 졸업할 때까지 일 다니면서 여기서 지내기로 했어. 윤정이랑 그러기로 했어. 엄마가 지는 신세는 나중에 엄마가 갚을 거야."

"엄마! 이 귀한 돈을 내가 어떻게 써. 그리고 이 와중에 내가 학교를 어떻게……."

"귀한 돈이니까, 네 학비야."

엄마가 반발하는 나의 말을 가로막았다. 당신의 양손이 나의 손을 굳건히 잡았다. 어르고 보듬으며.

"아빠랑 엄마는 네가 학교에 가서 너무 행복했어. 네가 다시 공부도 하고 친구도 만나고…… 상상만 해도 좋았어. 네 소식이 안 와도 안심하며 지냈어."

엄마의 눈이 울었다.

흐릿해지는 눈을 깜박이지도 못하고 물기 어린 엄마를 보았다.

"네가 무사히 졸업하고 한국으로 돌아오는 걸 우리가 얼마나 소원했는데…… 아빠가 네 졸업을 못 보고 간 게 너무너무 가슴 아프지만…… 아빠도 원할 거야. 엄마보다 더."

"엄마……."

"그러니까 넌 꼭 학교에 가야 돼. 졸업하고 와."

내가 얼마나 당신들의 심장에 비수를 꽂았던 걸까. 내가 당신들께 주었던 시름은 얼마나 무거울까. 그 무게가 얼마나 극중했던 걸까.

"……잘못했어."

나는 엄마의 허벅지에 얼굴을 묻었다.

"내가 잘못했어."

흐느낌을 엄마의 허벅지에 묻었다.

이제야 부모님께도 용서를 빈다. 지난 나의 이기적인 선택을. 엄마가 아니라고, 아니라고 다독였다. 못난 자식의 잘못을 부모는 보듬었다. 그 온전한 품으로.

새벽녘에 깼다.

스탠드를 켜고 시계를 확인하니 새벽 2시에 다다른 시각이었다. 사이드 테이블에 놓인 보험증서가 보였다. 엄마는 끝끝내 보험증서를 갖고 있으라며 놓고 갔다.

방에서 나왔다.

건넛방에서 엄마의 숨소리가 넘어왔다. 깊이 잠든 듯 쌕쌕거리는 소리가 평화로웠다. 나는 주방으로 가서 메마른 목을 시원한 물로 적셨다. 거실 창 너머의 정원이 시야에 들어왔다. 멀거니 정원의 허공을 응시하다가 어둠침침한 거실을 가로질러 미닫이창으로 갔다.

창을 열었다.

찬 공기를 마시며 소나무 정원수가 심어진 밤의 정원을 내다봤다. 먼젓번 내린 눈이 녹지 않은 채 군데군데 남아 있었다. 달빛을 받은 눈은 푸르른 빛을 발하고 있었다.

당분간 이 풍경은 못 보겠네.

나는 곧 파리로 돌아간다. 가기로 했다.

질색하며 억지로 들어왔던 일이 엊그제 같은데 아쉬움이 깃들었다. 정온한 전경을 물끄러미 둘러보다가 정원의 저편을 보았다. 텐트 의자에 망연히 앉아 있던 환을 그렸다.

너도.

못 보게 되겠지.

그날, 너를 훔쳐보던 그날.

나는 너에게 가고 싶었다. 그러나 못 갔다. 주춤하면서 망설이다가 결국 들어가는 너를 놓치고 말았다.

만약 그날 내가 너에게 갔다면 우리의 오늘은 달라졌을까. 내가 이대로 가버린다면 나는 영원히 너를 놓치게 될까.

탁.

미닫이창을 꼼꼼히 닫고 돌아섰다. 조용히 별채에서 나와 모퉁이를 돌아 본채로 갔다. 현관 잠금을 해제하고 크게 심호흡을 한 후 조심히 열었다.

동작을 감지한 현관 센서가 켜졌다. 빛에 잠시 머뭇했으나 용기 내어 중문을 살금살금 지났다. 어둑한 내부는 적막했다. 안전함을 확인하고 슬리퍼 신은 발로 계단을 소리 없이 디뎠다. 좀도둑이 된 기분이었다. 묘한 긴장으로 심장이 쫄깃하게 콩닥거렸다.

무사히 환의 방에 진입했다. 흰색 블라인드 사이로 정원의 등빛이 방으로 스며들어 왔다.

환은 은은한 빛을 받으며 잠들어 있었다. 나의 침범을 일체 모르는 채 평온히 자고 있었다. 그의 곁에서 고이 감긴 속눈썹을 내려다보았다. 고이 다물린 입술을 바라보았다. 그저 보는 것에 불과한데 입술이 움찔움찔 휘었다.

　나는 미끄러지듯 이불 속으로 쏙 들어갔다.

　꼬물거리는 기척을 느낀 환의 속눈썹이 파들 떨렸다. 머리통을 베개에 댄 찰나, 환이 눈을 떴다. 그가 옆으로 돌아누운 채 자신을 바라보는 날 응시했다.

　환은 그다지 놀라지 않았다. 무념하게 눈꺼풀만 끔벅거렸다. 희뿌연 망막 너머 어슴푸레한 빛과 함께 어른거리는 내가 망상 혹은 꿈이라 생각하는 모양이었다. 잠결에 설핏 웃기까지 했다.

　"안녕."

　난 태평히 인사했다.

　"응?"

　비로소 환이 현실을 자각했다. 자신의 방, 자신의 침대, 자신의 눈앞에 있는 사람이 진짜 나임을 인식한 듯했다.

　"제이야."

　놀란 그가 벌떡 상체를 일으켰다. 흐릿하던 망막에 금세 밝은 총기가 감돌았다. 당황과 놀람이 교차하는 얼굴의 그를 올려다보며 나는 느긋하게 누운 채 입술에 검지를 대었다. 쉿. 모두 주무시는 시각이야.

　"너 어떻게……."

　환이 목소리를 낮추었다.

　난 천연덕스레 누우라고 손짓했다. 환이 순순히 손짓에 따랐다. 그도 자신의 베개에 기대듯 누워서 나를 마주 보았다. 우리는 나란히 옆으로 누운 채 눈을 맞췄다.

"어떻게 된 거야?"

"그냥 왔어."

"뭐?"

짓궂은 대답에 환이 황당하다는 표정을 지었다. 기대했던 표정이라서 쿡쿡 웃음이 나왔다. 내일을 기다리기 싫어서 왔다는 소리는 안 했다. 그저 그를 보았다.

"환아."

"응."

"너 내일 출근해?"

"응."

환은 아직 긴가민가해했다. 대체 내가 무슨 심산으로 이러나, 심히 의심스러운 듯했다. 쐐기가 필요한 시점이었다.

"환아."

"응."

나는 베개에 댄 머리를 쓱 환의 쪽으로 움직였다. 반듯한 그의 콧대에 부딪칠 정도로 가까이.

도발적인 접근이었으나 수를 읽은 환은 흔들리지 않았다. 하지 않는 척, 이라고 나는 확신한다.

"내가 여기서 자면 너 출근하는 데 지장 있을까?"

은밀한 유혹처럼 속닥였다. 키스를 바라는 듯 입술도 벙긋거리며.

"많이…… 피곤할까?"

새벽 3시가 가까워진 시각, 잠옷 차림으로 자신의 침실에 찾아와 여기서 자면 피곤하겠느냐고 묻는 나를 환이 빤히 들여다보았다.

이내 피식, 웃었다.

"아니."

환이 입술을 기울였다.

서슴없이 벙긋 열려 있는 내 입술을 머금었다.

입술 틈새로 비집고 들어온 혀를 피하지 않았다. 기다렸다는 듯 키스에 호응했다. 그의 혀가 부드러운 율동을 하듯 입속에서 맴돌았다.

환의 손이 목덜미로 올라왔다. 매끄러운 목선을 쓸던 손이 나의 가냘픈 턱을 감싸듯 잡았다. 조금 더 위로 올리며 혀를 보다 깊숙이 밀어 넣었다. 파르르한 전율과 동시에 그의 혀가 내 혀를 휘감았다. 거침없이 감아서 빨아들이듯 취했다.

키스에 집중하는 상체가 서서히 내 위로 올라왔다.

짓누르듯 밀착하는데도 하나도 무겁지 않았다. 나는 양팔로 그의 목을 강하게 끌어안았다. 뜨겁게 달궈진 혀들이 서로를 묶고 산소를 합치며 깊고 진한 키스를 나눴다. 입속 가득한 열정. 뜨거운 달콤함. 격렬하고 열성적인 키스.

손이 자연스럽게 움직였다.

얇은 잠옷으로 가린 내 몸을 그의 손이 만졌다. 못 견디겠다는 듯 잠옷 상의를 뚫고 손이 들어왔다. 매끄러운 살갗을 각인시키듯 손끝으로 어루만지고 손안에 모조리 담고 했다. 그러면서도 깊은 키스는 끝나지 않았다. 나도 그의 티셔츠 속으로 손을 넣었다. 쉴 새 없이 들썩거리는 심장 박동을 손바닥으로 여실히 느끼며 단단하고 촘촘한 살결을 쓸었다.

환이 벌떡 상체를 일으켰다.

삽시간에 셔츠를 벗어 던진 그가 나의 잠옷도 벗겨냈다. 곧바로 그의 입술이 목덜미를 찾았다. 목덜미에서 쇄골로 가슴골로 서두르는 기색 없이 입술의 탐색이 지속되었다. 어느 순간 가슴을 꽉 죄던 속옷이 맥없이 흐느적거렸다. 잇따라 데일 정도로 뜨거운 그의 입술이 딴딴하게 솟은 가슴을 삼키듯 물었다.

"아…….."

막힘없이 신음이 나왔다. 현기증이 일었다. 그의 입술은 저돌적이면서 끈질겨, 내 몸 구석구석을 자극시켰다. 정성스럽기까지 했다. 짜릿한 전류로 뼈마디가 바짝 곤두서는 느낌이었다. 발끝의 힘줄까지 탱탱해졌다. 신경 세포가 달아오르고 모든 감각이 되살아나서 나는 애달프게 허덕거렸다.

폭발할 것처럼 뜨겁고 뜨거운 숨결이 나의 입술에 잇닿았다.

"제이야."

환이 나를 불렀다.

눈을 떴다. 눈동자 그득하게 채워지는 환을 보았다. 그는 짙고 깊숙하게 나를 내려다보고 있었다. 사로잡힌 양 내게 떨어지지 못하는 눈동자. 애틋한 갈망에 젖은 눈.

"사랑해."

환이 말했다.

"사랑해."

촉촉하게 젖어든 눈동자가 오롯이 나에게 말했다. 아주 오래 전부터 말하고 싶었다는 듯.

"사랑해, 제이야."

말하고 말해도 모자란다는 듯.

양손으로 그의 뜨거운 뺨을 감쌌다. 내게로 당겨서 사랑을 토하는 입술을 빨아들였다. 환의 손이 내 허리를 감아 굳게 당겼다.

단단한 그가 몸속으로 깊숙이 들어왔다. 굽힌 무릎이 파들 떨리며 복사뼈가 꼿꼿이 당겨졌다. 터럭만큼도 남겨지지 않고 나와 결합된 팽팽한 몸. 갈구하듯 구애하듯 열렬히 움직이는 그의 몸. 내 속이 전부라는 듯 깊고 깊게 파고드는 그.

본능의 신음이 흩뿌려졌다. 나의 숨은 환이 입속으로 도로 가져갔다.

아.

환아.

환아.

나는 그에게 나를 맡겼다.

탄탄한 근육이 어린 그의 등을 열렬히 끌어안았다. 오직 내 안에 있는, 오직 내 속에 머문 그와 온전히 결속했다. 우리의 격정적인 감정은 전염되듯 서로에게 고스란히 전달되었다. 오직 그와만이 나눌 수 있는 교감이었다. 오직 우리만이 나누는.

부드러운 입술이 닿았다.

해파리처럼 흐늘거리는 몸이 깨어나고 다디달게 붙어 있던 잠이 떠나갔다. 스르륵 눈꺼풀을 드니 길게 늘어난 입술이 아른거렸다. 실루엣처럼 하늘거리는 빛이 새하얗다. 나긋한 눈길을 내려놓는 환의 모습도 천사처럼 새하얗다.

잠에 취한 채 입술꼬리를 당기며,

"⋯⋯짐승."

우물거렸다.

환이 피식 웃었다. 인정하는지 반격은 없었다. 대신 다분히 선정적인 입술이 왔다. 쪽. 살며시 물듯 촉촉하게.

"몇 시야?"

가물가물한 정신으로 물었다.

"7시."

"몇 시간이나 잤어?"

"한 시간 정도? 조금 더 자."

"너는?"

"출근."

그제야 단정한 셔츠에 매달려 있는 넥타이를 포착했다. 꼬물꼬물 이불 밖으로 팔을 빼내어 반듯한 넥타이 매듭에 손을 대었다. 단단하면서 매끄러운 감촉을 손끝으로 느꼈다. 환의 살결과 비슷해서 느낌이 좋다.

"일찍 출근하네?"

"조찬 회의가 있어서."

그가 벗은 나의 팔을 잡아 도로 이불 속에 넣었다. 꼼꼼히 이불도 덮어주고 나풀거리는 내 머리카락도 쓸어주었다.

"피곤하겠다."

"괜찮아."

어느 정도 잠이 달아났는지 뿌옇던 환의 얼굴이 선명해졌다. 윤기가 반지르르한 게 극한 운동을 한 사람 같지 않았다. 오히려 활력이 펄펄 넘쳐 보였다. 그렇게 많이 쓰고도 아직도 남았나. 왜? 나는 죽을 정도로 기력이 없는데.

"이따 저녁에 데리러 올게. 푹 자고 나서 건너가."

"응."

환이 쓱쓱 내 머리통을 쓰다듬었다. 잇따라 나의 이마에다 다정히 입 맞췄다. 무념하게 끄덕거리는 내게 빙그레 웃어준 그가 일어났다. 문으로 걸어가는 환을 멀거니 좇다가 때늦게 깨달았다. 이곳이 환의 방임을. 이곳이 본채임을.

맞다. 내가 이리로 침입했었지!

"이모는?"

화들짝 놀라며 상체를 들었다. 목소리는 최대한 낮췄다. 흘러내리는 이불자락을 후다닥 움켜쥐고 맨몸도 감췄다. 손잡이를 잡다 말고 환이 돌아보았다.

"부모님도 같이 출근하셔. 걱정 마."

그가 자신 있게 대답했다.

1차적으로 환의 부모님은 해결. 2차적 장애물은 1층에 계시는 가사도우미 아줌마다. 그녀는 식사부터 본채의 가사일 대부분을 관리한다. 내가 고등학교 시절부터 계셨던 분으로 엄청 바지런하다. 그뿐만이 아니라 수다도 엄청나다. 벌써 아침이 밝았기 때문에 아줌마는 엄청난 위험요소에 해당한다.

"아줌마는?"

두 번째 물음에는 환이 멈칫했다.

본인으로서도 난감한 문제인지 잠시 주저하던 그가 눈매를 길게 휘었다. 해결책을 찾은 듯해서 나는 반색했다.

"요령껏."

그러나 매정한 답을 끝으로 방문이 닫혔다.

장난이지? 황당하여 쏘아보는데 문은 잠잠했다. 환이 진짜로 무책임하게 가버렸다.

"아……."

나는 뒷골이 당겨서 뒷목을 잡았다.

봐주지 않을 땐 가차 없는 남자인 줄 알면서 기대했다가 매번 배신당한다. 아무래도 나는 환의 손바닥에서 놀아나는 원숭이보다 못한 듯.

입술을 잘근거리며 주섬주섬 옷을 찾다가 거듭 좌절했다. 잠옷이다. 빼도 박도 못하게 잠옷!

"하."

걸쭉한 한숨을 내쉬며 의욕 없이 침대에서 나왔다. 할 수 없다. 배신자는 가버리고 의지할 사람도 없으니 이 역경은 스스로 헤쳐 나가야 했다.

될 수 있는 한 잠옷을 단정히 입고서 본격적인 탈출을 시도했다.

쪼그려 앉은 자세로 포복하듯 계단으로 이동하여 웅크린 채 하층 기류부터 살폈다. 나의 작은 숨소리가 전부일 뿐 소음도 기척도 없었다. 후다닥 계단참까지 옮겨가 저편의 주방을 스캔했다. 조용하다. 현관 방향도 훑었다. 텅 비어 있다.

굿 타이밍.

날쌔게 움직였다. 현관으로 직진하면서 이게 또 뭐라고 스릴있다고 나는 겁 없이 키득거렸다. 현관으로 통하는 중문을 여는 데까지 성공! 이라고 기고만장한 찰나. 줄다리기를 하는 것처럼 맞은편 현관문이 벌컥 열렸다.

"악!"

"에구!"

나도 모르게 튀어나온 비명에 아줌마가 자지러지게 질겁했다. 그녀가 본능적으로 들고 있던 빗자루를 휘둘렀다. 자칫 거하게 한 대 맞을 뻔했으나 빗자루가 아슬아슬하게 허공을 갈랐다.

"제이야! 여서 뭐 하나?"

한 템포 늦게 아줌마가 나를 알아보았다.

나는 엉거주춤한 자세로 고개를 주억거리며 흘러내린 머리카락을 귀 뒤로 넘겼다. 멋쩍어서 헤죽거리며.

아줌마의 능구렁이 같은 눈초리가 잠옷차림의 나를 머리부터 발끝까지 훑어 내렸다. 그러더니,

"환이 방에서 잤나?"

직설적으로 물었다.

"……아줌마, 굿모닝."

필터링 없이 넘어온 질문을 어찌 답하겠는가. 나는 딴청 피우듯 아침 인사를 하며 아줌마 곁을 빠르게 지나쳤다. 실룩실룩 들뜨는 아줌마의 아랫입술이 내리깔린 시야 너머에서 어른거렸다.

"좋을 때네."

킬킬거리는 웃음소리가 뒷등에 박혔다.

화끈거리는 얼굴을 찡그리며 후다닥 도망쳤다. 애먼 환을 원망하며.

그리고 마지막 관문.

제발 엄마가 주무시길 바라며 별채 잠금을 풀었다. 마른침을 꿀떡 삼키고 문을 열었다. 다행히 거실에 아무도 없었다. 서둘러야 한다. 얼른 문을 닫으려는데, 안방 문이 벌컥 열렸다. 엄마에게도 들켰다. 제길.

"환기 시키게? 활짝 열어놔. 거실창도."

하품을 하면서 엄마가 손짓했다. 일순 관자놀이로 지끈 올라왔던 두통이 사르르 사라졌다.

"응."

난 활기찬 척 웃으며 현관문을 활짝 열었다. 엄마가 잠이 덜 깬 걸음걸이로 주방으로 들어가 물을 마셨다.

느물느물한 미소를 감추며 거실 미닫이창도 열었다. 서늘한 바람이 탁한 공기를 여과시켰다. 청량한 공기를 마음껏 들이마신 후 엄마를 돌아보았다.

"엄마! 나 배고파."

"웬일이야. 배고프다는 소리를 다 하고. 근 십 년 만에 들어보는 소리네."

"배고파. 밥 줘."

아이처럼 칭얼거리는 내가 신기하다는 듯 엄마가 눈을 동그랗게 떴다. 그러곤 알았다면서 부랴부랴 아침 준비를 시작했다. 엄마는 쌀을 씻으며 콧노래를 흥얼거렸다.

엄마의 콧노래를 무심코 따라서 흥얼거리며 욕실로 갔다. 붕붕 뜨듯 발꿈치도 들썩거렸다. 배가 무진장 고팠다. 엄마의 말마따나 거의 십년 만에 느끼는 허기였다. 밤샘 운동의 영향일까?

1월다운 눈이 내렸다. 소곤소곤.

깨어 보니 두툼한 융단 같은 눈이 세상을 덮고 있었다. 차가움과 따스함이 공존했다. 차가운 색을 가진 눈이 넉넉하게 덮어준 세상은 따뜻할 것 같았다.

코트를 걸치고 정원으로 나갔다. 조급한 마음에 외출 준비를 진즉 끝내놓고 깜빡 낮잠이 들었었다. 얄밉게 굴 때는 언제고 조바심 내는 나였다. 보고 싶은 마음에 종종.

뽀드득뽀드득.

두터운 눈은 발로 밟는 압력이 분명해서 좋다. 움푹움푹 꺼지는 느낌이 은근히 재미있다. 아무도 거닐지 않은 눈밭을 밟으며 하늘을 올려다봤다. 파리 하늘은 다채로운 색이 섞일 때가 많아 좋고 한국의 하늘은 평화로워서 좋다. 넓은 정원으로 인해 트인 시야도 더없이 맑다.

하늘 끝자락에 어린 불그스름한 실루엣이 초점에 잡혔다. 노을이 지고 있었다. 노을은 저녁을 알린다. 저녁이면 당연히 퇴근을 뜻한다.

후다닥 별채로 돌아갔다.

서둘러 거울 앞으로 달려가, 낮잠을 자면서 헝클어졌을 매무시를 다듬었다. 벌써부터 심장이 뛰기 시작했다. 진정시키려 재차 심호흡을 하며 거울 속의 나를 봤다. 눈동자도 입술도 생기가 파릇파릇 했다. 내가 이런 표정을 갖고 있었구나. 새삼스레 내 얼굴이 예쁘게 느껴졌다.

"기다렸어?"

"별로."

그렇게 들떠 있었던 주제에 나는 퇴근 후 데리러 온 환에게 새침하게 굴었다. 의도적인 건 아니었다. 괜히 간질간질한 입술을 감추기 위한 것뿐.

"뭐 먹고 싶어?"

"글쎄."

"프렌치식당을 예약해 두긴 했는데 먹고 싶은 거 있으면 말해."

"예약한 데 가야 하는 거 아니야?"

"취소 가능해."

다정히 내 안전벨트까지 체크한 환이 시동을 걸었다. 골목에서 나오자마자 그가 핸들에서 오른손을 뗐다. 그리고 손바닥을 내밀었다. 손을 잡아달라는 모션이었다.

"눈길에 위험하게."

"차도는 다 녹았어."

그가 손을 까닥까닥 했다.

나는 허벅지에 두었던 손을 그의 손으로 옮겼다. 그가 굳게 잡고서 자신 쪽으로 가져갔다. 온화한 온기가 마주 댄 손바닥으로 전해졌다.

어려서는 자연스럽게 잡고 다니던 손인데, 성인이 되어서는 몇 번 안 잡아서인지 잡힐 때마다 새로웠다. 설렘으로 심장이 뛰었다. 입술자락도 배시시 늘어났다.

"아! 나 먹고 싶은 거 생각났어!"

"뭐?"

"거기. 우리 거기 가자."

"거기?"

나는 눈을 반짝반짝 깜박거렸다. 일별한 환이 당장 기억나지 않는지 갸웃했다. 입술을 둥글게 말며 '거기'를 반복했다. 얼마 안 되어 환이 '아하' 하는 작은 탄성을 내었다.

북적이는 1층과 달리 2층은 비어 있었다. 당연지사 작은 창 아래 끝자리도 남아 있었다. 나는 환과 손을 잡은 채 쫄래쫄래 그 자리로 갔다. 맞은편으로 가려 하는 그의 손을 당겨 내 옆에 앉혔다. 여긴 예전부터 우리의 자리였다. 애은과 명세와 함께 오면 우린 늘 이렇게 딱 붙어 앉았었다.

"2인분 맞죠?"

"네."

쟁반을 든 아르바이트생이 1층에서 올라왔다. 학생이 버너를 켜고 푸짐하게 재료가 쌓인 냄비를 올린 후 각각 그릇을 놓았다. 콜라 한 병과 함께.

"콜라는 서비스고요. 끓기 시작하면 드세요."

"네."

신난 나의 잇새에서 자동으로 발랄한 대답이 나왔다.

"이게 그렇게 먹고 싶었어?"

"어. 내가 파리에서 얼마나 즉석 떡볶이가 먹고 싶었는데. 너무 좋아."

보글거리기 시작하는 즉석 떡볶이에서 눈을 떼지 못하는 잔망스러움에 환이 쿡쿡거렸다. 그가 각자의 컵에 콜라를 따라 건넸다. 난 즉각 콜라의 맛을 음미했다. 달달하게 쏘는 맛이 일품이었다.

"아, 환상이다."

눈을 찡긋하며 환에게 웃어 보였다.

순간 환이 기습적으로 입술을 머금었다. 종일 떨어져 있던 아쉬움을 채우듯.

내 입속에서 잔류하는 단맛이 그에게 넘어갔다. 입맞춤 같은 짧은 키스를 끝낸 환이 유유히 떨어졌다. 난 후딱 앞쪽 계단을 살폈다. 다행히도 인기척은 없었다.

"이런 데서 키스하면 불법 아니야?"

"불법이야?"

속삭이듯 힐책하는 나를 따라 그도 속삭이듯 반문했다. 미성년자가 많이 이용하는 떡볶이집에서 키스하는 건 경범죄? 이런 류의 불법행위일 것 같다. 물론 미성년자였던 우리도 키스하긴 했지만.

"잡혀갈 땐 가더라도……."

얄궂은 입술이 도로 입술에 닿았다. 쿡쿡 웃으면서도 나는 입술을 쭉 내밀어 환의 입술에 맞추었다. 떨어지기 싫은 듯 입술을 맞대던 그가 두 번째 달콤한 키스를 했다. 키스는 키스로 보답했다.

나무 계단을 디디는 소리가 났다.

나는 움찔했다. 환이 나의 얼굴을 가리면서 입술을 뗐다.

교복 입은 여고생들이 계단으로 올라왔다. 이상야릇한 기류를 감지한 그들이 넌지시 힐끔거렸다. 난 멋쩍은 초점으로 벽에 붙은 메뉴판을 쓸었고, 환이 자연스럽게 맞은편으로 넘어갔다.

웃음을 참느라 혼났다. 머쓱한 입술을 연신 깨물었다. 환의 광대도 부풀어 올랐다.

마침 즉석 떡볶이가 보글보글 끓어올랐다. 젓가락으로 떡을 하나 집어 입에 넣으려다 말고 내밀었다. 환이 넙죽 받아먹었다.

"맛있다."

내가 준 떡을 씹으며 환이 웃었다.

사실 환은 떡볶이를 좋아하지 않는다. 학생 때도 나 때문에 내리 이 집에 오긴 했지만 묵묵히 먹어줄 뿐 맛있다고 즐긴 적은 없다. 그런 환이 스물아홉이 되어서야 떡볶이 맛의 진리에 눈을 떴나 보다. 기분 좋은 미소를 한껏 그렸다. 어쩌면 나하고 있어서 마냥 기분이 좋은 건지도 모르지만.

그도 떡 하나를 집어서 내게 내밀었다. 앙다물 듯 떡을 입속에 넣으며 나도 함박만 한 미소로 답례했다.

대각선 방향으로 앉은 여고생들이 넘겨다봤다. 우린 짜 맞추기라도 한 듯 각자 물을 마셨다. 하나 몇 초 만에 다시 눈이 마주쳤다. 쿡, 웃음이 났다. 환과 나는 나직하게 쿡쿡거렸다. 어린아이들처럼.

"또 가고 싶은 곳 있어?"

떡볶이 국물까지 싹싹 해치운 나의 왕성한 식욕에 환이 감탄했다. 오늘따라 과식하는 나였지만 볼록해진 윗배가 자못 만족스러웠다. 위장의 이런 충만감은 지극히 오랜만이었다. 거리로 나서며 반문했다.

"내가 원하면 어디든 가?"

"말해."

시원하게 환이 끄덕였다.

뜻밖의 호사를 즐기며 차로 향하는데 환의 손이 왔다. 내 손을 감싸는 큰 손의 밀착에 난 키득거렸다. 더 나아가 그의 손에 깍지를 끼웠다. 손가락 하나하나 맞닿는 접촉이 더할 나위 없이 좋았다. 우린 같이 웃었다.

"저번에 애은이랑 명세가 어디 갔었는지 알아?"

"호텔."

차에 타며 은근슬쩍 물으니 환이 대번 응수했다. 그날은 알은 티를 안 내더니. 부끄러워할 친구를 위해 모른 척 해준 건가.

"알았네?"

"나 버리고 둘이 자주 그랬어."

"진짜? 이 파렴치한 것들."

심드렁한 환의 대꾸에 난 분개했다.

그렇지 않아도 외로웠을 환이 그 환장 커플의 만행 때문에 얼마나 더 외로웠겠는가. 애초에 외롭게 만든 내 잘못일까.

"근데 그건 왜?"

운전하며 환이 피식 했다.

"너도 호텔 이용해?"

"가끔."

"간다고?"

"대부분 비즈니스호텔. 회의나 프로젝트 있으면 팀원들과. 출장 때는 혼자."

호텔이라는 단어로 연상되는 성스러운 그림 때문에 예민해진 내게 환이 조목조목 이유를 밝혔다. 친절한 설명에 나는 기분이 좋아졌다. 은근하게 상체를 운전석으로 기울였다.

"나는 한 번도 안 가봤는데……."

"가고 싶어?"

그의 눈길이 왔다. 음흉한 미소를 흩날리며 난 격하게 고개를 끄덕였다. 환이 즉시 내비게이션을 눌렀다. 최소 거리의 호텔이 검색되자마자 그가 망설임 없이 핸들의 방향을 틀었다. 다급한 움직임에 난 까르르 웃음을 터뜨렸다.

"난 이 정도의 룸을 원한 건 아닌데……."

이십 분 후 우리는 호텔 스위트룸에 들어섰다.

각각 개별공간이 따로 있는 룸은 넓고 모던했다. 침실이며 욕실이며 기웃거리듯 구경하다가 창을 가린 커튼을 젖혔다. 까만 하늘 아래의 한강에다 울긋불긋한 수를 놓은 야경은 말을 잃을 정도로 근사했다.

"와."

등 뒤로 온 환을 넘겨다보며 웃었다. 다정한 팔이 나의 허리를 깊숙이 끌어안았다. 내 뒤에서 단단하게 버텨주는 가슴팍이 느껴졌다. 느긋하게 기대었다.

"마음에 들어?"

"응. 완전."

허리를 감은 그의 팔에 힘이 들어갔다. 신호 같아서 고개를 틀었다. 역시 텔레파시가 통하는 우리다. 환의 입술이 내려왔다. 나긋이 눈을 감았다. 그의 입술이 지그시 내 입술을 담아냈다.

우린 오늘.

같이 있음으로 해서 무미한 공기도 무미한 물도 달다는 것을 깨우친다. 같이 있다는 건 그 무엇보다도 소중한 가치임을 깊이 새긴다.

윙—

드라이 소음이 잔잔했다. 침대에 누워 있는 나를 배려하여 부러 바람을 약하게 낮춘 모양이다.

나는 상체를 욕실 방향으로 틀었다. 욕실 사이드 테이블 앞에서 두툼한 흰 수건으로 하체를 가린 채 젖은 머리카락을 말리는 환의 모습이 보였다.

남성미가 물씬 풍기는 바디라인을 가감 없이 구경했다.

군살 없이 균형이 완벽한 몸이다. 드라이어를 흔들 때마다 여릿하게 꿈틀거리는 몸이 지독히 섹시하다. 남자의 몸이 이토록 관능적이구나.

그리고 싶은 몸이다.

벌떡 일어나다시피 상체를 들었다. 이불을 몸에 말은 채 굼벵이처럼 꼬물꼬물 침대 테이블에서 메모지와 볼펜을 가져왔다. 하단에 호텔 로고가 박힌 메모지였으나 크기는 적당했다.

"뭐 해?"

환이 드라이어를 든 채 멈칫했다. 나의 농밀한 시선과 빠른 속도로 메모지에 볼펜을 휘날리는 동작을 알아챘다.

대답하지 않고 쿡 웃기만 했다.

드라이어가 꺼졌다. 바람 소리가 사라지자 쓱쓱 미끄러지는 볼펜의 소음이 커졌다.

"나 움직이지 마?"

일시 정지한 환이 물었다.

"응. 몇 초만 더."

나는 입가에서 떠나지 않는 웃음기를 머금고서 열성적으로 그를 그렸다. 그러면서 부연 설명하듯 말을 이었다.

"대학 준비하면서 크로키를 엄청 많이 그렸거든. 그중에서 누드 크로키가 나는 재미있더라고. 남자보다는 여자가 더. 그런데 이제 보니 남자 몸도 재밌네."

"내 몸이 재밌어?"

환이 입술만 움직였다.

"응. 내 전용이니까. 자주 활용해야겠어."

"나의 초상권은 보장 안 해주나?"

"내겐 없어."

"응."

단호한 답을 환이 군말 없이 수긍했다.

뚝딱 누드 크로키를 완성했다. 모델이 좋으니 크로키도 잘 나왔다. 자신만만하게 메모지를 돌려 보이니, 환이 헝클어진 머리카락을 대충 털어내며 침대로 왔다. 푹신한 매트리스가 그의 체중으로 기분 좋게 눌렸다.

"잘하네."

"내가 좀 해."

메모지에 담긴 자신의 크로키가 마음에 드는지 환이 눈썹을 들썩했다. 거들먹거리듯 어깨를 으쓱하다가 그의 어깻죽지에 손을 대고 비틀었다.

"이렇게 있어."

침대 가에 옆으로 앉아 있는 그도 메모지에 담았다. 환이 고분고분 내가 원하는 자세를 취해주고서 호흡도 여릿하게 쉬었다. 정성스러운 자세에 뿌듯한 웃음이 났다.

예리한 초점으로 애무하듯 그의 몸을 차근차근 훑어 내렸다. 완만한 굴곡을 이루는 이두박근, 탄탄한 절개를 이루는 가슴팍, 촘촘한 근육이 밀집된 복부와 섹시하게 튀어나온 치골…….

"어?"

그의 하체를 덮고 있는 수건 모양이 틀어졌다. 신기한 인체의 세계도 아니건만. 분출 직전의 활화산처럼 치솟은 수건의 변형에 메모지를 더듬던 볼펜을 멈추었다. 그를 새치름하게 흘겼다.

"짐승."

"네가 보잖아. 본능적인 거야."

억울하다는 듯 환이 항변했다.

눈초리만으로도 본능이 솟구치는 게 말도 안 된다는 듯 나는 혀를 찼다. 못내 원통한지 환이 한쪽 눈썹을 일그러뜨렸다. 돌연 그가 침대에 전신을 실으며 달려들었다.

"이리 와. 진정한 짐승을 보여줄게."

"악!"

화들짝 놀라 시트를 끌어당겼다.

사냥감을 발견한 야수처럼 환이 우악스럽게 나를 덮쳤다. 까르르 웃으며 시트를 몸에 감은 채 침대 밖으로 내빼려 했다. 시도한 지 몇 초 만에 잡혔다. 저항의 몸부림으로 얄팍하게 버둥거렸으나 굶주린 야수의 허기에는 당해낼 재간이 없었다. 환이 가차없이 양팔을 잡고서 허벅지로 나의 하체를 눌렀다. 간지럼을 탄 것처럼 잇새에서 자지러진 웃음이 터졌다.

환도 웃었다.

웃는 입술이 곧장 숙여졌다. 언제 저항했냐는 듯 나는 양팔로 그의 목을 감았다. 웃는 입술과 웃는 입술이 포개어졌다. 웃음이 자꾸 났다. 키스인 건지 웃음인 건지 웃음이 섞인 숨을 똑같이 삼켰다.

$$**$$

"출국 준비는 잘하고 있어?"

입덧이 시작됐다며 애은이 연거푸 초콜릿을 깠다. 그녀 앞 테이블에 초콜릿 포장지가 수북하게 쌓였다. 엄마 닮아 성질 급한 아기인 모양이라고 투덜거리면서도 그녀의 눈빛은 초롱거렸다. 예쁜 엄마의 눈빛이었다.

"준비할 것도 없어. 애초에 짧게 있을 줄 알고 옷 몇 개만 가져왔으니까."

유신 언니의 메일을 받을 때만 해도 별다른 일이 아닐 거라고 짧게는 삼 일, 길게는 일주일로 일정을 잡았었다. 그런데 별다른 일이 많았다. 특별한 일이 넘치던 날들이었다.

"이번에 가면 언제 와?"

"졸업하고."

"중간에 안 와?"

"응. 공부해야지."

"방학 때도?"

"응. 공부할 거야."

"뭔 공부를 그리 빡세게 해? 중간중간 한국도 오가면서 쉬엄

쉬엄해."

"나 이번 방학에 과제도 제대로 못 했어. 방학 끝나자마자 바로 시험 봐야 하는데 내가 그 시험을 잘 보겠니? 아마 죽 쓸걸? 그러니까 졸업하려면 남은 학기 빡세게 해야 해."

"야, 아무리 그래도. 나는 아기 때문에 갈 수도 없잖아."

"오지 마. 아기나 잘 키워."

그녀의 마음은 안다. 하지만 졸업은 무조건 시기에 맞춰서 할 계획이다. 졸업을 해야 한국에 올 수 있으니까.

"휴대폰은 살 거지?"

"아니. 공부에 방해돼. 급한 일은 메일로 해."

"독한 년."

엄격한 결단에 애은이 질린다는 듯 혀를 내둘렀다.

난 쿡쿡 웃기만 했다. 파리로 돌아갈 날이 이틀밖에 남지 않았다. 떠난다는 아쉬움이 컸다. 그러나 기대도 되었다. 기대라는 걸 잊었었는데 지금의 나는 기대하고 있다. 졸업 후의 나를. 졸업 후의 우리를.

"환은? 환은 간대?"

"오지 말라 했어."

"그러겠대?"

"응."

"하긴 십년을 오매불망 기다렸는데 그까짓 일 년 육 개월을 못 기다리겠느냐마는……. 환하고도 메일로 대화할 거냐?"

"틈틈이 그러기로 했어."

"아휴. 내가 말을 말아야지."

애은이 답답하다는 듯 한숨을 쉬더니 초콜릿을 하나 더 깠다. 나는 싱그레한 미소를 걸며 커피를 마셨다.

"좋아 보여, 너."

"그래?"

"입술에서 미소가 떠나지 않잖아. 명세 말로는 환도 얼굴이 훅 폈다던데? 그렇게 좋아?"

"응. 무지 좋아."

"진즉에 오지."

너스레 떠는 것처럼 어깨를 으쓱하자 그녀가 샐쭉하니 이죽거렸다. 그러게, 하듯 눈웃음으로 답을 대신했다. 그런 나를 애은이 애잔한 눈으로 다독였다.

"다시는 나쁜 생각 하지 말고. 환도 아프게 하지 말고."

그녀가 무엇을 말하는지 나는 간파했다. 여태 부모님과 환, 환의 부모님, 유신 언니만이 알고 있는 줄 알았다. 그런데 애은도 그날 일을 알았던 모양이다.

"알고 있었어? 거기까진 모르는 줄 알았어."

지나간 일이니 상관없다는 투로 물었다. 그 부분은 애은과 상세히 대화하고 싶지 않았다. 대화할 이야깃거리도 아니고.

"내가 어떻게 모르니. 너 그러고 틀어박혀 있는데 내가 너희 집에 안 가봤겠니. 내가 그때 이해 못했던 거야. 왜 그런 선택까지 했을까, 하고."

"……다른 애들도 알아?"

"애들은 몰라. 내가 대충 둘러대고 말았고, 환이야 물어봤자 대답 안 해줄 거 뻔히 아니까 다들 묻지도 않았고."

어떤 염려인지 알기에 애은이 속사포처럼 빠르게 덧붙였다.

"명세도 모른다."

"의리 있네, 이애은."

칭찬 들은 애은이 자신의 엄지를 치켜들며 능글맞게 굴었다.

이불 속에서는 비밀이 없다던데 사랑하는 명세에게까지 함구해 준 그녀에게 고마웠다. 인사 대신 미소를 보냈다.

"아무튼 앞으로는 힘들어도 혼자 힘들어하지 마. 혼자 아프지 말고. 네게 달려갈 사람 많잖아. 환도 있고, 나도 있고."

그녀가 강경히 큰소리쳤다.

"힘든 일 있으면 무조건 연락해. 나는 애 낳다 말고도 달려갈 거니까."

"든든하네."

끄덕끄덕. 크게 주억거려 주었다. 얄밉다는 듯 애은이 째려보더니 와그작와그작 초콜릿을 씹었다. 그녀에게 손바닥을 내밀었다.

"아기 태어나면 꼭 사진 찍어서 보내. 너 닮지 말고 명세 닮아야 하는데."

"됐거든. 내가 더 잘생겼거든."

그녀가 내 손바닥에 초콜릿을 때리듯 놓았다.

아프다고 엄살로 손바닥을 비벼주고 초콜릿을 입에 넣었다. 오랜만에 맛보는 초콜릿의 단맛이 혀끝을 즐겁게 만들었다. 역시 파리로 돌아가는 게 아쉽다.

초록 버스가 정차했다.

두 명의 승객이 내리고 한 명의 승객이 버스에 올랐다. 빈자리를 찾아 이동하는 승객을 무심히 좇았다. 무료해서 보는 거지 큰 의미는 없었다. 벤치에 앉은 채 다리도 들었다. 첨벙첨벙 물장구치듯 종아리를 들썩이는데 버스 정류장으로 다가오는 낯익은 자동차가 시야에 들어왔다.

후딱 일어났다.

자동차가 적당한 위치에서 정지했다. 잽싸게 달려가 서슴없이 보조석 문을 열고 올라탔다.

"데리러 간다니까."

"기다리기 지루해서."

운전석의 환이 웃었다. 화답의 미소를 보내며 안전벨트를 맸다. 뒤에서 가까워지는 파란 버스를 백미러로 확인하며 환이 곧바로 차를 출발했다.

퇴근길에 별채로 전화했던 환이었다. 나는 버스 정류장으로 나가겠다고 했다. 나오지 말라는 그에게 고집부리며 기어이 버스 정류장으로 나온 나였다. 짧게라도 그와 함께하는 시간을 늘리고 싶었다.

"어디 가는데?"

"밥은 먹었지?"

"응. 먹으라며."

엉뚱한 반문에도 나는 순순히 끄덕였다. 환이 스스럼없이 내
뒷목을 손으로 감쌌다.

왼손으로는 운전대를 잡고, 오른손으로는 내 목덜미를 주물
주물 안마했다. 종일 놀고먹었던 피로가 일시에 풀렸다. 외려 일
하고 온 그에게 안마를 받으니 무한으로 대우받는 것 같아서 행
복했다.

"얼마나?"

"많이."

"그럼 됐어."

만족스럽다는 듯 환이 턱을 까닥거렸다. 의아해하는 내게 그
가 애매모호하게 웃으며 눈을 찡긋했다. 얼렁뚱땅 넘기려는 심산
같았다. 나는 그냥 넘겼다. 무엇이든 환이 알아서 하겠지. 어디
든 환이 데려가는 데면 좋은 곳이겠지.

"나쁘게 생각하지 마. 나쁜 자리 아니야."

그러나 환이 나를 데려간 곳은 예측하지 못했던 불안이 내포
되어 있었다. 재차 다독이는 그의 말에도 마음이 불규칙하게 흐
트러졌다.

환이 내 정수리를 쓰다듬었다. 그리고 나의 몸을 묶은 안전벨

트를 풀고 운전석에서 나갔다. 보조석으로 돌아온 그가 문을 열었다.

"겁나, 좀."

"당연해."

이래도 되느냐고 망설이는 나를 환이 참을성 있게 기다렸다. 결단이 필요했다.

환이 나쁜 자리는 아니라 했으니 그를 믿어야 한다. 환이 무작정 데려올 리도 없다.

심호흡을 두어 차례 한 후 차에서 내렸다. 환이 내 손을 잡았다. 아이 데려가듯 내 손을 굳건히 쥔 채 레스토랑으로 들어섰다.

안내데스크 직원이 안쪽 VIP룸으로 안내했다. 똑똑. 노크와 함께 룸의 문이 열렸다. 마른침을 꿀떡 삼켰다.

"둘이만 있게 해주겠니?"

룸 안에는 채경 엄마가 있었다. 그녀가 사뭇 안온한 표정으로 점잖게 있었고 환에게도 부탁조로 말했다.

환의 시선이 내게로 왔다. 괜찮겠느냐고 묻는 그에게 끄덕거려 주었다. 칭얼거리는 어린아이처럼 굴 수는 없는 노릇이기에.

"차에서 기다릴게."

그가 나를 안심시켰다.

멀지 않은 거리에 있을 테니 언제든 오라는 뜻이었다. 거듭 끄덕거려 주자 그가 손을 풀었다. 차분히 VIP룸의 문을 닫고서 환이 나갔고, 나는 벌서듯 조용히 서 있었다.

"앉아라."

"네."

"밥은 먹었니?"

"네."

이제야 밥을 먹고 나오라던 환의 말에 담긴 배려를 이해했다. 그녀와 밥은 못 먹을 테고 그녀와 헤어진 후에도 밥은 먹지 못할 테니.

"나하고의 자리인지 몰랐던 모양이구나."

"주차장에서 알았어요."

"용케 들어왔네. 네가 싫다고 하면 어쩌나 했어. 나도 큰 결심을 하고 온 거라."

만약 오기 전이었다면 싫다고 강경히 거절했을 거다. 하여튼 환은 공격적일 땐 되게 공격적이다. 옳다 판단하면 무조건 직진한다. 만약 그가 어미 새고 내가 새끼 새라면 알 깨고 나오자마자 무자비하게 공중에서 던졌을 거다. 나쁜 놈.

"이 자리는 나한테도 울며 겨자 먹기 같은 자리이기도 해. 환의 협박이 아니었다면 결단을 내리지 못했을 거야."

환의 협박?

"그런데…… 그게 또 전부는 아니야. 인간으로서 부모로서 한번은 해야 했던 일이었어. 내가…… 잘못한 건 맞으니까. 어른답지 못했고 부모답지 못했고."

그녀가 눈꺼풀을 들었다. 그리고……

"내가 미안해. 미안하다."

사과했다.

상상도 하지 못하였던 일이었다. 놀란 바람에 눈을 부릅뜬 채 입술을 악다물었다. 가슴이 저렸다.

"……나는 사실 알았어. 네 잘못이 아닌 줄 알고 있었어. 네 잘 못이 아니었어. 채경이의 선택은 나와 채경이 아빠, 우리 부부에게 책임이 있었어."

그녀가 허탈한 음성으로 말을 이었다.

"우리 부부는 불화가 많았다. 채경이 어려서부터 그랬어. 채경인 항상 외로워했지만 나는 등한시했다. 우리 부부 문제만으로도 버거웠거든. 힘겨웠어."

"……"

"채경이 그 일이 있을 즈음…… 우리 부부는 이혼을 준비하고 있었어. 채경이 아빠에게 여자가 있었거든. 아이도 있고……."

물꼬가 트인 것처럼 한 번 터진 말들을 줄줄 주워섬겼다.

"채경인 그런 부모가 얼마나 원망스러웠겠니. 죽고 싶다는 문장이 다이어리에 도배되어 있더라. 나는, 우리는 그런 사실도 까맣게 모르고 서로를 죽일 듯 물고 뜯고 했어."

그녀의 눈빛이 참담함으로 물들어갔다.

"……우리 같은 부모를 갖고 있었기에 채경인 마음 둘 곳이 없었겠지. 그래서 환에게 집착했던 거야. 하지만 환은 너밖에 몰랐지."

"……."

"채경인 널 많이 미워했어. 다이어리에 온통 너 때문에 괴롭다는, 네가 없어졌으면 좋겠다는 저주가 한가득이었어. 실상 부모를 미워하고 싶었는지도 몰라. 근데 자기 부모니까, 부모 대신 증오의 대상이 필요했던 거야. 그게 너였던 거야."

나는 쓰라린 심장을 내리눌렀다.

"나도 그랬다. 채경이가 죽고 난 후 나는 인정할 수 없었어. 우리 부부 때문에 딸이 죽었다는 사실을 도저히 인정할 수 없었어. 내 죄를 덮어줄 누군가가 필요했어."

굵직한 눈물이 나의 눈가를 이탈했다.

"……그래서 채경이가 미워하던 너를…… 나도 너를……. 자기최면을 걸 듯 너 때문이라고……."

그녀의 눈에서도 나와 같은 눈물이 흘렀다.

"네가…… 너도…… 죽으려 했었다는 말에…… 내가 대체 무슨 짓을 했는지 자각했다. 이제와 돌이킬 수 없는 내 잘못을 시인했어."

그녀의 잇새에서 견디기 어렵다는 듯 흐느낌이 나왔다.

"이런 엄마라서…… 내 아이가 세상을 떠난 거야…… 이렇게 나쁜 엄마라서 내 아이를 잃은 거야."

나도 흐느낌이 나오려 했다. 아랫입술을 아프도록 깨물었다.

"너한테 어떻게 용서를 빌어야 할지……. 이 죄를 어떻게 씻을

지……."

그녀가 테이블에 이마를 묻었다. 진정이 안 되는지 끅끅거리며 부들거렸다.

"미안해…… 미안하다."

나는 고개를 숙였다.

겹겹이 쌓이고 쌓였던 서러움이 폭발하듯 터졌다. 무거운 턱을 붙이고서 어린아이처럼 엉엉 울었다. 소리 울음을 멈출 수 없었다. 멈춰지지 않았다.

탁.

달콤한 향이 모락거리는 커피가 테이블에 놓였다. 기력이 서너 움큼쯤 빠져나간 상태로 창밖을 주시하던 눈길을 돌렸다. 빙그레한 미소를 머금은 환이 내 옆에 앉았다. 그러곤 내 앞에 놓인 커피를 손가락질했다. 그의 입모양이 '내 마음'이라고 벙긋거렸다.

커피로 눈길을 내렸다.

황갈색 라떼 위에 새하얀 하트가 그려져 있었다. 환답지 않은 애교에 피식 웃음이 나왔다. 머그잔을 양손으로 감싸서 조심조심 마셨다. 하트가 차근차근 입속으로 들어왔다.

따뜻하고 달다.

"맛있어."

세심히 내려다보는 그에게 설핏 웃어주자 그제야 환도 커피를

마셨다. 커피를 마시는 환을 바라보다 넝쿨처럼 그에게 팔짱을
끼며 기대었다. 편히 기대라는 듯 환이 어깨죽지를 비스듬히 내
려주었다.

"환아."

"응."

"나 숨이 쉬어져."

외부 등빛이 은은하게 비쳐 드는 창밖 거리를 잠잠히 응시했
다. 일상의 거리를 거니는 사람들은 평범했다. 하나같이 보통의
평범함을 갖고 있었다.

"아주 숨이 잘 쉬어져."

짐을 짊어진 것처럼 어깨를 짓누르던 무게가 사라졌다. 시간이
지나면 지날수록 가중되었던 심장의 통증도 사그라졌다.

이렇게 가볍고 이렇게 가뿐할 수 있을까.

공기는 참으로 맑은 거였구나. 숨을 쉬는 게 어려운 일이 아니
었구나.

환의 다른 손이 넘어왔다. 그의 손바닥이 담듯이 나의 뺨을 쓸
어내렸다. 보듬듯 부드럽게 쓸었다.

눈을 들었다.

눈매를 길게 늘인 환이 나를 내려다보고 있었다. 빙긋. 가볍고
가뿐한 미소를 보내었다. 그러자 그가 턱을 숙였다. 쪽. 내 입술
에 입을 맞추었다.

아무리 카페에 손님이 없고 아무리 내 기분이 맑아졌다 해도

너무하다. 나는 불과 삼십 분 전까지만 해도 오열하듯 눈물콧물 빼며 울었던 사람이다. 한데 바로 입을 쪽쪽거리는 건……

쪽.

환의 입술이 또 입을 맞추었다.

"그만해."

흘기며 팔꿈치로 그의 옆구리를 찔렀다. 그러나 환은 입술을 또 내렸다. 짓궂은 웃음이 배어나온 입술이 물듯이 내 아랫입술을 머금었다. 결국 쿡쿡 웃음이 터졌다. 아린 기억이 모조리 지워진 듯 홀가분한 웃음이 났다.

"제이의……"

투명한 기포가 춤을 추듯 물결을 탔다. 여릿한 파동으로 출렁거리는 샴페인이 채워진 글라스가 높이 들렸다.

"건강한 귀국을 기원하며."

지 회장님의 점잖은 건배사가 끝나자마자 다섯 개의 글라스가 입 맞추듯 서로서로 부딪쳤다. 윤정 이모는 부러 두어 번 더 자신의 잔을 내 글라스에 맞대었다.

"제이야, 잘 다녀와."

"네."

"생일을 못 치르고 가서 어쩌니."

"오늘 겸사겸사 생일상이라 치면 되지. 일 년 육 개월 후면 졸업하고 올 텐데, 뭘."

이모의 볼멘소리에 엄마가 대범하게 받아쳤다. 이모가 예전과 다르다는 듯 과장되게 '오!' 하며 감탄했다. 날 파리로 보냈을 때의 엄마 모습을 어림짐작하기에 난 모른 척했다.

드디어 나는 내일 파리로 간다.

짧다면 짧았으나 지난 몇 주는 내게 있어 꿈결 같은 시간이었다. 무엇보다 소중한 나날이었다.

십여 년 동안 못하였던 일들을 정리했고 그간 묻어두었던 감정을 되찾았다. 계속 도피했더라면 결코 얻지 못했을 귀한 것들이었다.

이 시간을 끝내고 돌아간다. 그저 끝내는 게 아니다. 훗날을 기약하는 일이므로. 다시 돌아올 것이므로.

"오늘 파티는 뭔가 좀 섭섭하다."

내일 떠나는 나를 위해 어른들은 본채 식당에 저녁 식사 자리를 마련했다. 엄마와 아줌마가 식사 준비를 했고 어설프지만 나도 도왔다. 퇴근하자마자 귀가한 세 사람의 손에는 샴페인이 들려 있었다. 파티에서 축배는 빠질 수 없는 거라며 윤정 이모가 넉살을 피웠다.

"먼젓번처럼 정원에다 텐트를 쳤으면 좋았을걸."

"아니야, 여보."

"아니에요."

내내 미련을 떨치지 못하는 이모의 투덜거림에 지 회장님과 환이 동시에 정색했다. 지 회장님이 캠핑은 극한 노동으로 비롯된 낭만이라며 진저리쳤다. 환이 대번 동의의 *끄덕거림*을 했다. 그것들을 설치하고 치우느라 고달팠던 두 남자였다.

"그래도 제이 귀국하면 가고 싶은데…… 진짜 캠핑장으로."

"그때는 오케이. 너는?"

시원하게 승낙한 지 회장님이 아들의 의향을 물었다. 혼자는 감당할 수 없는지. 자신에게 쏠린 이목을 즐기듯 얄궂게 눈썹을 들썩인 환이,

"기꺼이."

명쾌하게 까닥했다.

이모가 적어도 일 년 육 개월 이후에 있을 캠핑의 여행지를 고심하기 시작했다. 덩달아 엄마도 그날의 요리는 무엇이 좋겠느냐며 먹을거리 걱정까지 했다. 두 어머니의 극성에 못 말린다는 듯 나머지 우리 세 사람은 절레절레 고개를 가로저었다. 그러다 몇 분 안 되어 다 같이 머리를 맞대고서 계획을 짰다.

계곡이냐, 바다냐, 산이냐, 섬은 어떠냐, 캠핑카를 사자 등의 소란스러운 의견과 웃음소리가 섞였다.

"제이야."

식사가 끝난 후 어른들은 오랜만에 영화를 감상하겠다고 했다. 환과 지 회장님이 프로젝터를 설치하는 동안 여자들은 다이닝룸에서 간단히 맥주를 마셨다. 엄마가 안주거리를 가지러 주방에 간 새에 윤정 이모가 말했다.

"네 엄마 나 줘."

살갑게 웃으며.

"나는 네 엄마가 편하고 좋아. 내가 자매가 없어서인지 나는 네 엄마가 언니 같고 동생 같아. 네 엄마랑 서로 의지하며 살고 싶어."

그녀의 손이 나의 머리카락으로 올라왔다. 보드라운 머릿결의 감촉이 좋다는 듯 웃으며 가다듬었다.

"그러니까 나한테 네 엄마 주라. 나는 네 엄마랑 여기 우리 집에서 오순도순 늙어갈 테니까."

별채에서 머물 엄마에 대해 걱정도 미안해하지도 말라는 고운 마음씨였다. 그녀의 살가운 마음에 난 말갛게 웃었다. 온화한 손길을 이으며 그녀가 농담처럼 진담으로 덧붙였다.

"대신 환인 너 줄게."

내 눈꼬리가 절로 가늘게 휘었다. 좋아서 헤벌쭉 입술도 벌어졌다. 나의 반응에 그녀도 덩달아 해쭉하게 웃었다.

"그렇게 좋아? 너희도 대단하다. 대체 왜 그러니……. 하긴 애당초 환인 네 거였는지도 몰라. 사실 엄마로서의 자존심 때문에 말 못하고 간직한 얘기가 있는데……."

이모가 고해성사하듯 목소리를 낮췄다.

"환이 태어났을 때 말이야. 아기가 웃질 않고 뽀로통한 거야. 어른들이 원래 아기는 잘 안 웃는다고 해서 그런가 보다 하고 넘겼거든. 한데 환이 언제 처음 웃었는지 아니?"

"언제요?"

"너 봤을 때."

"저요?"

"네 엄마가 너랑 놀러 왔었거든. 넌 7, 8개월쯤이었는데 환이 너를 멀뚱히 보더라고. 그러다 갑자기 방긋방긋 웃는 거야."

세상의 빛을 본 지 얼마 안 된 아기 환이 내게 방긋방긋 웃는 장면이 머릿속에서 연상되었다.

"마치 자기한테 오라는 듯 손도 겉싸개에서 빼내어 팔락거리면서. 나한테는 안 그랬거든. 그걸 보는데 어찌나 서운하고 괘씸한지. 내가 지 녀석을 뱃속에서 오매불망 품었던 어미구만."

지금도 섭섭하다는 듯 그녀가 아랫입술을 잘근거렸다. 그러다 휴대폰을 꺼내어 사진 폴더를 열었다.

"그래도 사진은 찍어서 늘 갖고 다녀. 이모 스트레스 해소용으로. 이거 봐봐. 너희 둘 너무 귀엽지? 환이 입술이 웃고 있어."

이모가 보여준 사진에는 겉싸개에 감싸인 채 누워 있는 갓난아기와 곁에 앉아 있는 아기가 담겨 있었다.

누워 있는 아기가 이목구비 뚜렷하니 잘생겼다. 될성부른 나무는 떡잎부터 알아본다더니 환은 이때부터 인물이 훤했다.

그녀의 손끝이 사진 속 아기의 손을 콕콕 찔렀다.

겉싸개에서 빠져나온 조막만 한 손이, 앉아 있는 아기 손가락을 꾹 잡고 있었다. 앉아 있는 아기인 나는 갓난아기 환을 신기하다는 듯 내려다보고 있었다. 검지를 잡힌 채.

쿡쿡 웃음이 났다.

거봐. 내가 연상이라니까.

"그치? 이때부터 환인 네 거였지?"

"제가 환이 거 같은데요?"

"또 그러고 보니 그러네."

넌 내 거야, 하듯 굳게 잡고 있는 손 모양을 자세히 살핀 이모가 수긍했다. 갓난아기가 말이야. 이때부터 찜이나 하고 말이야.

"암튼 환인 네 거니까 한국에 돌아오자마자 환이 가지고 가. 네 엄마 나한테 주는 값으로 공짜로 넘길 테니까."

"환이 너무 헐값 아니에요?"

"내가 헐값이니?"

안주거리가 담긴 쟁반을 들고 다이닝룸으로 들어서던 엄마가 나의 대꾸를 들었다. 뽀로통히 흘기는 엄마에게,

"엄만 중고잖아. 환인 명품이야."

새침하게 반격했다.

기도 안 찬다는 듯 눈동자를 부라린 엄마가 이모에게 '인생 헛 살았다. 딸 키워봤자 어차피 남의 식구 되는 거다'며 하소연했다. 윤정 이모는 덩달아 '아들은 더하면 더했지 덜하지 않다. 어차피 자기 와이프 거다'고 맞장구쳤다.

"설치 다 했어요. 저희는 치우러 갈게요."

여자 셋의 작당 모의를 전혀 모르는 환이 들어섰다. 그가 거리낌 없이 내 손을 잡았다.

그의 손에 이끌려 나오면서 등 뒤에서 '저 봐라' 하는 이모의 볼멘소리를 들었다. 영문 모르는 환이 내려다봤다. 나는 아무것도 아니라고 도리질하며 서둘러 설거지 거리가 쌓인 싱크대로 갔다.

"내가 할게."

"괜히 그릇 깨지 말고."

"나 잘해."

거품이 이는 스펀지를 주물거리다 말고 올려다보자, 능청 떨듯 까닥거린 환이 뒤에서 그릇이 아니라 내 허리를 잡았다.

"정말? 어느 정도?"

"쫌?"

환의 넉살을 능숙하게 받아주자, 눈썹을 실룩거리며 그가 고개를 내렸다. 쪽. 그의 입술이 내 목덜미에 닿았다. 뭐야, 하며 어이없다고 웃는 내 입술에 입도 맞추었다.

입맞춤은 달콤한 키스로 연결되었다. 나는 양손에 세제 거품이 묻어 있다는 핑계로 밀어내지 않았다. 어른들은 영화 감상을 시작했다. 고로 우리의 키스는 안전했다.

설거지하려고 떼어내는 나의 입술을 어김없이 환의 입술이 쫓아왔다. 자석이라도 붙은 양 그의 입술이 집요하게 내 입술을 찾았다.

쪽쪽.

다디단 키스였다가 달콤한 입맞춤이었다. 장난치듯 키스와 입맞춤을 반복하는 우리의 잇새에서 웃음소리가 배어나왔다. 웃음을 삼키다가 웃고 숨을 삼키다가 웃고 그랬다.

"아이고, 그리 쪽쪽거리다가 어느 세월에 설거지를 끝내려고. 날 새겠네."

불쑥 등 뒤에서 아줌마의 한탄이 들렸다.

화들짝 놀란 나는 환의 입술에 달라붙어 있던 입술을 뗐다. 헛기침하며 환이 내 몸에서 떨어졌다. 민망한 환이 애먼 허공을 훑으며 물러났고, 나는 애먼 싱크대를 손가락으로 쓸었다.

저녁 준비 후 한숨 주무시겠다며 방으로 들어갔던 아줌마였다. 그래서 안심했었는데……. 이로써 아줌마에게 두 번이나 걸렸다.

"에끼. 썩 비켜라."

아줌마가 싱크대로 비집고 들어왔다. 수도꼭지를 쥐어 비틀어 어정쩡하니 서 있는 내 손에다 가차 없이 물도 뿌려댔다.

손에 남아 있는 거품이 말끔히 씻겼다. 큰 키로 넌지시 넘겨다 보던 환이 길게 팔을 뻗었다. 그가 내 손을 잡아서 뒤로 **빼내었**다. 그러든 말든 아줌마가 신명나게 설거지를 시작했다.

우리는 도망치듯 주방에서 나왔다. 본채 밖으로 나온 환이 나를 별채로 데려갔다. 캄캄한 별채로 들어가자마자 그가 갈증이 난 사람처럼 내 입술부터 물었다.

"……누가 오면 어떡하려고……."

"세 시간짜리 영화야."

싫은 건 아닌데 조심스러워서 떨어지려는 나의 허리를 당겨 안으며 환이 말했다. 역시 철두철미한 환이다. 철저한 준비성에 감탄하는 나의 잇새를 그의 혀가 거침없이 갈랐다.

열렬한 키스를 퍼붓는 동시에 부드러운 손길이 니트 속으로 들어왔다. 살결을 타고 오르는 그의 손길을 느끼며 나는 뒷걸음질했다. 우리는 익숙한 동선으로 나의 방까지 이동하며 키스를 중지하지 않았다.

방으로 들어서자마자 그가 나의 니트를 벗겨냈다. 나도 그의 셔츠 단추를 풀었다. 환이 화끈하게 셔츠를 벗어 던졌다. 그러는 동안에도 입술은 붙은 채였다. 서로의 매끄러운 살결을 마음껏 안고 마음껏 더듬으며 격정적인 키스를 주고받았다.

천천히 침대에 엉덩이를 실었다. 나의 움직임을 따라 침대로 무릎을 굽혀 숙이던 입술이 귀로 왔다.

"사랑해."

간질이듯 그의 입술이 나직한 속삭임을 내보내며 귓속에도 키스했다. 간질간질한 키스를 즐기듯 키득거리며 환의 목을 꽉 끌어안았다. 환의 상체가 차츰차츰 기울었다. 침대에 드러누우려는 찰나.

"아이, 나도 참."

현관이 벌컥 열리는 소리와 함께 엄마의 목소리가 들렸다. 까무러치게 기함한 나는 반동하듯 허공에서 얼어붙었다. 나를 눕히려던 환도 멈칫했다. 그가 도로 나를 자신의 가슴팍으로 끌어

당겼다.

"……이걸 보여준다는 걸."

총총거리는 걸음걸이가 거실을 지났다.

나는 환의 가슴팍에 코를 박고서 숨소리도 내지 않았다. 환도 보호하듯 단단한 팔로 내 뒤통수와 몸을 감싼 채 꼼짝하지 않았다. 내 심장처럼 두근두근 뛰는 그의 심장 박동이 귓속에 가득 찼다. 우리의 심장과 심장이 겹쳐 있는 듯했다.

탁—

부산스러운 소음이 들리던 안방 문이 닫혔다. 장에서 무언가를 꺼낸 엄마가 서둘러 별채에서 나갔다. 몇 초 후 현관문 잠금 장치의 잠기는 소리가 들렸다. 그리고 잠잠했다.

맨몸으로 붙은 채 조각처럼 굳어 있던 턱을 들었다. 환의 턱도 내려왔다.

"가신 거 같지?"

"가셨어."

나는 놀란 가슴을 쓸어내리며 멎었던 숨을 몰아쉬었다. 어둠 속에서 환의 입술이 길게 늘어나는 게 보였다. 그의 입술이 도로 내 입술을 덮었다.

"또 오시면 어떡해?"

"호텔 갈까?"

환이 입술을 붙인 채 유혹하듯 속삭였다. 잠시 갈등이 되었다. 완벽히 안전한 공간이 나을지, 아슬아슬한 이곳이 나을지.

"어쩌지……."

"너 편한 대로 해."

말은 그렇게 하면서 잠시도 기다릴 수 없다는 듯 환의 혀가 농밀하게 파고들었고, 다급한 손길이 내 살결을 능란하게 어루만졌다. 키스에 호응하고 전희에 반응하며 나는 이미 늦었다는 걸 깨달았다. 나도 당장 그와 꼭꼭 붙어 있고 싶었다. 그의 목을 강하게 감으며 침대에 누웠다. 환의 체중이 내게 실렸다. 이 완벽하게 좋은 무게감. 이 완벽하게 좋은 밀착감.

환아.

응.

내가 없는 동안은 어쩌려고.

나는 똑같지.

똑같이 뭐?

기다려야지.

네가 오길.

네가 오는 날까지 계속.

11
Paris's

축축한 공기를 타고 축축한 물방울이 튀었다. 젖은 창가로 다가가 창문의 걸쇠를 단단히 채웠다. 물방울 맺힌 창문에 코를 박고 거리를 내다봤다. 겨울 우기가 한창인 파리 거리는 한산했다.

어제 뉴스에는 센강의 수위가 높아져서 황색경보가 발령되었다는 보도가 있었다. 올해 겨울, 파리의 날씨는 상당히 극단적이다. 한동안 한파와 폭설에 시달리더니 요 며칠은 강물이 불어날 정도로 폭풍우가 거세다.

"아…… 비 냄새 싫어."

문이 열리며 효정이 들어왔다.

우중충한 회색빛 하늘처럼 그녀의 낯도 회색빛이었다. 자신의 시험지에도 비가 내렸다며 연일 죽상인 그녀였다. 한국에서 놀다만(?) 와서 시험지에 폭풍우 쏟아진 이쪽은 정작 무념한데.

"씻고 누워!"

효정이 젖은 옷을 그대로 입은 채 침대에 벌러덩 드러누웠다. 잔소리를 쏘아붙였지만 그녀가 무기력하게 돌아누웠다.

"귀찮아."

"옷이라도 갈아입든가!"

앙칼진 잔소리가 끝나지 않을 기미라 효정이 마지못해 일어났다. 생명 없는 좀비처럼 흐느적거리며 옷장으로 갔다.

"너 되게 이상해. 다른 사람 같아. 내가 여태 보아온 제이는 이 제이가 아니었는데."

"내가 뭐?"

"목청도 커지고 말투도 바뀌고. 어쩐 일인지 한국 다녀와서 기운이 펄펄 나는 듯? 한국에서 별일 없었다면서 별일 있었던 듯?"

"별일은 무슨."

투덜거리며 정곡을 찌르는 추궁에 난 얼른 돌아섰다. 과제가 바쁜 척 노트북 마우스를 잡았다. 그때 약한 알림 소리와 함께 새 메일이 도착했다. 수신자는 J였고 발신자는 H였다. 저절로 입가에 배시시 미소가 깃들었다.

─제이야.

연수원 공사 준비를 시작했어. 오후에 다녀왔는데 눈이 아직 녹지 않은 채야. 사진으로 보이지?

메일에 첨부되어 있는 사진을 열었다.

휜하게 트인 시야 너머 완만한 굴곡의 하얀 능선이 있었고, 언덕에 걸린 나뭇가지마다 눈꽃이 피어 있었다. 우리가 그날 나란히 앉았던 소나무 밑동에서 보았던 전경이었다.

그가 그 자리에 앉아 사진을 찍어서 보냈다. 그 그림이 선명하게 연상되어 싱그레한 미소가 떠올랐다. 메일을 마저 읽었다.

─그곳에서 커피를 마셨는데 맛이 없었어.

그날은 맛있었는데.

사실 근래 마시는 커피마다 맛이 없어. 계속 커피가 맛없으면 어쩌나 걱정하지는 마. 원래 커피는 맛으로 마시는 게 아니잖아.

덧. 공부는 열심히 하고 있지?

이 남자.

공항에서 배웅할 때는 세상 의연하고 세상 태평하더니 이 주만에 커피로 에둘러서 칭얼거린다. 이런 투정도 부릴 줄 아네? 공부 열심히 안 하면 어쩌라고? 오라고?

"뭐냐?"

나도 모르게 쿡쿡거렸나 보다. 음습한 기운이 스멀거리는 가운데 게슴츠레한 효정의 얼굴이 모니터에 드리워졌다.

"진짜 안 하던 짓을 하네."

흠칫하며 마우스를 클릭하려는 나의 손을 효정이 날렵하게 막았다. 냉큼 마우스까지 가져간 그녀가 닫지 못한 메일을 읽어 내려갔다. 어차피 들킨 마당이라 내버려 두었다.

"누구야? 아주 외롭다고 하소연을 하네. 그냥 외롭다고 하지, 뭘 이리 앙큼하게."

"그치? 앙큼하지."

"누군데?"

"애인."

한 치의 주저 없이 밝히며 난 웃음소리를 내었다. 효정의 눈동자가 희번덕거렸다. 애인이라는 단어보다도 나의 표정이 낯설다는 듯 그녀의 입술이 동그랗게 말렸다.

"너 애인 있었어? 아니지, 분명히 없었는데……. 너 설마 이번에 한국 가서 만든 거야?"

"응."

"설마 장거리? 애인은 한국, 넌 여기?"

"응."

"야! 미쳤어? 그 짧은 시간 동안 장거리 애인을 만들게! 한 계절이라도 차근차근 알아보고 만들어야지! 더구나 장거리 연애인데 그놈을 어떻게 믿고 그 짧은 시간 동안 애인으로 삼아."

"괜찮아. 짧게 만났더라도."

나는 자신했다.

우린 아직 80계절밖에 못 만났지만 적어도 200계절 정도는 더 사랑할 것임을. 그 계절을 겪는 동안 우리의 사랑은 변치 않을 것임을.

"놓치기 아까웠거든."

"어느 정도인데? 사진 없어?"

효정이 호기심에 젖었다.

나는 안타깝게도 환의 최근 모습 사진을 갖고 오지 못했다. 이모가 찍어준 교복 사진이라도 가져올걸. 셀카 찍어서 보내달라고 하면 환은 냉담히 사절하겠지?

"고등학교 때 사진밖에 없는데."

"그때 사진은 어떻게 있어? 얻었어?"

"어쩌다 보니."

"아무튼 봐봐. 보여줘."

효정이 호들갑을 떨었다. 극성스러운 성화에 못 이겨 하는 수 없이 책장으로 이동했다. 이해할 수 없는 동선에 그녀가 의아해했다.

나는 스물한 살의 내가 한국에서부터 가져왔던 책을 책장에서 꺼내었다. 열아홉 살의 환이 선물한 책이었다. 환은 내가 혹시 삽화 작가가 될지 모른다며 관련 도서를 선물했었다. 진지하게 조언하더니 손수 도서까지 사다주는 진지한 그였다.

책 속에 감춰놓았던 사진을 빼냈다.

교정 난간에 기대고 있는 환의 모습이었다. 교복을 입은 채 여유롭게 웃고 있었다. 내 기억에는 난간 주위에 명세와 성진이 있었다. 까부는 성진에게 명세가 면박을 주고 있었고 환은 투덕거리는 녀석들 때문에 웃고 있었다. 그때 찍은 사진이었다. 그들에게 다가가다 환의 웃는 얼굴이 근사해서 도둑 촬영을 했었다. 명세와 성진을 잘라내고 환만 찍었다. 나의 카메라 앵글에는 오롯이 환만 담겼다. 환밖에 필요 없었으니까.

"아까웠네."

사진을 본 효정의 태도가 돌변했다.

"무조건 고(go)였네."

환의 얼굴에서 눈을 떼지 못하던 그녀가 무의식중 입안에 고인 침을 꿀떡 삼켰다.

불손한 반응에 보지 말라고 발끈 성질내며 사진을 빼앗으려 했다. 비싸게 군다며 효정이 사진을 천장 높이 들며 도망갔다.

점프하듯 뛰어서 사진을 가로챘다.

결사적인 나의 방어에 효정이 연거푸 입맛을 다셨다. 나는 샐쭉하니 어깨를 으쓱하며 환의 사진을 사수했다. 이 사진은 눈에 안 띄는 곳에다 고이 둬야겠다.

시계는 끊임없이 돌고 돈다.

파리의 시계도 한국의 시계도 그러했다.

1월이 가니 금세 5월이 왔고 6월이 지나면서 눈 깜짝할 새에 11월로 넘어갔다. 그러다 보니 어느새 새해고 얼떨결 같은 심정으로 난 한 살을 더 먹었다.

서른이 됐다.

스무 살을 맞이하던 날부터 내내 아프고 외로웠던 이십대를 보내서인지 서른이 되는 날은 오히려 반가웠다.

새로운 삶에 대한 기대가 생겼고, 내 인생의 또 다른 터닝 포인트가 될 듯해서 설렜다. 영상통화가 전부였으나 서른을 같이 맞이해 준 남자가 있어서 더더욱.

그렇게 나의 삼십대가 시작되었다.

삼십대의 첫 소식은 엄마였다. 엄마는 용기 있게도 백화점 식품 매장 파트타임으로 취직했다. 취직 첫 달 만에 친절 주부 사원으로 추천되는 성과도 기록했다. 고객 응대는 영 재주가 없을 줄 알았는데 뜻밖의 직업에서 발군의 기량을 발휘하는 엄마였다.

두 번째는 유신 언니가 가져왔다. 언니는 아들 정유의 돌잔치를 무사히 마친 지 얼마 안 되어 부부 금실이 어찌나 좋은지 둘째를 회임했다. 여자의 자유를 잃었다며 울분을 토하면서도 아들과 눈만 마주치면 세상 다 가진 바보 엄마가 된다고 했다.

다음으로는 애은 소식을 빼놓을 수 없다.

애은과 명세 사이에서는 애은을 닮은 잘생긴 아들이 태어났고 백일잔치도 무사히 마쳤다. 바다 건너 들려오는 소식에 의하면 본인이 명세보다 더 잘생겼다고 으스대었던 애은은 막상 아들이 아빠를 닮지 않았다고 서운해한다나. 애은을 닮았든 명세를 닮

앉든 나는 두 사람의 아기가 빨리 보고 싶다. 초등학교 때부터 주야장천 어울려 다녔던 친구들 사이에서 아기가 태어난 역사는 마냥 신기하다. 만약 환과 나의 아기가 태어나면 주변 친구들의 반응도 그럴까.

그리고 환과 나는…….

변함없다.

우린 언제나 그렇듯.

파리의 나는 졸업을 하겠다는 일념 아래 필사적으로 공부에 매진했으며 한국의 환은 자신의 자리에서 본인의 직무에 최선을 다했다. 작년 1월부터 시작된 연수원 공사가 한창 진행되고 있어 그곳과 회사를 오가느라 바쁜 나날이라고 했다. 연수원 완공은 일여 년이 더 남았다고 하니 졸업하고 한국에 돌아가면 환과 함께 볼 수 있을 것 같다. 그의 머릿속에서 그린 풍경이 어떨지 보고 싶다.

무엇보다 환이 보고 싶다.

미치도록.

─제이야.

한국은 선거 열기로 뜨겁다. 거리마다 유세 현수막이 걸렸고 국민들은 둘 이상만 모이면 1번이냐 2번이냐 등으로 의견이 분분해.

이런 틈에 있다 보니.

문득 너는 투표를 해봤을까. 파리에서 첫 투표를 했을까 하는 궁금증이 일었다. 더불어 이번 투표를 할까 하는 물음도 이어서.

만약 투표를 한다면.

재외국민 투표를 하려면 미리 사전등록 절차도 거쳐야 하고 투표소도 흔치 않아서 파리 대사관까지 가야 하잖아. 무척 번거롭겠다는 생각도 든다.

그럴 바엔 차라리 한국으로 오는 게 빠르고 쉽겠다. 한국은 신분증만 가져가면 되고 투표소도 널려 있으니까.

투표 할 거야?

한 달 만에 받은 메일이 형용할 수 없이 싱겁다.

그사이 선거홍보위원회에 소속된 건지 뜬금없이 선거 얘기로 시작했다가 투표로 메일이 끝났다. 할 말이 투표밖에 없나. 미처 몰랐는데 환은 정치에 관심이 높은가 보다.

"허참."

말문이 막혀서 실소가 나왔다.

"왜?"

주말이라고 시체처럼 침대에 달라붙어 있던 효정이 또 반응했다. 나의 메일만 보면 득달같이 달려드는 그녀였다. 나는 얼른 마우스를 잡았다. 그러나 늦었다. 효정이 훔치듯 노트북을 통째로 가져갔다.

"야, 이건 사생활 침해야."

"봐줘. 외롭고 외로워서 헛헛한 나 좀 달래주라. 간접 체험이라도 해야 버석거리는 내 감성이 살아날 것 같아."

노트북을 제 품에 고이 안은 채 효정이 읍소했다.

동정심 유발인 거 빤히 알지만 난 단념했다. 마음껏 보라고 손날을 휘적거렸다. 메일이 닳는 것도 아니고 야한 문구가 있는 것도 아니니.

신난 효정이 메일을 읽기 시작했다. 몇 초 안 되어 그녀의 잇새에서 아저씨 웃음 같은 끅끅거리는 소리가 퍼졌다.

"네 애인 진심 매력 있어."

"매력은 무슨."

투표 호소용 같은 메일이 창피하여 난 불퉁거렸다. 효정이 뭘 모른다는 식으로 검지를 좌우로 흔들었다.

"이거 너 보고 한국 오라는 소리잖아. 한 마디로, 너 보고 싶다."

"대체 어디에 그딴 소리가 쓰여 있어?"

"쟤가 독해 능력이 딸리네."

한심하다는 듯 혀를 차며 효정이 이리 오라고 너울너울 손짓했다. 도도하게 흘기다가 마지못한 척 갔다. 침대에 나란히 눕듯이 앉아서 환의 메일 집중 탐구에 들어갔다.

"자, 봐라."

효정이 스마트 펜까지 쥐고 모니터에 동그라미를 그렸다.

"투표를 한다면, 에 동그라미. 프랑스는, 번거롭겠다, 에 밑줄 쫙. 그리고 한국으로 오는 게, 쉽겠다, 에 네모 별표! 고로 프랑스 투표는 번거로우니 한국에 와라. 이 뜻이잖아."

"아…… 심오했네."

난 비로소 납득했다.

"네 애인은 딱 내 스타일이야. 난 요런 식으로 은근하게 애정 표현하는 거 좋더라. 괜히 간질간질해. 아! 진짜 실물 보고 싶다."

"내 거거든."

"누가 뭐래."

삐죽거리는 효정에게서 노트북을 가로챘다. 유유히 책상으로 이동하며 보관함에 담긴 것을 확인한 후 소중한 메일을 닫았다.

"답장 안 보내?"

"할 말이 없잖아."

"하긴 너 투표 안 하잖아. 내 나라가 해준 게 없으므로 주권 행사하기 싫다고. 한국에 갈 필요도 없겠네."

"응."

심드렁하니 대꾸하며 인터넷을 열었다. 침대에 도로 벌러덩 눕는 효정의 기척을 등으로 느끼며 마우스를 잡았다. 클릭 클릭.

그리고 한 달 후.

나는 환의 메일에 답장 버튼을 눌렀다. 선명하게 붉은 도장이 찍힌 손등 사진을 첨부하고 몇 자를 적어 전송했다.

－생애 첫 투표 인증

＊＊

어느덧 서른의 다섯 번째 달을 맞이했다.

졸업 때까지 무한 질주할 거라고 호언장담했던 나는 한 달 남 짓 남은 졸업전시회 준비로 연일 피폐한 나날을 보냈다. 간간이 혼이 반쯤 나간 상태가 되었는데 그때마다 동아줄 잡듯 '환아!'를 외쳤다. 일종의 금단현상이었다.

힘들어서 지치는 게 먼저일까 보고 싶어서 미치는 게 먼저일 까, 그것이 매우 궁금했다. 내가 나를 실험하는 기분마저 들었 다.

"후."

독한 것이라고 이죽거리는 효정의 말을 상기하며 흐느적흐느 적 작업실을 나왔다. 오늘은 더없이 약이 필요하다. 환이라는 만 병통치약이.

영상통화라도 할까.

아니다. 영상통화를 하면 더하게 보고 싶을 것 같다. 보고 싶 고 만지고 싶고 안고 싶고 키스하고 싶고.

한 달만 참으면 돼. 한 달만…….

나는 영상통화는 포기하고 주입시키듯 '한 달만'을 쉴 새 없이 웅얼거렸다. 자기 최면을 걸어야 단 며칠이라도 견딜 수 있을 것 같았다. 하물며 내일은 주말이다. 데이트하기 딱 좋은 주말.

우산을 챙겨 학관에서 나왔다.

아침부터 종일 부슬거리던 비가 멎어 있었다. 공기 중에 잔류하는 물기가 살갗에 와 닿았다. 쾌적한 산소를 마시며 우산을 도로 가방에 넣었다.

길로 한 발 내딛다가 문득 시선을 돌렸다.

싱그러운 풀색이 짙은 잔디밭에서 서성이는 사람이 시야에 들어왔다. 접은 우산을 든 채 느긋하게 잔디를 밟는 남자. 슈트를 입은 뒷모습이 월등히 컸다. 낯익은 등이었다. 동작을 멈추었다.

설마…….

서서히 남자가 돌아섰다.

마치 나의 시선을 읽기라도 한 양 눈매를 가늘게 늘이며 그가 돌아섰다. 대낮에 선 채로 꿈을 꾸나 싶었다. 그러나 꿈이 아니었다. 지그시 길어지는 익숙한 미소는 진짜였다.

"아."

감격의 소리가 터졌다.

동시에 나는 달렸다. 이슬 같은 물방울을 머금은 잔디밭을 풀썩풀썩 내달려 양팔을 뻗고서 활짝 열리는 품으로 곧장 들어갔다. 그가 자신의 품속으로 들어오는 나를 와락 안았다.

아.

환이다.

환이다.

단단한 그의 허리를 사슬처럼 감고서 탄탄한 가슴팍에 얼굴을 묻었다. 미치도록 그리웠던 환의 체향을 미치도록 그리웠던 환의 넓은 품을 마음껏 체감했다. 절절히 환을 흡수했다.

환도 그랬다.

그 역시 두근거리는 심장 소리가 겹쳐질 만큼 나를 으스러지게 안고 상체를 깊숙이 수그려 내 목덜미에 입술을 대고서 온전히 나를 느꼈다.

"어떻게 된 거야."

"한계에 다다라서."

떨어지며 묻자 환이 말했다.

진지한 그의 진심에 환한 웃음이 걸렸다. 초승달처럼 눈꼬리가 휘어졌다. 그도 웃으며 고개를 숙였다. 쪽. 애달플 정도로 짧은 입맞춤을 했다.

"J!"

불쑥 등 뒤에서 부르는 소리가 들렸다.

환에게 찰떡처럼 달라붙어 있던 몸을 떼며 뒤돌아보았다. 곱실거리는 금발머리를 나풀거리며 동기가 빠른 걸음으로 다가왔다. 가까이 온 그가 자연스럽게 내 곁에 서서 의아한 듯 환을 쳐다봤다. 그를 마주한 환의 눈빛은 의외로 반지르르했다. 잘 아는 친구를 보듯 반가워하는 기색이었다.

"마크?"

환이 나직하게 물었다. 나는 그제야 환이 그를 마크로 생각했다는 걸 인지했다. 활짝 웃으며 고개를 저었다.

"아니. 얘는 제이크."

"응?"

환의 눈썹이 약간 당혹스러운 듯 꿈틀했다. 나는 제이크 어깨 너머를 가리켰다.

"마크는 쟤."

마침 학관 입구에서 마크가 나오고 있었다. 나의 손짓을 본 마크가 해맑게 손을 흔들고 갔다. 마크와 제이크는 똑같이 금발머리의 푸른 눈을 갖고 있었으나 이미지는 완전히 달랐다. 마크는 여자처럼 예쁘장한 외모였고 제이크는 남자다운 선의 이목구비를 지녔다.

마크를 넘겨다보고 제이크를 관찰하듯 직시한 환이 입술을 기울였다. 나의 귓불에 닿을 듯 내려온 입술이 속삭였다.

"제이크도 게이?"

"아니. 전혀."

귓속으로 들어오는 숨결이 간지러워 쿡쿡거리며 도리질했다. 일순 환이 내 손목을 잡았다. 그러곤 곁에 바짝 서 있는 제이크로부터 나를 멀찍이 떨어뜨려 놓았다. 마치 나와 제이크 사이를 갈라놓듯.

그러곤 환을 궁금해하는 제이크에게 본인이 직접 남자친구도 아닌 피앙세라고 밝혔다. 꼿꼿한 눈초리에 눈치 보듯 머쓱해하던 제이크가 떠났다. 그러는 동안에도 환은 내 손목을 놓지 않았다. 멀어지는 뒷등을 쏘는 그의 안광이 질투심에 사로잡힌 남자처럼 번뜩였다.

"제이크한테 왜 그래?"

"허술하게 안심했던 것에 대한 경계."

"응?"

"가자."

해석 못하고 끔벅거리는 나의 정수리를 환이 손바닥으로 담듯이 감싸서 빙그르르 돌렸다. 그러곤 내 어깨를 팔로 감으며 자신의 옆구리에 꼭 붙였다. 도통 영문 모를 소리지만 관심 없었다. 나의 관심은 오로지 환. 내 곁에 환이 있다는 사실이 마냥 좋을뿐.

빙긋 웃으며 나도 그의 허리를 팔로 감았다. 그와 함께 내가 다니는 학교를 걸으니 기분이 묘했다. 물기 어린 길이 반짝반짝 빛나는 것 같았다.

"진작 오라 할걸."

"진작 올걸."

나의 말을 환이 따라했다. 나를 내려다보는 그를 올려다봤다. 눈을 마주하며 같이 웃었다. 학교를 벗어나 거리를 걸으면서 나는 수다쟁이처럼 조잘거렸다.

여긴 빵이 맛있다. 저긴 아저씨가 불친절하다. 가끔 이 자리에서 스케치를 하거나 책을 읽었다. 센강의 야경은 근사하다. 우리 이따 밤에 꼭 나오자. 같이 보고 싶다.

내가 한 마디 한 마디 뱉을 때마다 환의 눈길이 왔다. 나의 한 마디도 놓치지 않으려는 듯 윤기 반지르르한 눈이 내게로 내려왔다.

사랑스럽다는 듯 나를 봐주는 눈빛을 마주하니 무척 설렜다. 심장이 두근두근 뛰기도 했고 간질간질하기도 했다. 너무너무 그리웠다. 이 감촉. 이 눈빛. 이 느낌.

센강이 훤히 내보이는 다리에 같이 도착했다.

우아하고 고풍스러운 전경을 함께했다. 수시로 물살을 가르는 유람선도 강가 주변을 산책하는 사람들도 여유로웠다. 부슬비가 그친 직후라 전경은 더더욱 운치 있었다. 비 냄새 섞인 강물 냄새도 산뜻했다.

"여길 같이 걸어가니까 이상해."

"이상해?"

"응."

늘 혼자 걷던 길에 그가 있으니 좋다. 형용할 수 없을 정도로 들뜬다. 발바닥도 1센치가량 붕하니 떠 있는 기분이다. 나는 잇새로 바람 빠지는 소리를 내며 한껏 턱을 올렸다. 그 순간 차디찬 물방울이 콧잔등에 떨어졌다.

"어? 또 비 온다."

하늘이 다시 비를 내려보냈다. 공기의 흐름을 타고 흩뿌려지던 부슬비보다는 굵었고 보통의 빗방울보다는 가늘었다. 자잘한 빗방울이었다.

환이 우산을 폈다.

익숙하게 내게 기울어지는 우산 속으로 들어서려다 말고 나는 멈칫했다. 커다랗게 하늘을 가린 우산을 올려다보았다.

짙은 사파이어블루. 눈이 기억하는 색채였다. 풀색과 어우러졌던 사파이어블루.

나는 뒷걸음질해 우산 밖으로 나왔다.

"어디 가?"

의아한 듯 환이 물었다. 나는 두어 걸음을 더 뒤로 움직여 환과 우산을 번갈아 보았다.

"환아. 잠깐 돌아서 봐."

"왜?"

"얼른 돌아."

환이 비에 노출된 내게 우산을 넘기려 했다. 나는 채근하듯 우산을 든 채로 돌아서라고 손을 팔랑거렸다. 마지못해 환이 돌아섰다.

우산을 든 환의 뒷모습을 뚫어지게 관찰했다.

사 년 전 비 오는 날, 캠퍼스 잔디밭에서 사파이어블루 우산을 들고 있던 남자의 모습이 오버랩 되었다. 우월한 키의 뒷모습. 어렴풋이 보였던 넓은 어깨. 길고 곧은 다리.

혹시……

그 남자가 환이었을까.

불현듯 그런 생각이 들었다. 이끌리듯 나의 시선을 사로잡았던 그 뒷모습이 환이었을지도 모른다는 생각.

환이 돌아봤다.

넋 나간 듯 멍한 내게로 성큼성큼 다가왔다. 그리고 우산부터 내 머리 위로 드리웠다.

"젖어."

물을까?

"환아."

"응."

너 파리에 왔었어?

나의 다음 말을 기다려 주는 그를 올려다봤다. 흔들림 없이 나와 눈을 맞춰주는 까만 눈동자는 센강처럼 짙고 깊었다. 빤히 들여다보다 환한 미소를 보냈다.

"사랑해."

묻지 않았다.

그 남자가 환이든 아니든 그건 중요하지 않다. 지금 내 앞을 지키고 있는 남자는 환이니까. 나를 또렷하게 봐주는 남자는 오직 환뿐이니까. 내가 사랑하는 남자. 과거에도 현재도 미래에도.

빙그레.

환의 입술이 가늘어졌다. 눈꼬리도 길게 휘며 그가 고개를 숙였다. 다정한 입술이 이마에 닿았다. 고결하기까지 한 입맞춤을 지그시 눈을 감고 받았다.

"사랑해."

이마에서 천천히 입술을 떼며 환이 말했다.

눈을 뜨며 그윽한 남자의 눈을 마주 보았다. 양팔을 올렸다. 그의 목을 감고 그의 품속으로 들어갔다. 환도 나의 허리를 감았다. 누가 먼저랄 것도 없이 입술과 입술을 겹쳤다. 달고 깊은 키스. 입술도 심장도 사르르 녹아내리는 키스.

차츰차츰 빗방울이 굵어졌다. 빗방울이 춤추듯 사푼사푼 수면을 밟았다. 잔잔한 수면에 몽글몽글한 파장이 일었고 무한의 동심원이 강의 전체로 퍼졌다.

우산이 기울었다.

사파이어블루 같은 하늘 아래 짙은 사파이어블루 우산 속에서 우리는 사랑을 속삭였다. 하고 또 해도 모자란 사랑을. 나누고 나눠도 아까운 우리의 사랑을.

Epilogue
환

　"……작년 3월 오픈한 일원 플래그십 스토어에 이어 최근 개점
한 뉴욕 플래그십 스토어까지 성공적인 실적을 거두었습니다. 이
에 따라 추가 매장 오픈은 물론 호주, 유럽 등으로 진출 계획을
세웠습니다. 또한 미국 시장 점유율 확대를 위해 마케팅 및 브랜
드 총괄 업무를 담당할 캐리 윌슨 영입을 확정지었고, 현재 개발
중인 새 브랜드 라인은 내달 공개될 예정입니다. 올 하반기는 보
다 공격적인 공략으로 압도적인 매출 성장률을 세울 계획이니 기
대하셔도 좋습니다. 이상 상반기 실적 보고를 마칩니다. 전략마
케팅실장 지환이었습니다."
　단상에서 물러나며 환은 임원진 방향으로 자신만만하게 묵례

했다. 흡족한 박수가 터졌다. 중앙 자리에서 지켜보던 지 회장도 담백하게 고개를 끄덕거렸다.

태블릿 PC를 챙겨 컨퍼런스룸을 나서며 환은 손목시계를 들여다봤다. 이제 오후 1시. 더디 흘러가는 시간을 재촉하고 싶다.

"급한 일 있나 봐?"

등 뒤에서 규칙적인 힐 소리가 들렸다. 돌아보자, 마케팅영업 이사인 수연이 싱긋 웃으며 다가왔다. 부러 환을 쫓아나온 기색이었다. 환은 까닥 턱짓했다.

"회의 전부터 계속 시간을 확인하던데."

"제가 그랬습니까?"

"응."

수연이 끄덕였다.

환과 띠동갑인 그녀는 지력과 미모를 겸비한 엘리트로 늘 도도하고 위풍당당했다. 경영 승계를 결정한 후 갑작스럽게 입사한 환의 사수이기도 했다. 직무를 원활히 섭렵하는 데에는 그녀의 도움이 컸다. 멋진 여자였다.

"캐리 윌슨 영입 건으로 할 말 있어."

"제 방으로 가시죠."

환은 정중히 열리는 문에서 비켜섰다. 수연이 먼저 엘리베이터 안으로 들어가고 그 곁에 섰다. 잇따라 힐끔거리는 그녀의 시선이 감지되었으나 환은 무심히 정면으로 눈길을 돌렸다. 그러다 저도 모르게 또 시계를 보았다.

"……그럼 이대로 윌슨과 계약 진행할게. 변동 사항 있으면 미리 전하고."

"네. 그러십시오."

간결한 회의가 끝났다. 소파에 앉아 있는 소연에게 계약서를 넘긴 후 환은 노트북을 책상으로 옮겼다. 딸깍. 시간이 촉박한 사람처럼 선 채로 마우스를 잡아 노트북 시스템을 종료했다.

"윌슨이 같이 식사하자는데 언제 시간 나? 오늘 저녁은 어때? 마침 금요일이라 와인 한잔하기도 좋잖아."

"당분간은 어렵습니다. 윌슨과는 제가 따로 통화하겠습니다."

"바쁜가 보네. 지금도 어디 갈 건가 보지? 개인적인 볼일?"

"네. 오후 반차입니다."

대답하며 넥타이를 비틀어 느슨히 풀고 두어 번 접었던 셔츠 소매를 폈다. 수연이 나갈 기미 없이 그의 움직임을 좇았다. 책상 앞에서 떠난 환은 옷걸이에 걸린 슈트 재킷을 들었다.

"지 실장 요즘 다른 거 알아?"

"네?"

환을 넘겨다보던 수연이 몸을 그가 있는 방향으로 틀었다. 능청스레 아랫입술을 달싹거린 그녀가 넌지시 입을 열었다.

"그녀 때문이야?"

"그녀요?"

"풍문에 의하면 지 실장이 한겨울에 셔츠 바람으로 잡았다던 그녀?"

그녀는 제이를 뜻했다. 재작년 눈이 내리던 겨울, 회사 정문에서 제이를 붙잡았던 일을 언급하는 거였다.

"풍문이 돌았습니까?"

"당연하지. 벌건 대낮에 직원들이 수시로 오가는 정문에서 그랬다며. 목격자가 한둘이 아니라던데. 지 실장이 여자를 잡았네, 안았네, 얼마나 말들이 많았다고. 수군거리는 소리 못 들었어?"

"네. 제가 둔한 모양이네요."

"둔하긴. 무심한 거지."

수연이 볼멘소리처럼 중얼거렸다. 환은 대꾸 대신 피식 웃었다.

"저 봐. 그런 미소까지 짓잖아. 미소라는 단어도 모르던 사람이."

낯설다는 듯 수연이 부언했다.

"지 실장은 차갑지 않은데 차가워. 정중함을 가장한 냉정함이라고 해야 할까?"

그녀가 미니스커트로 드러난 늘씬한 다리를 꼬았다. 무관심하게 눈길도 안 주고 환은 걸터앉듯 책상에 기대었다. 자신에 대한 그녀 나름의 해석을 진지하게 경청했다.

"되게 섹시하고 갖고 싶은 남자인데, 또 조금의 틈도 없고 일말의 여지도 안 주는 되게 어려운 남자. 그러니까 여자들이 감히 접근을 못 하지."

"접근을 못 하는 겁니까? 인기가 없는 게 아니고?"

"인기가 없긴. 입사했던 때부터 여태 사내 인기 1위를 놓친 적 없어. 여직원들이 뒤에서 얼마나 안달복달하는데."

이죽거리던 그녀가,

"나도 두 살만 어렸으면 그 무리에 속해 있었겠지. 지 실장은 거들떠도 안 봤겠지?"

은근슬쩍 떠봤다.

"네."

환은 추호의 망설임도 없이 답했다.

수연이 대못 박혔다는 듯 가슴 언저리에 손바닥을 대었다. 그러곤 쿡쿡거리며 일어섰다.

"어찌 되었든 보기 좋다고. 전엔 숨 쉬는 로봇 같았는데 요즘은 살아 있는 사람 같아. 진짜로 차갑지 않고 뜨거운 피가 흐르는 남자. 그녀의 영향이지?"

그렇다는 답 대신 환은 눈길을 내리깔았다. 입가에 인정의 미소가 감돌았다. 수연이 역시나 낯선 미소라는 듯 혀를 내두르며 과장되게 돌아섰다.

"그 미소를 갖고 싶어진다. 나 어쩌니?"

"자중하십시오."

"능란해지기까지."

딱 부러진 대응에 그녀가 얄밉다는 듯 뒤돌아 흘겼다. 그런 후 또각또각 도도한 힐 소리를 내며 문으로 걸어갔다. 그녀가 혼잣

말했다.

"그녀가 어떤 사람인지 궁금하네."

환은 책상 첫 번째 서랍에 들어 있는 사진을 꺼내어 보여주고 싶은 충동이 일었다. 딸 자랑하고 싶은 아빠 마음과 비슷할까.

"언제 보여줄 거야?"

집요한 그녀가 문 앞에서 멈춰 섰다. 환은 책상에 기대고 있던 몸을 떼었다. 자연스럽게 시선이 벽걸이 시계로 옮겨갔다. 입술 자락이 길게 당겨졌다.

"곧이요."

대리석 바닥과 마찰하는 구둣발 소리가 날 때마다 심장이 박자를 타듯 들썩거렸다. 기분 좋은 들썩거림이었다. 환은 종일 그랬다. 들뜨고 설레고.

로비를 가로질러 도착 현황판부터 확인했다. 도착 시각과 게이트를 체크하고 시계를 봤다. 아직 몇 분의 여유가 있었다. 이 몇 분이 까마득하니 길게 느껴질 것 같다. 무료하지는 않으나 공연히 초조하다.

공항 로비를 훑던 환의 초점이 대기 의자에 머물렀다. 그의 다리가 큰 보폭으로 옮겨갔다. 그날처럼 대기 의자 앞에 섰다.

그날도 그랬다.

제이가 팔 년 만에 한국으로 돌아왔던 그날.

아니.

그날은 더 심했다.

전날부터 잠이 오지 않았다. 침대에 누웠다가 창밖의 정원을 내다보았다가 제이가 지낼 별채를 확인하고 또 확인하고.

그러다 결국 집 밖으로 나와 골목을 달렸다. 머릿속에 켜켜이 쌓인 수만 가지 생각보다 달뜬 심장이 진정되지 않아서 달리고 달렸다. 한겨울 눈길을 오밤중에 왜 뛰느냐며, 자빠진다고 목청 높이는 폐지 줍는 할머니를 만난 새벽녘까지.

당일은 더했다.

실수 없이 완벽히 일처리를 해왔다는 자부심에 금이 간 하루였다. 제안서를 잘못 넘기기도 했고 바이어와의 통화 약속을 잊기도 하며 여러 오점을 남겼다. 온통 딴생각이 그득하여 그마저도 대수롭지 않았다.

공항으로 향할 때는 차가 막혀 몇 분이 늦었다.

단 몇 분인데도 핸들을 쥔 손에 땀이 배어나왔다. 입술이 바짝 마를 만큼 마음을 졸였다. 간신히 제시간에 도착하여 넥타이 펄럭이며 내리 달려 공항 로비로 들어섰을 때는 급박함까지 들었다.

그리고 제이.

갑자기 나타난 것처럼 제이가 대기 의자에 앉아 있었다.

우뚝.

달리던 다리가 멈추었다. 한 대 맞은 것처럼 머리가 텅 비었고 눈앞이 흐릿했다. 제이는 스치듯 보았던 이 년 전과 같았다. 그대로였다.

오롯이 제이를 보며 천천히 움직였다. 크게 발을 내디디는데도 걸음이 느린 기분이었다. 심장이 미친 듯이 뛰었다.

구 년 만에 만나는 너다.

구 년 만에 너와 눈을 마주칠 수 있다. 구 년 만에 너의 목소리를 들을 수 있다.

내가 네 앞으로 간다.

다시 너에게.

그리고…….

환은 제이 앞에 섰다. 그러나 당장 제이를 부를 수도 제이를 내려다볼 수도 없었다.

쉴 새 없이 오르내리는 심장을 가다듬고 들썩이는 감정도 정리한 후에야 가까스로 눈길을 내렸다. 그때 신호를 받은 양 제이가 올려다봤다. 눈과 눈이 부딪쳤다. 구 년 만에, 제이와.

"픽."

엊그제 일 같은데 벌써 일 년 반 전의 기억이다. 새삼스러운 회상에 환은 웃음이 나왔다. 오늘의 자신도 그날의 자신과 별반 다르지 않기에.

어렴풋이 공항 안내 방송이 들렸다. 파리발 비행기가 도착했다는 소리였다. 상념에 젖어 있다 안내 방송을 놓친 모양이다.

스스로도 본인의 행동이 낯설어 기막혔다. 한쪽 입술을 비틀며 돌아서려던 참이었다.

발소리가 들렸다.

귀에 익은 발소리가 등 뒤에서 들렸다. 마치 초음파로 감지하듯 공항의 모든 소음을 죽이고 오직 그 발소리만 명료했다.

제이다.

제이가 왔다.

점점 가까워지는 발소리를 그 자리 그 상태로 멈춰 선 채 듣고 느꼈다. 입술이 빙그르르 늘어났다. 하나. 둘. 셋. 네가 내게 오고 있다. 그리고 바로 뒤.

환은 돌아섰다.

그때.

함박만큼 입술을 벌린 제이가 달렸다. 손에 쥐고 있던 캐리어를 놓고 곧장 환에게 달려왔다. 양팔을 펼치는 환의 품으로 뛰어올랐다. 자신의 목을 감고 푹 잠기는 제이를 환은 번쩍 안았다. 굳게 안았다.

제이가 돌아왔다.

둘의 입술에 미소가 피어올랐다. 시린 겨울을 이겨내고 봄의 전부를 가져온 봄꽃처럼 화사하게.

Epilogue
제이

「다시, 한국」

그림이 거꾸로 돌았다. 나의 초점이 내려앉는 지점으로 포토폴리오를 친절하게 돌린 담당 대리가 살뜰한 미소를 지었다.

"작품이 대체적으로 색감이 독특하면서 센스가 있어요. 감각도 돋보이고. 특히 이 작품은 유화 특유의 생동감이 살아 있어요. 작품 제목의 의미는 뭐죠?"

나는 알록달록한 야경의 불빛이 강물에 비쳐 드는 그림을 깊이 바라봤다. 입술이 미소를 물었다.

"······한동안 한국은 제게 무서운 나라였어요."

차분히 입을 열었다.

"귀에 익숙한 한국말도 눈에 익은 한국 사람들의 얼굴도 마주하기 두려웠죠. 그래서 파리가 편했어요. 못 알아듣는 언어와 낯선 얼굴들이 제게 안정감을 주었죠."

그랬다.

파리는 두려움에 젖은 내게 안식처 같았다. 귀에 정확하게 들려오던 언어도 눈에 친근한 얼굴들도 사라져서 더더욱 그랬다.

"그런데 이날 보았던 한국은 내게 다시 행복이 무엇인지 알려주었어요. 다시 한국이 내 세상이 되는 날이었어요. 그래서 이 그림을 그릴 수 있었습니다. 행복하게 그렸어요."

다시, 한국.

이 그림은 환과 함께 바라보았던 한강의 야경이었다.

등으로 퍼지는 따뜻한 체온. 심장으로 전해지는 듬직한 심장박동. 귓가로 스치는 그윽한 숨결. 그 모든 것을 온전히 느끼며 보았던 풍경.

"그래서 그런가? 야경의 빛이 굉장히 행복해 보여요."

그림에서 뗀 그녀의 눈길이 올라왔다.

"저는 윤제이 씨 포토폴리오가 무척 마음에 들어요."

나는 바른 자세로 그녀와 초점을 맞추었다. 긴장은 하고 있었으나 욕심을 비운 상태라 기분은 차분했다.

"낙하산이라 조금은 껄끄러웠지만 지 실장님께서 허투루 추천하는 분이 아니니까 혹시나 하는 마음에 보자고 한 거거든요."

그녀 마음은 십분 이해했다.

나도 조심스러운 부분이었으니.

그래도 내가 고집부린 일이었다. 졸업을 준비하면서 내가 과연 한국에서 무엇을 해야 할까 곰곰이 정리했다. 현실 도피처럼 마음의 안정을 찾아 시작한 그림인 데다 한국에서의 미래를 그리지 않았기에 막연했다. 삽화 작가는 나의 성미와 맞지도 않고.

그맘때 우연히 순수미술 전공자가 이뤄낸 매장 디스플레이를 보게 되었다. 그 순간 목표가 생겼다. vmd 과정의 공부를 시작하며 꿈도 꾸었다. 환이 있는 곳에서 환과 함께 일하는 꿈을.

"그런데 이 작품들이 제 마음을 사로잡았어요. 제가 탐날 만큼. 우리 브랜드 매장을 이런 색감과 센스로 디스플레이하면 좋겠다는 생각도 들었고."

"감사합니다."

"하지만 제이 씨가 실무 경험이 없어서 선뜻 결정은 못하겠네요. 지 실장님은 인턴으로 막 쓰라 하시던데, 그래도 괜찮아요?"

이 남자가.

"네."

"하면 저희 과장님과 논의한 후 연락드릴게요. 만약 과장님이 오케이하시면 2차 면접 준비하셔야 해요."

"네. 알겠습니다."

담당 대리가 일어났다. 나는 자세를 가다듬고 묵례한 후 소회의실에서 나왔다. 엘리베이터 홀에 서서 층수 LED를 올려다봤다.

면접을 본 소회의실은 3층이었다. 환은 13층에 있었다. 상행 버튼을 누르고 단숨에 올라가고 싶은 욕구가 일었다. 그러나 하행 버튼을 눌렀다. 1층으로 내려와 휴게 정원으로 향했다. 퇴근 시간이 사십 분가량 남았다. 사십 분만 기다리면 된다.

칼 같은 퇴근을 위해 직원들이 일에 전념하는지 휴게 정원은 적요했다.

나는 부러 우리의 벤치로 이동했다.

환과 첫 키스를 나눴던 거룩한 장소였다. 벤치에 앉아 환에게 휴게 정원에 있다는 메시지를 보냈다. 답장은 없지만 괜찮다. 면접 직전 짧은 통화로 환은 회의에 들어간다고 했다. 끝나면 바로 달려올 거다. 언제나처럼.

시야를 가린 파초 뒤에서 분수대 물소리가 넘어왔다. 잔잔한 흐름의 물소리를 들으며 느긋이 벤치에 기대었다.

옅은 녹색의 파초를 바라봤다.

파초는 환을 닮았다. 하늘로 뻗은 줄기는 곧았으며 하늘을 덮는 큰 잎은 든든했다. 차가운 빗줄기를 막아주는 커다란 우산처럼. 그래서 나는 파초가 좋은지도 모른다.

환을 그리며 빙그레 웃던 초점이 파초 잎 사이에서 치렁거리는 물체를 포착했다.

열매 같은 노란 꽃이었다. 아래로 늘어진 굵은 줄기와 커다랗고 둥그런 봉우리를 빤히 주시했다. 처음 봐서 낯선데 낯설지 않은 느낌. 묘하게 야한 꽃. 저것도 환을 닮아…….

"많이 기다렸어?"

불시에 환의 목소리가 야한 형상을 덮었다.

극도의 집중을 하고 있던 터라 나는 화들짝 놀랐다. 눈길을 돌리니 환이 슈트 재킷을 약하게 펄럭이며 시원스레 다가오고 있었다. 셔츠를 단정히 넣은 허리춤이 시야에 들어왔다. 나도 모르게 그의 하체로 초점이 쏠렸다. 다리를 움직일 때마다 들썩이는…….

"면접은?"

"잘 몰라."

벌떡 일어났다. 지레 찔려 공연히 헤헤거리며 도리질했다. 나는 좀…… 어쩌면 많이 야한 것 같다. 꽃에다가 무엇을 대입하는가.

"자신 없어?"

아무것도 모르는 환이 자연스럽게 내 손을 잡았다. 따뜻한 큰 손을 잡고서 휴게 정원을 나섰다.

"낙하산이라 좀 그래. 담당 대리도 그 부분이 걸리나 봐."

"아니야. 내가 추천은 하긴 했지만 포트폴리오 보고 판단한 건 그쪽이야. 면접까지는 네가 해낸 몫."

"그래?"

"응. 나도 충분히 가능해서 자신 있게 추천한 거고. 엉망이었으면 네가 아무리 졸라도 절대 안 했지."

"절대? 밤낮으로 졸라도?"

"응."

환이 단호히 끄덕였다.

로비를 나아가던 나의 걸음이 우뚝 섰다. 가차 없는 대답이 못내 섭섭했다. 새치름하게 실눈을 만들며 도발하듯 그를 올려다봤다.

"몸으로 졸라도?"

"뭐?"

어이없다는 듯 환이 웃었다. 으이그. 짤막한 탄식 같은 소리를 내며 환이 손바닥으로 내 정수리를 눌렀다. 꾹꾹 눌러지는 압력을 받으며 나는 불만 서린 아랫입술을 삐죽였다.

퇴근하는 직원들 무리가 로비에 우글우글했다. 그들이 우리를 넌지시 훔쳐봤다. 환이 그들의 흥미를 전혀 개의치 않고 내 손을 도로 잡았다. 삐죽삐죽하던 나의 입술이 금세 흐드러졌다.

"우리 지하 주차장으로 안 가?"

"걸어서 갈 데가 있어."

환이 엘리베이터가 아닌 로비를 가로질렀다. 그의 움직임을 따라 정문을 통과하여 거리로 나갔다.

오후 여섯 시가 넘어가는 시각이었으나 한여름의 볕은 뜨거웠다. 후덥지근한 기온 속에서도 우리는 손을 놓지 않았다. 틈 없이 밀착한 두 개의 손은 하나인 것처럼 보송보송했다.

"어디 가는데?"

"우리 집."

"우리 집?"

의아하여 갸웃하는데,

"우리가 살 집."

가늘게 휜 눈길이 내려왔다.

반지르르한 윤기가 도는 동공을 마주한 나는 멍하니 놀랐다. 상상도 안 했던 일이다. 우리가 살 집이 있다니……. 기대 만발한 나의 표정에 그가 부연했다.

"정확히는 아직 집은 아니고 우리가 살 집을 지을 부지. 그곳에 네 집을 지을 거야."

"내 집?"

"내가 약속했던 네 집."

"아…… 그때 설계했던?"

"응."

난 기억했다. 고등학교 때 환이 건축 설계 수업을 다니며 완성했던 도면을.

2층 집이었다. 큰 집은 아니었고 세모 모양의 독특한 지붕이 얹어진 도시형 주택이었다.

도면을 본 날, 난 물었다.

왜 지붕이 뾰족한 세모냐고.

환은 말했다.

동그라미, 세모, 네모 할 때의 세모가 아니라고. O, X, △ 할 때의 세모라고. 맞는 것도 틀린 것도 아닌 중간의 세모. 네가 중간의 세모처럼 보통으로 살았으면 좋겠다고. 보통의 평범한 삶을 살아갔으면 좋겠다고.

"내 집이면 집값 내야겠네?"

"내려고?"

번뜩 긴요한 요점이 떠올랐다. 예상외라는 듯 환이 눈썹을 들썩였다.

"응. 십만 원. 십만 원 주기로 했었잖아."

"아…… 그 십만 원."

초롱거리는 나를 주시하는 그의 이마에 여릿한 그늘이 드리워졌다. 야무지고 야무진 자신이 크게 한방 먹은 기분인 모양이었다. 양심 없는 나는 당당하게 뻗댔다.

"우리 집 명의는 내 거네. 내 집이니까. 집값은 언제 줄까?"

"공사 시작되면 줘. 네가 십만 원을 주면 난 그걸로 건축비와 자재비, 인건비 등등을 충당할 거니까."

"응. 남으면 너 써."

"고맙다."

선심 쓰는 나를 환이 심드렁히 봤다. 사기를 당한 듯 심히 찝찝한 표정이었지만 난 천연덕스럽게 그의 팔에 매달리며 방긋거렸다. 그가 기막히다는 듯 헛웃음을 흘렸다.

빌딩 숲이 끝나고 주택가가 나왔다.

단조로운 형태의 구형 주택들을 지나며 환이 우리 집은 모던한 외관을 갖추고 있어 이 골목과 조화를 이룰 거라고 설명했다. 그러면서 골목 끄트머리를 가리켰다. 저기에 작은 공원이 있는데 우리 집 2층 창문에서 보일 거라 했다.

머지않아 작은 공원에 도달했다.

아기자기하게 조성되어 있는 공원을 보며 난 우리 아이들이 그곳에서 뛰어노는 상상을 했다. 즐거운 상상에 싱그레 웃다가 공원 벤치에 앉아 있는 커플을 포착했다. 투덕거리듯 장난치는 이십대 초반의 커플이었다. 스물두세 살쯤으로 보이는.

문득 환의 이십대 초반은 어땠을까, 궁금했다. 나를 기다리느라 혈기 왕성한 이십대를 홀로 보냈던 그.

"환아."

"응."

"나하고 헤어지고 다른 여자 만나고 싶은 적은 없었어?"

뜬금없다는 듯 그의 눈썹이 들썩했다. 그러더니 피식 가벼이 웃었다.

"난 너하고 헤어진 적 없는데?"

"응?"

"넌 나하고 헤어졌었어?"

환이 물었다.

난 깨달았다.

맞다.

우리는 헤어진 적이 없다. 이별하자 한 적도 없다. 그러니 우린 계속 연인이었던 거다. 그저 조금 길게 떨어져 있었을 뿐 우린 늘 연인이었다.

어제의 오늘도.

오늘의 오늘도.

내일의 오늘도.

우리는 연인이다.

"아니."

단 미소를 그린 환이 자신의 팔에 매달려 있던 내 손을 잡았다. 내 손을 굳게 쥐며 다른 손으로 한곳을 가리켰다. 그의 손가락 끝이 가리키는 지점을 보았다.

우리가 살아갈 보통의 우리 집이 지어질 곳. 우리의 오늘이 오늘로 이어질 곳. 우리의 발이 그곳으로 다다르고 있었다.

〈끝〉

작가 후기

여름이 다가오는 시점에 겨울인 글이 끝났습니다. 무더위에 허덕이실 때 조금이나마 시원하시라는 염원을 담고서.

전작인 〈마치 마법처럼〉은 여행 에세이 같은 글 속의 사랑 이야기를 담고 싶었습니다. 저와 함께 마법 같은 여행을 떠나주십사 하고.

이번 〈그리고…… 다시 너〉는 오롯이 로맨스를 그리고 싶었습니다. 그와 그녀의 이야기, 그들의 감정과 그들의 사랑을 함께 나누고 싶었습니다.

부러 설렘이라는 단어를 최대한 자제하며 설레길 바랐고 함께 아파하고 함께 예뻐하고 함께 행복해지길 바랐습니다.

사람은 개개인마다 시간이 다릅니다. 모두 다른 시간 속에서 다른 삶을 살며 다른 감정을 갖고 삽니다. 그 누구도 같은 삶을 사는 사람은 없습니다.

한데 우리는 가끔 무심합니다.
내 시계가 평온하다 해서 내 감정이 무던하다 해서 다른 이도 그런 게 아닌데, 우린 가끔 그걸 간과합니다. 그래서 한 마디 말로 상처 주고 하나의 눈초리로 상처를 입힙니다.

그런 상처를 갖게 된 제이. 그 제이를 곁에서 꿋꿋이 지키고 사랑하는 환을 보여주고 싶었습니다. 올곧은 우리의 환. 나의 환.

또한 제이가 모르는 동안에도 끝없이 제이를 그리워하고 사랑한 환을 그리며, 만약 나도 모르는 새 어딘가에서 나를 그리워해 주는 사람이 있다면 어떨까, 라는 상상을 하길 바랐습니다. 환 같은 사람이라면 되게 설렐 텐데요.

하나 밝히자면,
그런 환의 감정을 따온 부분이 있습니다.

〈그 오후의 거리〉에서 제가 좋아하는 부분인데, 일부러 개작하여 〈그리고…… 다시 너〉에 썼습니다. 왜인지 환의 감정과 절묘하게 들어맞아서. 혹 그 오후의 거리를 읽으셨던 분들 중 찾으셨다면 말씀해 주세요. 퀴즈일까요? ^^

어찌 되었든 이런 환이 있기에 두 사람은 먼 미래까지 서로를 아끼며 사랑하며 살게 될 듯합니다. 언제나 그렇듯. 언제나 그래왔듯이.

이렇게 또 하나의 글이 제 머릿속을 떠납니다.

에필로그에서 제이가 말하듯 어제의 오늘도, 오늘의 오늘도, 내일의 오늘도 저는 글을 씁니다. 오늘의 이야기가 끝났으니 내일의 오늘엔 또 다른 글을 시작할 겁니다. 다음 글로 찾아뵙도록 하겠습니다.

저도
언제나 그렇듯.
언제나 그래왔듯이.
하고 또 해도 모자란 말이지만, 성원해 주시고 아껴주신 분들께 진심으로 감사드립니다.

덕분입니다.

감사합니다.

2018. 05. 11. 박지영 올림

2018.05.10